KB075906

웰컴 투 로열타운

웰컴 투
로열타운

Welcome to Royal Town

고즈넉
이엔티!

곽영임 미스터리 스릴러

웰컴 투 로열타운

1쇄 발행 2022년 1월 24일

지은이 곽영임
펴낸이 배선아
편 집 박미애
디자인 엄인경
펴낸곳 (주)고즈넉이엔티

출판등록 2017년 3월 13일 제2021-000008호
주소 서울특별시 중구 청계천로 40, 1203호
대표전화 02-6269-8166 **팩스** 02-6166-9199
이메일 gozknockent@gozknock.com
홈페이지 www.gozknock.com
블로그 blog.naver.com/gozknock
페이스북 www.facebook.com/gozknock
인스타그램 www.instagram.com/gozknock

ⓒ 곽영임, 2022
ISBN 979-11-6316-233-9   03810

표지/내지이미지 Designed by Freepik, Getty Images Bank

차
례

1장

신월
New moon

1

어두운 방에 전화벨이 울렸다. 휴대전화가 아닌, 내선전화기의 둔중한 벨소리였다.

선잠에서 깬 듯 금세 눈을 뜬 천중일 팀장은 지체 없이 침대에서 몸을 일으켰다.

그는 내선전화기에 손을 뻗는 그 짧은 순간에 발신처를 확인하고, 디지털 탁상시계를 쳐다보며 목소리를 가다듬었다.

새벽 6시 47분. 발신지는 본관 5층, VIP병동이었다.

"네, 보안팀장니다."

"팀장님, 새벽부터 죄송해요. 저, VIP병동 조은숙이에요."

"괜찮습니다. 무슨 일로……."

"별일 아닐 수도 있지만 그래도 팀장님께 의논드리는 게 좋을 것 같아서요."

"말씀하세요."

"제가 출근이 좀 늦어졌는데 나와 보니 샛별이가 보이질 않아서요."

샛별은 본관 VIP병동의 야간전담 간호조무사로 오전 근무자인 조 간호사와 매일 새벽 6시 30분에 맞교대를 하는 직원이었다.

"그런데 이상한 게……."

조 간호사가 목소리를 낮췄다.

"확인해 보니까 제가 보낸 문자도 읽지 않았고, 전화도 안 받네요……. 당연히 인수인계도 못 했구요. 회장님 병실에도 없고, 화장실에도 없고……."

"샛별이가요?"

"팀장님도 아시겠지만 샛별이가 전화를 안 받고, 무단으로 자릴 비우거나 그럴 애가 아니잖아요?"

조 간호사의 말처럼 샛별이는 그럴 사람이 아니었다.

"회장님은 별일 없으세요. 그래서, 간호과장님께 말씀드리기 전에 팀장님께서 샛별이를 좀 찾아봐 주셨으면 해서요."

조 간호사가 조심스럽게 부탁했다.

"네, 지금 바로 올라갈게요."

"올라오실 때 샛별이 숙소 한번 확인해 보시겠어요?"

샛별이 이 시간에 숙소에 있을 리 없었지만 당연히 확인이 필요했다.

셔츠에 수트를 챙겨입은 천 팀장은 복도로 나와 2층으로 뛰어올라갔다. 쉰을 넘긴 나이에도 경찰 출신답게 다부진 체격을 유지하고 있는 그는 대한민국 최고 수준의 품격있는 시설을 자랑하는 로열타운의 안전과 보안 업무를 총괄하는 책임자였다.

샛별의 숙소는 2층 동쪽 끝이었다. 서둘러 초인종을 눌렀지만 역시 대답은 없었다.

몇 번 더 초인종을 눌러본 천 팀장은 이내 현관을 향해 달리듯 발걸음을 옮기기 시작했다.

Helper's House의 현관문을 나서자 새벽 이슬이 거대한 수풀을 투과하며 피어오른 피톤치드 향이 천 팀장의 코를 찔렀다.

'숙소동'이라 불리는 Helper's House는 2층짜리 건물로, 현관을 들어서면 관리실과 2층으로 오르는 계단이 보였다. 1층에는 관리실과 비품실, 휴게실 등 공용공간 외에 10개의 호텔형 숙소가, 2층은 전체 28개의 숙소가 마련돼 있었다. 직원 '기숙사' 개념이지만, 넓고 고급스러운 데다 청소 서비스까지 제공돼 독신 직원들에게는 선망의 공간이었다. 당연히 항상 만실이었고, 업무 중요도에 따라 입소가 결정되기 때문에 대부분 본관에서 근무하는 직원들이 사용 중이었다.

Helper's House는 본관의 부속건물이지만 본관과 곧장 연결돼 있지는 않았다.

본관까지는 낯설고 신비로운 느낌마저 주는, 독특한 조경이 펼쳐진 정원을 따라 50여 미터의 경사로를 올라가야 했다. 길 옆으로는 프리미엄 세대가 입주해 있는 네 개의 '로얄동'이 벌써 불을 환하게 밝히며 본관을 호위하고 있었다. 본관을 돋보이게 하면서도 각 건물이 저마다의 위용과 아름다움을 뽐내며 로열타운의 장관을 돋보이게 했다.

본관을 향해 언덕을 오르던 천 팀장이 잠시 속도를 줄이고 뒤를 돌아다보았다. 숙소동 샛별의 방 창문은 예상대로 빛 한점 없이 어두웠다. 그는 본관을 향해 발걸음을 재촉했다.

본관은 바닥면적 300평에 지하 2층, 지상 5층의 건물이었지만 실제 높이는 그 두 배에 가까운 10층 높이에 달했다. 로비를 중심으로 1층의 북동쪽은 입주자들을 위한 예약제 레스토랑이 자리하고 있고, 북서쪽으로는 갤러리와 콘서트홀을 겸한 '살롱 칼리오페'가 들어서 있었다.

2층은 프리미엄 세대 입주자를 위한 진료실, 3층은 이사장실, 회의실을 비롯한 사무공간으로 이루어져 있었다. 5층은 이 웅장한 '로열타운'을 지은 원세권 회장을 위한 VIP병동이 자리하고 있다.

본관 로비에 도착하자 6시부터 아침 근무를 시작한 경비원이 자리에서 일어섰다.

천 팀장은 가볍게 목례를 하고 곧장 엘리베이터에 올랐다. G, 1, 2, 3, 5, RF로 표시된 패널에 보안카드를 터치한 후, 5층 버튼을 눌렀다. 웅장한 건물에 걸맞게 엘리베이터는 느리고 묵직하게 상승했다. 5층에서 엘리베이터가 멈추고 문이 열리자마자 스테이션의 조 간호사가 보였다.

"전화기가 아예 꺼져 있어요."

그녀가 자리에서 일어나 천 팀장에게 다가오며 말했다.

"숙소에도 없어요."

두 사람은 약속이나 한 듯 곧장 원형 복도를 따라 VIP병실 쪽으로 이동했다.

천 팀장이 마지막으로 VIP병실을 둘러본 시각이 금요일 밤 11시. 평소와 다른 것은 전혀 없었다.

그때 샛별은 분명히 여느 때와 마찬가지로 VIP병실을 지키고 있었고, 평소처럼 유니폼 위에 카디건을 걸친 차림으로 침상 옆에 있는 테이블 앞에 앉아 책을 보고 있었다. 뭔가 긴급한 일이 생겨 자리를 비워야 했다면 간호팀장이나 조 간호사, 보안팀장인 자신에게 연락하고 도움을 청했을 것이다. 이제 겨우 스무 살이라고는 하나 명민함과 책임감이 남달라 병동 의료진과 직원들뿐 아니라 그 까탈스러운 프리미엄 입주자들 사이에서도 칭찬과 신뢰를 받던 아이였다.

몇몇 의료진과 보안팀장만이 각자에게 부여된 고유 코드번호를 눌러야 입장할 수 있는 문을 통과하자 거대한 투명 유리문이 나타났고, 그 너머로 침상에 누워있는 원세권 회장이 보였다. 원세권 회장은 '한국 최고의 기업 사냥꾼', '벤처 투자의 귀재', '그가 가는 길이 곧 한국 M&A의 역사'라 평가받는 인물이었다. 그는 1990년대, 인수합병이라는 단어조차 낯설었던 그 시절에 당시로서는 상상하기 어려웠던 미국식 M&A 기법을 국내에 들여와 성공 신화를 이어갔다. 또한 국내 유수의 재벌보다도 먼저 미술품 투자와 경매에 뛰어들어 '마이더스의 손'이라는 언론의 찬사를 받기도 했다.

하지만 그의 성공과 축재에는 세상에 다 드러나지 않은 어두운 이면이 있었다. M&A 관련 회사 내부정보를 이용해 주식을 되팔아 시세차익을 올린 혐의로 금융감독원에 의해 검찰에 고발됐으나 처벌할 법적 근거가 없어 간단히 풀려난 이력을 시작으로, 상용화 할 수 없는 거짓 기술 정보를 시장에 흘려 시세 조종을 통한 부당 이득을 챙기는 방법 등 당시로서는 최첨단이었던 주가조작, 선진 금융사기 수법으로 이룬 성공이었다. 한마디로 그는 그저 '시대를 앞서간 엘리트 사기꾼'에 불과했다.

30여 년의 성공신화에 드리워진 그림자가 부각된 것은 지난해 JM투자증권의 경영권 분쟁이 시작되면서부터였다. 뛰는 놈 위에 나는 놈이라고, 바로 원 회장에 의해 대표이사에 임명됐던 유병철이 원 회장을 향해 적대적 인수합병의 칼날을 들이밀었고, 원 회장은 자신을 벤치마킹한 젊은 기업 사냥꾼에게 경영권을 완전히 빼앗겼다. 엎친 데 덮쳐 특가법상 횡령과 배임, 자본시장법상 부정거래 혐의로 검찰수사까지 시작됐다. 하지만 원 회장은 그대로 무너질 사람이 아니었다.

자신의 필생의 역작이라고 할 수 있는 이 '로열타운'을 지키기 위해서 그는 구속 수감에 대비하기 시작했다. 오랜 지병인 '파브리병(fabry disease)'으로 인해 악화된 신부전증과 심근비대증을 집중 치료하겠다며 본관 1개 층을 오직 자신만을 위한 병동으로 세팅했다. 그리고 전담 의료진까지도 스스로 지정했다.

의도는 불순했으나 그렇게 치밀하게 준비한 것이 결과적으로는 혜안이었다고나 할까. 타이밍도 기막히게 검찰의 구속 기소가 결정되던 날 그는 심근경색으로 '진짜' 쓰러졌고, 식물인간(vegetative state) 상태에 빠져버렸다. 그리고 지금, 원 회장은 자신이 만들어 놓은 호화로운 성 안에서 초점 없는 눈동자만 반짝거리며 주검처럼 누워 있었다.

"카디건을 벗어둔 걸 보면 멀리 간 것 같지 않은데……."

침상 옆 폴대에 주렁주렁 매달린 세 개의 수액백을 체크하면서 조 간호사가 낮은 목소리로 말했다. 천 팀장은 병실을 훑어보며 물었다.

"화장실은?"

"확인했어요."

원 회장의 침상에서 1.5미터 떨어진 책상 위에는 의료기록부와 출력된 처방전, 주사기구 등이 가지런히 놓여 있었고, 중간쯤에 연필이 꽂힌 두꺼운 책 한 권이 북커버를 뒤집어 쓴 채 덮여 있었다. 천 팀장이 책장을 젖히자 정사각형의 프레임 안에 두 여자아이가 마주보고 있는 사진이 보였다. 사진과 관련된 책이었다. 샛별이는 늘상 카메라를 가지고 다니며 본관 임직원들이나 2층 진료실에 드나드는 프리미

엄 세대 입주자들의 사진을 찍어주곤 했으니 분명 샛별이 읽던 책일
것이다.

"회장님은 별다른 이상 징후가 없는데, 간호팀장님께 지금 보고를
할까요?"

망설임이 가득한 목소리로 조 간호사가 물었다. 어쩌면 피치 못할
사정이 생겼을 수도 있을 터이니 샛별이가 질책을 받지 않고 넘어가
도록 덮어주고 싶은 마음일 것이다. 그래서 천 팀장에게 먼저 도움을
요청한 것일 테고.

"제가 좀 찾아보고, 아홉 시까지도 소재가 확인되지 않으면 그때
보고하는 게 어떨까요?"

손목시계를 들여다보며 천 팀장이 대답했다.

"네."

샛별이의 카디건과 책을 챙겨든 조 간호사의 음성이 한층 밝아졌다.

***

"놀러 나갔구만."

토요일이어서 점심이 다 돼서야 출근한 장광무 총무팀장이 대수롭
지 않다는 듯 말했다. 직급은 다 같은 팀장이라지만 원 회장과 원 회
장을 대신해 현재 로열타운을 총괄하고 있는 원주희 이사장의 절대
적 신뢰를 받는 장 팀장은 호텔로 치자면 총지배인급의 파워를 갖고

있는 '로열타운'의 핵심 인물이었다.

　천 팀장이 세 시간 동안 본관과 숙소동 주변을 구석구석 살펴보았지만 샛별의 흔적은 없었다. 결국 천 팀장과 조 간호사는 간호팀장과 총무팀장에게 샛별의 근무지 이탈을 보고해야 했다.

　"죄송합니다."

　주미혜 간호팀장이 머리를 숙였다.

　"걔가 스무 살인가?"

　"네. 만 열아홉입니다."

　"그럴 나이잖아. 불금에 스무 살 청춘이 난 왜 이러고 있나 싶어 뛰쳐나갔겠지. 어디서 술 퍼마시고는 에라 모르겠다. 전화기 끄고 잠수. 뻔한 거 아닌가?"

　간호팀장이나 천 팀장은 샛별이 그럴 사람이 아니라고 생각했지만 지금은 그런 의견을 입밖에 낼 상황이 아니었다.

　"주말 동안 쉬다 보면 제정신 들 거고……. 월요일에 슬그머니 출근하면 팀장님이 따끔하게 혼내서 앞으론 그런 일 없게 하세요."

　"네. 그리고, 오늘 야간근무는 조 간호사가 할 겁니다."

　간호팀장이 대답했다.

　"그리고 모두들 입단속 하세요. 쓸데없는 소문 나지 않게. 입주민들 알아서 좋을 일 없잖아요?"

　"네. 알겠습니다."

　세 사람이 동시에 대답했다.

본관 밖으로 나오자 11월의 스산한 바람이 어깨를 움츠리게 했다. 지난밤 잠을 설친 데다 세 시간 가까이 바짝 신경을 곤두세운 탓인지 피로감이 몰려왔다. 따뜻한 샤워라도 해야겠다는 생각으로 숙소동을 향해 걸어가던 천 팀장이 갑자기 걸음을 멈췄다.

병실 의자 위에 걸려 있던 초록색 카디건이 마음에 걸렸다. 그 옷은 간호사들의 유니폼이 아닌, 샛별의 사복이었다. 숙소동에서 샛별과 마주쳤을 때 몇 번이나 본 기억이 있는 옷이었다. 채도가 높은, 아주 보기 드문 초록색이었던 데다 꽤 고급스러운 원단과 디자인으로 샛별의 하얀 피부와 아주 잘 어울렸다.

'이렇게 쌀쌀한 11월 새벽에 카디건도 안 입고 어딜 나갔을까?'

방재실의 CCTV를 확인해보고 싶어졌다. 천 팀장은 본관 지하 1층에 위치한 방재실을 향해 발걸음을 돌렸다.

방재실의 주말 당직자는 황일근 주임이었다. 그는 큰 키와 커다란 덩치에서 연상되는 그대로 우직하고 성실한 스타일로, 숙소동에서 거주하며 직원이 부족한 방재실에서 살다시피 하는 모범적인 직원이었다. 날카로운 구석이라곤 없는 성격인 데다 CCTV를 확인하는 이유도 궁금해하지 않아 굳이 이유를 설명할 필요조차 없었다.

"이 컴퓨터 쓰시면 돼요."

황 주임은 방재실 입구에 놓인 공용컴퓨터를 로그인 시킨 후, 컴퓨터 앞에 의자를 밀어주었다.

"지난주부터 프로그램 점검 중이라서 관리자 아이디로만 접속할 수 있게 했거든요. 제가 로그인 시켜놨으니까 그대로 이용하시면 돼요."

"고마워요, 황 주임."

황 주임이 자리로 돌아가자 천 팀장은 장소와 시간대를 설정한 후 해당 CCTV의 녹화 영상을 재생시켰다. 5층 병동에 설치된 CCTV는 방재실 직원들도 볼 수 없도록 따로 저장되지만 본관 1-2층과 출입문 쪽은 쉽게 확인이 가능했다. 1층 로비의 천장 방향에서 출입문을 비추고 있는 카메라의 녹화분을 5배속과 10배속을 오가며 재생하던 그의 눈에 드디어 한 사람의 실루엣이 보였다. 외투 차림으로 1층 출입문 쪽으로 걸어나가는 실루엣은 뒷모습뿐이었지만 틀림없는 여성이었다. 시간은 토요일 새벽 5시 10분이었다.

긴장이 탁 풀리며 안도감마저 들었다. '그럴 사람이 아니다'라는 선입견 때문에 지나치게 신경을 곤두세운 것이 어이없어 피식 웃음이 날 지경이었다. 총무팀장의 말대로 스무 살 청춘은 '새벽에 놀기 위해 뛰쳐나갈 수도 있는' 것이었다.

천 팀장은 피로감에 무거워진 발걸음을 천천히 옮기며 숙소로 돌아갔다.

2

일요일 새벽 3시. 현수가 낡은 싱글침대에서 벌떡 일어나며 *끄응*, 신음소리를 냈다.

안대까지 두르고 잠을 청했지만 세 시간째 잠들지 못하고 뒤척이던 참이었다. 잠시 멍하니 앉아 있다가 중대 결심이라도 한 듯 이불을 박차고 일어났다. 불면증엔 역시 몸을 고달프게 하는 게 최고인 법. 현수는 주섬주섬 트레이닝복을 껴입기 시작했다.

거실로 나왔을 때, 뽀글이 후드점퍼를 걸치고 유리창 덧문만 닫은 채 창밖을 향해 두 손을 모으고 있는 민지가 보였다.

"우민지! 안 자고 뭐 해?"

"나 때문에 깬 거야?"

민지가 뒤돌아보며 대답했다.

"아니, 불면증."

현수가 바람막이 점퍼를 마저 걸치며 대꾸했다.

"전갈자리에 뜬 신월 님께 기도 중이야. 저기 초승달 님한테 소원 들어달라고 기도하는 거."

"무슨 기도를 자다 말고 해?"

"샛별이가 가르쳐 줬는데, 신월이 뜨면 보이드 타임을 피해서 여덟 시간 안에 기도를 해야 한대. 초저녁에 깜빡 잠들어서 늦었어. 얼른 소원 빌어야 해."

"그럼 언니 잠 좀 푸욱 자게 해달라고 대신 기도 좀 해주라."

비좁은 현관에 마구잡이로 쌓여 있는 신발 상자들을 하나씩 열어 보며 운동화를 찾던 현수가 부탁했다.

"그건 언니 기도니까 언니가 해야지."

"그냥 네가 좀 대신해 줘. 우리 이쁜 민지가 부탁해야 달님이 들어 주실 거 아냐."

현수가 겨우 찾아낸 운동화를 신으며 대꾸했다.

"어디 가는데?"

"달밤에 체조하러."

"안 무서워?"

"넌 이 언니가 자랑스런 대한민국의 경찰이라는 걸 자꾸 까먹더라?"

"조심해."

"타운 한 바퀴만 돌고 올게. 얼른 자."

이제 막 스무 살이 된 민지는 현수와 같은 '종산보육원' 출신이었다.

현수가 열다섯 살 되던 해, 몇 주 차이로 보육원에 입소한 여섯 살 동갑내기 민지와 샛별은 현수를 친언니처럼 따르며 껌딱지처럼 붙어다녔다. 현수와는 아홉 살이나 차이가 나 업어키우다시피 해야 했지만 힘들고 귀찮기보다는 피붙이 같은 정이 느껴지는 동생들이었다.

2년 전, 현수가 무도 특채로 경찰이 되면서 이곳 종산을 떠날 때 보건고등학교 2학년이었던 민지와 샛별은 졸업과 함께 종산시내 종합병원인 '종산메디컬센터'에 간호조무사로 취업하면서 어엿한 사회초년생이 되었다. 보육원과 두 소녀는, 경찰학교 수료와 경기 북부지역에서의 경찰 시보생활을 마친 현수가 고민할 것도 없이 종산경찰서로 근무지를 지원하고, 종산시로 돌아온 이유이기도 했다.

19평형의 이 낡고 작은 아파트 역시 비록 전세지만 현수가 민지, 샛별이와 함께 살기 위해 마련한 집이었다. 하지만, 샛별이는 지난 봄부터 종산메디컬센터의 분원인 로열타운 본관 VIP병동의 파견 근무자로 발탁돼 로열타운 내 숙소동에서 지내고 있었다. 그 탓에 현수가 종산에 돌아온 지 벌써 2주가 지났지만, 주말이 따로 없는 간호조무사와 신참내기 순경의 만남은 계속 미뤄지고 있었다.

11월의 새벽공기는 싸늘했지만, 현수는 금세 기분이 좋아졌다. 긴 머리를 질끈 묶은 현수가 산책로를 달리기 시작했다. 아파트 쪽문으로 나와 산책로로 진입한 다음 오르막길을 몇 미터 올라가자 로열타운의 아름다운 건물이 조경과 조화를 이룬 풍광이 눈앞에 펼쳐졌다. 심야시간의 조명까지도 고려해서 디자인했다는 소문이 허풍이 아니었다. 대지 9만 평의 로열타운은 호수와 산을 품고 있어 훨씬 웅장해 보였다.

로열타운 바깥 경계를 따라 남동쪽으로 원을 그리며 3킬로미터쯤 달렸을까. 현수는 옛 기억을 더듬어 보았다. 지금은 무악산 쪽으로 15분 이상 차를 타고 들어가야 닿을 수 있는 곳으로 이전했지만 6~7년 전만 해도 종산보육원이 이 자리에 있었다. 개발제한구역이 시작되는 지점에 자리한 보육원은 아무렇게나 자란 나무들과 무성한 잡초로 둘러싸여 외딴 섬 같았다.

'애들이 하도 울어서 그런지 가뭄이 들어도 잡초는 쑥쑥 자란다니까?'

자원봉사자들이 일 년에 몇 번씩 베어내도 보육 선생님의 농담처럼 잡초는 무섭게 자랐다. 원장님이 아무리 따뜻해도, 보육 선생님들이 정성과 사랑을 퍼주어도 아이들의 눈물은 멈출 줄을 몰랐다.

친구들과 헤어져 양부모를 따라 낯선 곳으로 가는 것이 서러워 우는 아이, 입양을 원했지만 선택받지 못해서 우는 아이, 손꼽아 기다리던 날짜가 지나도록 집에 돌아가지 못해 우는 아이, 어쩌면 영원히 부모가 찾으러 오지 않을지 모른다는 공포에 흐느끼는 아이, 부모가 데리러 올까 봐 두려워 우는 아이까지. 보육원 아이들은 저마다 자신의 기대와 어긋날 운명의 전개를 두려워하며 울어댔다. 하지만 특이하게도 현수는 그 어떤 부류에도 속하지 않았다.

여섯 살 무렵, 두 살 위의 오빠가 계부에게 폭행당해 장 파열로 죽었고, 현수는 그 장면을 목격했다. 경찰이 찾아와 엄마를 추궁했지만 엄마는 울기만 할 뿐 계부의 소행임을 끝까지 밝히지 않았다.

경찰아저씨는 비쩍 마른 현수가 안쓰러웠는지 조사도 미룬 채 현수를 안고 가게로 데려가 둥근 카스테라와 우유, 과자를 사줬다. 과자를 품에 안고 돌아오는 길에 현수는 용기를 내 경찰아저씨의 귀에 대고 속삭였다.

'아빠가…… 때렸어요.'

계부는 잡혀갔고, 엄마는 스스로 목숨을 끊었다. 그렇게 현수는 고아가 됐다. 그러니 다른 아이들처럼 울어댈 이유가 없었다.

종산보육원이 있던 자리에는 모자이크 픽셀타일로 외벽을 장식한, 그림 같은 2층 건물이 들어서 있었다. 목조 담장에 바짝 붙어 살펴보니 아이러니하게도 그 건물은 로열타운이 운영하는 어린이집이었다. 인근 럭셔리 타운하우스 단지의 아이들이 고급 리무진 버스를 타고 등원한다는, 대학등록금을 훌쩍 넘는 고가의 원비에도 불구하고 입학 경쟁률만 수십 대 1이라는 어린이집이었다.

마음속에 묘한 안도감이 피어올랐다. 그리웠던 순간이 전혀 없는 것은 아니지만, 대체로 우울했던 보육원의 기억들을, 로열타운의 화려한 장관이 모두 지워주는 것만 같았다. 현수는 크게 숨을 한번 들이마시고는 다시 달리기 시작했다.

3

월요일 아침, 프리미엄 세대 103호는 일찍부터 활기가 넘쳤다.

진공관 인티앰프를 매칭한 탄노이 오토그래프 미니에서는 파가니니의 바이올린 협주곡 4번 1악장이 흘러나왔다. 103호 입주자인 오드리 여사는 출장 미용사에게 머리 손질을 맡긴 채 연주곡의 선율을 허밍으로 흥얼거리고 있었다.

"모짜르트나 바흐를 듣는 사람은 늙은 거구요. 사모님처럼 베토벤이나 차이콥스키를 듣는 건 아직 혈기 왕성하다는 뜻이래요."

60대의 미용사가 고데기로 오드리 여사의 은발을 셋팅하며 아는 체를 했다.

"파가니니야, 파가니니. 베토벤 아니고, 파가니니."

"아, 그렇구나. 그런데 여사님 오늘 뭐 특별한 일 있으신 거예요?"

"아까 말했잖아요. 오늘 촬영 있다구. 안 선생 젊은 사람이 벌써부터 그렇게 깜빡깜빡하면 어떡해?"

짧은 순간, 미용사의 눈동자가 흔들렸다.

"그러게요, 저 큰일이에요."

미용사는 정말 자신의 실수인 양 능청스럽게 대꾸했다.

곧 팔순 생일을 맞는 오드리 여사는 치매 초기 증상을 보이고 있었다.

1세대 강남 학원재벌이었던 남편이 유산으로 남긴 주식과 부동산을 굴려 엄청난 자산가가 된 케이스였다. 압구정동 고급 아파트 서른 채와 건물 몇 채가 재산의 일부라고 알려져 있을 정도였다. 하지만 돈만 좇은 건 아니었다. 남편과 자신 모두 유망한 엘리트 공학도였지만 가난 때문에 유학을 포기하고 가족의 생계를 책임져야 했던 아픔이 있어 딸들의 교육에는 물심양면 지원을 아끼지 않았다. 하지만, 그것이 자식들에게 오히려 독이 됐다는 것을 시간이 흐른 뒤에야 깨달았다.

'결핍을 모르는 자는 결코 노력하지 않는다.'

자식들에 대한 실망은 거기서 그치지 않았다. 천억 원대 유산을 삶의 기본 옵션이자 자식의 권리쯤으로 생각하는 두 딸은 모친에게 상속을 재촉했고, 딸들의 탐욕을 확인한 오드리 여사는 급기야 두 딸과 사위들이 자신을 해칠지도 모른다는 두려움에 시달리다 결국 로열타운에 입주했다.

로열타운에서는 가족, 친족이라도 입주자 본인이 원치 않는 사람의 방문과 면회는 철저히 차단해주었기 때문에 법원의 접근금지 명령 같은 것과는 비교할 수 없을 정도로 안전했다.

입주 후에도 오드리 여사의 경계심은 변치 않았다. 지난 2년간 오드리 여사는 변호사와 머리를 맞대고 자신이 사망한 후 딸들에게 유산이 한 푼도 돌아가지 않게 하는 데에 공을 들였다. 완벽하게 딸들의 뒷통수를 칠 방법을 찾는 데 너무 열정을 쏟았기 때문일까? 그녀에게 치매가 찾아왔다.

다행히 아직은 경증이었고, 자식들이 눈치채기 전에 치매 신탁까지 완료할 수 있었다. 이제 가족이라는 올가미에서 완전히 벗어나 로열타운에서 우아하게 생을 마감할 수 있다고 생각하니 오드리 여사는 오히려 삶이 즐거워졌다.

"옷도 몇 벌 골라놨는데 안 선생이 봐줄 테야?

"그럼요. 어떤 촬영인데요?"

"영정사진."

그녀는 아무렇지 않게 들뜬 목소리로 대답했다.

"영정사진을 또 찍으세요?"

"그건 가을용이었고, 이번엔 겨울용. 내가 겨울에 죽을 수도 있잖아?"

귀엽다고 해야 하나, 안쓰럽다고 해야 하나. 미용사의 얼굴에 쓸쓸한 미소가 스쳤다."

"어머나, 벌써 열 시가 다 됐네? 샛별이 오기 전에 얼른 준비해야 해요, 얼른."

오드리 여사가 샛별이를 알게 된 건 꼭 1년 전이었다.

정기 정밀검진을 위해 로열타운 종산메디컬센터에 입원했다가 간호조무 실습생으로 일하는 샛별이를 처음 만났다. 샛별이는 보육원에서 자란 것을 서슴없이 털어놓을 만큼 솔직하고 맑은 아이였다. 사진찍기를 좋아해 쉬는 시간이면 필름카메라로 주변 사람들을 찍어주던 샛별이 어느 날 그녀에게 사진 한 장을 내밀었다.

나에게 이런 표정이 있었던가? 사진 속의 자신은 낯설었지만 아름다웠다.

"여사님, 오른쪽으로 뒤돌아 보실 때 진짜 아름다운 거 아세요?"

사진에는 작가의 피사체에 대한 애정이 그대로 드러난다고 했던가. 샛별의 사진 속 얼굴들은 한결같이 따뜻하고 사랑스러웠다.

그녀는 샛별이를 지정해 홈 너싱 서비스를 신청했고, 두 사람은 매일 오전 한두 시간을 함께 보낼 수 있었다. 망할 놈의 원 회장이 쓰러지면서 샛별이를 그녀에게서 빼앗아가기 전까지는.

페루산 '비쿠냐 울'을 사용해 런던에서 만들었다는 골드브라운 컬러의 롱 카디건에 역시 같은 소재로 만든 숄을 걸친 오드리 여사는 흐트러짐 없는 자세로 사진첩을 넘겨보며 샛별이를 기다렸다.

오르골시계가 정오를 알리자 오드리 여사는 전화기를 들어 샛별의 전화번호를 눌러보았다.

그러나, 전화기는 꺼져 있었고, 샛별이는 오지 않았다.

4

새벽부터 몰아친 월요일의 부산함은 오후 네 시가 다 돼서야 가라 앉았다.

정식 직함은 '컨시어지 팀장'이지만 메이드들이 '대장'이라고 부르는 구경순 팀장은 송 주임과 이제 막 본관 5층의 통으로 된 유리창 외벽 청소를 마치고 한숨을 돌리고 있었다. 유리창에 바짝 붙으면 원회장의 침상이 들여다보이는 이곳 테라스의 청소는 보안상의 이유로 언제나 구 팀장의 몫이었다.

"이쁜데 슬프고, 슬픈데 또 이쁘네."

구 팀장이 노을 지는 하늘을 바라보며 탄식했다.

"대장! 여기 프리미엄 세대는 보증금이 얼마나 돼요?"

송 주임이 캔커피를 따서 구 팀장의 손에 쥐여주며 물었다.

"프리미엄은 모르겠고, 저기 일반세대는 5억일걸? 제일 작은 평수가?"

"아, 그기 말구, 프리미엄요."

"송 주임, 로또 됐니? 아님 그 코인인가 뭐 그런 거 해서 돈 좀 벌었어?"

송 주임의 눈이 동그래졌다.

"어떻게 아셨어요?"

지난해 겨울, 방재실 직원 하나가 갑자기 사표를 내면서 로열타운의 머슴들 사이엔 비트코인 광풍이 불어닥쳤다. 언론에서 떠들어댈 때에야 먼 나라 얘기였지만, 월급쟁이의 비루함이 뚝뚝 흐르던 옆자리 동료가 하루아침에 사표를 던지고 15억 원짜리 타운하우스로 이사를 갔다는데, 마음 동하지 않을 머슴이 얼마나 될까.

"일단 백만 원만 해보실래요? 대장님이 백만 원 없다고 큰일나는 거 아니잖아요."

"어떻게 하는 건데?"

한가로이 저녁노을이나 쳐다보고 있을 때가 아니었다.

"핸드폰으로도 할 수 있어요. 여기 보면……."

송 주임이 핸드폰을 열고 자신이 투자한 코인을 예로 들며 설명을 시작했다. 호기심이 발동한 구 팀장은 송 주임의 팔짱을 끼며 휴대전화를 향해 고개를 바짝 들이밀었다. 그 순간, 구 팀장의 어깨가 송 주임의 상체를 흔들었고, 하필 때마침 전화가 걸려오면서 부르르 몸을 떨던 휴대전화는 송 주임의 손에서 미끄러지며 난간 아래로 떨어졌다.

본관의 뒤편은 본관 정면과는 달리 지하 1층에 출입구가 나 있는 구조였다. 여느 미술관이나 박물관처럼 지하 1층에 수장고가 있어 무진동 운반차량이 곧장 지하로 들어갈 수 있도록 설계돼 있었다.

본관의 뒷뜰에서 '로열타운'의 경계를 이루는 옹벽까지는 거대한 면적의 '비오톱'이 조성돼 있었고, 그 대부분의 면적은 핑크뮬리가 차지하고 있었다. 10월 한때 장관을 이뤘던 핏빛 핑크뮬리가 시들어 가는 모습은 괴괴했다.

수장고든 비오톱이든 일반인의 출입이 제한된 곳이다 보니 본관 뒤편 진입로에는 철문이 설치돼 있었고, 자물쇠로 잠겨 있었다.

여섯 시가 넘어 해가 완전히 저물자 구 팀장은 송 주임과 함께 철문을 열었다. 컨시어지 팀장이 다른 곳도 아니고 본관 뒤뜰에 들어갔다고 해서 시말서 쓸 일은 아니었지만, 그렇다고 마음대로 드나들 수 있는 것도 아니었다. 업무 시간이 끝난 후, 본관 경비실에 사정을 얘기하고서야 열쇠를 받아 온 참이었다.

"이렇게 깜깜해서 어떻게 찾아요. 내 핸드폰 박살났으면 어떻게 해."

구 팀장은 걱정이 태산인 송 주임을 다독이며 비오톱으로 향했다.

"핸드폰은 박살이 나도 복구가 된다니까?"

"은행계좌랑 코인 계좌까지 전 재산이 거기 들었단 말예요."

송 주임이 울먹이기까지 했다.

"아유 핸드폰 깨졌다고 은행에 든 돈이 어디 도망가?"

구 팀장이 고개를 들어 추락지점을 가늠해보고는 손전등을 켰다.

"중구난방으로 돌아다니지 말고, 나란히 서서 여기부터 샅샅이 찾아보자구."

양팔을 뻗으면 서로 닿을 만한 간격을 두고 두 사람이 핑크뮬리 속으로 걸어들어갔다.

10여 분쯤 지났을까. 손전등 불빛에 의지해 핑크뮬리를 더듬던 송 주임이 소리를 질렀다.

"찾았어요!"

구 팀장이 손전등을 비추자 송 주임이 풀숲에서 휴대전화를 집어 들었다. 30미터가 족히 넘는 높이에서 추락했지만 무성한 풀과 무른 흙 덕분이었는지 액정에 금이 간 것 말고는 크게 부서진 곳은 없어 보였다.

"얼른 켜봐."

구 팀장이 손전등을 비추며 송 주임을 재촉했다.

겨드랑이에 손전등을 끼우고 휴대전화의 버튼을 누르던 송 주임이 갑자기 컥 하고 숨을 삼키며 쓰러졌다. 깜짝 놀란 구 팀장이 그녀를 부축하려고 몸을 구부렸다. 그리고 그녀 역시 그 자리에 주저앉았다.

뼈가 완전히 부서진 듯 팔다리가 뒤틀려 형체를 알아볼 수 없었지만 분명 피가 엉겨붙은 사체가 풀숲에 누워 있었다.

5

"산양대로 10번지 로열타운, 6시 25분경 본관 후면에서 변사체 발견. 신고자는 로열타운 보안팀장입니다."

종산경찰서 112치안종합상황실의 지령을 받은 지역형사팀 박기훈 형사가 사무실 문을 열고 현수를 불렀다.

"로열타운 본관에서 변사체 발견. 따라 와."

저녁 7시 15분. 당직 근무 중이었던 현수는 지체 없이 주차장으로 향했다.

"종산 출신이라고 했지?"

승용차를 향해 걸어가던 박 형사가 물었다.

2주 전, 현수와 함께 종산경찰서에 전입한 박 형사는 30대 중반으로, 경찰간부후보생 출신의 엘리트 형사였으며 전임지는 서울 용산

경찰서였다. 그런 그가 왜 연고도 없는 이곳 종산경찰서로 흘러들어왔는지 궁금했지만 신참내기 순경인 현수 입장에서야 사연을 캐물을 사이도, 처지도 아니었다.

"로열타운에 대해서 좀 아나?"

"2015년에 완공된 실버타운인데요, 대한민국 0.01프로 상류층을 위한 고급형 주거공간이라고 광고했었어요. 단지 내에 갤러리, 콘서트홀, 영화관도 있구요. 수영장도 있고, 종산골프장까지 전동카트로 연결된다고 하구요. 유기농 식품매장과 백화점 VIP서비스까지 연계돼 있어서 밖으로 한발짝도 나가지 않아도 쇼핑도 할 수 있고…… 그리고, 원내에 종산메디컬센터 분원이 있어서 시내에 있는 본원과 의료시스템이 연계돼 있습니다. 헬기를 띄우면 20분 이내에 서울 종합병원으로 갈 수 있다고 하구요……."

조수석에 탄 현수가 생각나는 대로 읊어대자 박 형사가 말을 끊었다.

"그런 건 인터넷 검색만 해도 다 아는 거고, 여기 사람들만이 아는 뒷얘기 같은 거 있잖아, 왜."

뒷얘기라면 개발제한구역이거나 종산시 소유였던 10만 평에 가까운 땅을 기부채납과 지역주민의 일자리 창출, 고급관광지로서의 개발 추진 같은 지역경제 발전을 명분으로 원 회장이 헐값에 날름 집어삼켰다는 뭐 그런 얘기 말인가? 아니면 로열타운에서 종산시민들을 우선 채용하겠다는 발표로 지역주민들을 설레게 했으나 뚜껑을 열어보니 메이드나 옥외 청소 같은 허드렛일에 한정된 거라 실망이 컸다는, 그런 이야기 말인가?

"그렇게 좋은 시설과 환경을 갖춘 로열타운에서 변사체가 발견됐어. 로열타운, 변사체. 두 단어가 안 어울리잖아. 경비, 보안시스템이 대단할 텐데 말이죠. 그러면, 이곳 출신인 신 순경께서는 현장으로 출동하는 지금, 뭔가 특별한 '느낌'이 딱 와야 하지 않을까?"

형사로서 촉각을 세워보라는 의미였다.

하지만 현수는 박 형사의 출동 지시를 들었던 그 순간부터 심장을 두근거리게 했던 그 섬뜩한 불안감 때문에 현장에 대한 상상따위 하고 싶지 않았다.

다행히도 바로 그때, 박 형사의 휴대전화가 울렸다. 박 형사가 통화하는 사이 현수도 얼른 휴대전화를 확인했다. 샛별이와의 카카오톡 창을 확인했지만 여전히 현수가 보낸 메시지만 가득했고, 수신자가 확인하지 않았음을 알리는 숫자 1만 달려 있었다.

***

일요일이었던 어제는 종산보육원의 지영옥 원장님, 그리고 샛별이와 점심을 먹기로 한 날이었다. 전화나 문자로 자주 안부를 주고 받았지만, 지난 2년간 경기 북서부에서 경찰 시보 생활을 한 데다 주말에는 쉴 수도 없었던 터라 얼굴을 보는 건 거의 1년 만이었다. 현수가 종산경찰서로 발령받아 고향으로 돌아온 것을 축하하기 위한 자리였다.

약속 장소인 경양식집 '세실'은 종산시에서 가장 번화한 교동에서 지역의 명물로 불리는 오래된 식당이었다. 약속시간보다 15분 먼저 도착한 현수는 식당에서도 가장 인기가 좋은 창가 쪽에 자리를 잡았다.

40년도 더 된 이 식당의 시그니처 메뉴이자 최고 인기메뉴는 여전히 '옛날돈까스'였다. 일본식의 찍어 먹는 돈카츠나 치즈나 카레 따위를 얹은 세련된 메뉴들이 명멸하는 동안 꿈쩍도 하지 않고 그 맛을 유지해 온 '세실'의 '옛날돈까스'는 현수에게는 '엄마표 밥상'이나 다름없었다.

종산보육원을 지원하던 몇 명의 통 큰 후원자들 덕분에 서울의 유명 패밀리 레스토랑을 두루 경험해보기도 했지만, 언제나 현수에게 가장 맛있는 음식은 세실의 옛날돈까스였다. 그건 오늘 만나기로 한 샛별이도 마찬가지라고 했다.

현수가 대학을 마치고 태권도 실업팀에 입단했을 무렵이었다. 서울로 놀러 온 보육원 아이들을 당시 가장 인기 있던 피자집에 데리고 가 돈까스보다 훨씬 비싼 메뉴를 사줬을 때 아이들은 엄지손가락을 치켜세우며 '지금까지 먹어본 것 중에 최고'라거나 '다음에 또 사주세요!'라며 호들갑이었지만 샛별이는 수줍은 미소를 지으며 말했다.

"언니, 난 세실 돈까스가 제일 맛있어요."

현수의 주머니 사정을 먼저 걱정하는 듯한 샛별이가 현수는 마음이 쓰였지만 어쩌면 다른 아이들에게 피자를 더 양보하기 위한 핑계였을지도 몰랐다. 혹은 몇만 원짜리 피자보다 6천 원짜리 돈까스가 더 맛있다는 말이 진심이었다면 현수와 취향이 똑같은 것이니 그것대로 기분 좋은 일이었다. 어느 쪽이든 샛별이의 대답은 현수가 샛별이를 더욱 애틋하게 마음에 품는 계기가 됐다.

현수가 이런 상념에 빠져있을 때, 출입문 풍경이 울리며 지영옥 원장이 들어섰다.

60대 후반의 나이와 잘 어울리는 보기 좋은 은발에 오래돼 낡았지만 명품의 품위를 간직하고 있는 트렌치코트와 스카프를 멋스럽게 조화시킨 차림새였다.

"자랑스런 대한민국 경찰 신현수! 금의환향을 축하합니다!"

지 원장이 힘차게 내민 손을 맞잡으며 현수가 멋쩍게 웃었다.

보육원이 '고아원'이라고 불리던 시절부터 보육원을 운영하던 선친의 뒤를 이어 40년째 종산보육원을 이끌고 있는 지 원장은 사업적 수완이나 아이들의 양육에 있어서 탁월한 능력을 발휘했다. 지 원장은 부자들의 감성에 호소해 기부금을 얻어내는 전통적인 보육원 운영 방식이 아니라 기업의 사회공헌 프로그램이나 국가 기관과 공공단체의 사회문화예술교육 프로그램을 유치해 보육원 아이들이 양질의 예체능 수업을 받을 수 있게 하는 등의 적극적이고 시대에 맞는 운영방식으로 아이들을 양육했다.

덕분에 아이들은 가야금과 피리, 사물놀이와 판소리를 배웠고, 사진과 회화, 성악 수업을 받았다. 일주일에 한 번뿐인 강의였지만 강의 커리어를 쌓아나가야 하는 젊은 강사들은 열정적으로 아이들을 가르쳤고, 주눅들어 있던 아이들은 학교 친구들에게 자랑할 거리가 생기자 예체능수업에 무섭게 달려들었다.

영화수업을 받은 아이들이 15분짜리 단편영화를 직접 제작해 상영한 날에는 보육원 강당이 미어터질 만큼 친구들이 몰려들었고, 지 원장은 때맞춰 '오픈하우스' 행사를 열어 보육원 아이들의 어깨를 으쓱하게 했다. 보통의 아이들이 친구집에 놀러가 함께 놀고, 밥먹고, 잠을 자듯, 한 달에 한 번, 일반 가정의 아이들이 보육원 아이들의 초대를 받아 보육원에서 함께 하루를 지내는 종산보육원의 '오픈하우스'는 학교 친구들 사이에 큰 화제가 됐고, 그 후로도 꽤 오랫동안 지속됐다.

"오픈하우스 때 초대받고 싶다는 아이들이 너무 많아서 제비뽑기도 하고 그랬어요."

"지금 생각하면 엄두도 안 나는데 그땐 어떻게 그걸 해냈는지 몰라."

아이들에게는 신나는 이벤트였지만 원장님이나 보육 선생님들 입장에서야 사서 하는 고생이었을 것이다.

"그때 영화 수업에 제일 열심이었던 상욱이 기억나? 지금 영화 연출보조 하고 있단다. 프리랜서라 힘들긴 하지만 그쪽 일은 원래 그렇게 고생을 해야 한다니까."

지 원장이 자식 자랑이라도 하듯 자부심 가득한 표정으로 말했다.

"예은이는 중학교 음악선생님 됐어. 기간제교사지만 대우가 좋다니까 다행이지."

"예은이 성악하게 한 것도 원장선생님이셨잖아요."

"그래, 우는 게 어찌나 우렁차고 소리가 맑은지 딱 소프라노더라구."

현수가 여자 원생들을 놀리는 또래 남자애들을 걷어차는 모습을 보고 태권도를 배워보라 권유했던 것도 지 원장이었다.

"남자애들 머리 위로 다리를 쭈욱 뻗는데 그게 예사롭지가 않더라고."

"덕분에 문제아 면한 거죠. 이렇게 경찰도 되고."

"현수 네가 열심히 노력한 덕이지."

"아뇨. 다 원장님 덕분이에요."

진심이었고, 사실이었다. 타고난 신체조건과 재능, 남다른 노력이 있었다지만 현수가 태권도를 계속할 수 있었던 것과 대학에서 태권도를 전공하고 실업팀에서 전국대회 제패라는 성과를 이뤄 결국 경찰이 된 데에는 지 원장의 절대적인 열정과 조력이 있었다.

두 사람이 추억을 소환하며 '옛날돈까스'를 먹고 후식으로 커피까지 마시는 동안에도 샛별이는 오지 않았다. 현수는 걱정스러웠고, 민망했다. 화장실에 다녀와 막 자리에 앉는 지 원장에게 현수가 들여다보던 휴대전화를 내려놓으며 말했다.

"샛별이가 아직도 전화를 안 받아요. 무슨 일일까요?"

"샛별이 저기 있네."

지 원장이 현수의 오른쪽 어깨 뒤편을 손가락으로 가리키며 대꾸했다. 뒤를 돌아보자 벽 상단 코르크판에 꽂힌 즉석사진들이 보였다. 샛별이와 또래의 아이들 일곱 명이 함께 찍은 사진도 있었다. 누군가의 생일파티를 이곳에서 했던 모양이다. 사진 속에는 민지와 준서의

보습도 보였다. 준서 역시 민지, 샛별이와 동갑내기 친구로 보건고등
학교를 함께 다니고 나란히 종산메디컬센터에 입사한 종산보육원 출
신이었다.

"병원 일이라는 게 그렇지 뭐."

"얼마 전부터는 휴일도 없이 매일 일한다고 하더라구요."

"들었어. 샛별이가 간호대학 진학할 계획인가 보더라. 그래서 더
열심인 모양이야."

지 원장이 가방을 챙겨들고 일어서며 말했다.

"이제 다들 직장인이고 사회인이라 한날 한시에 모이긴 힘들지. 너
무 멀기도 하고……. 어쩌다 불쑥 안부전화라도 걸려오면 얼마나 반
가운지 몰라."

자식들을 대처로 내보내고 홀로 고향집을 지키는 연로한 노모마냥
지 원장의 얼굴에 쓸쓸함이 스쳤다.

"현수 너 시간 될 때 정복 입고 보육원 한번 와. 애들한테 보여줘야지."

"네. 이제 자주 찾아뵐게요."

지 원장을 배웅하고 오는 길에 다시 한번 전화를 걸었지만 샛별의
휴대전화는 꺼져 있었다.

***

박 형사의 차가 굽은 도로를 벗어나자 로열타운의 장관이 눈에 들

어왔다.

'샛별이 소식 있어?'

박 형사의 눈치를 살피며 조수석의 현수가 몸을 틀어 민지에게 문자를 보냈다.

'아니.'

답문자가 곧장 도착했다.

'병원에도 연락 없었대?'

현수가 다시 문자를 보냈을 때 차가 정문 앞에 멈춰섰다. 박 형사가 신분증을 들어보이자 정장을 한 경비가 손짓을 했고, 이어 육중한 로열타운의 정문이 스르르 열렸다.

"본관은 어디로 가죠?"

"저희 차를 따라가시면 됩니다."

경비가 차량 앞쪽을 가리켰다.

로열타운 내 이동차량인 하얀색 전기차를 따라 반원을 그리며 동쪽 도로를 따라가자 본관 뒤편으로 연결된 출입문이 보였다. 철문은 열려 있었고, 문 안쪽으로 먼저 도착한 지구대원들이 폴리스라인을 치는 중이었다. 차를 세우며 박 형사가 투덜거렸다.

"어두운데 조명도 더 안 켜고 뭐 하는 거야."

두 사람이 차에서 내리자 말끔한 정장 차림의 남자가 손전등을 들고 다가왔다.

"보안팀장 천중일입니다."

"발견하신 분입니까?"

"아닙니다. 신고한 건 제가 맞는데 최초 발견자는 컨시어지 담당자인 여성 두 분입니다. 보안팀 사무실에서 대기하고 계십니다."

보안팀장이 건물 안쪽을 가리키며 말했다. 사고 발생 시 매뉴얼이 갖춰져 있는 듯 침착하게 응대하는 모습이었다.

"피해자 신원은 확인하셨습니까?"

박 형사가 정복 차림의 지구대 순경이 서 있는 수풀 쪽으로 걸어가며 물었다.

"엎드린 자세고 안면이 많이 손상돼 있어서 정확히 확인할 수 없었습니다. 다만 체격으로 봐서 여성인 것 같고……."

보안팀장이 작게 한숨을 몰아쉬고는 덧붙였다.

"입고 있는 유니폼으로 미뤄 봐서 본관 병동의 직원인 것 같습니다."

"직원이라면…… 누군지 짐작가는 사람이 있습니까?"

"본관 병동에서 근무하던 간호조무사가 토요일 오전에 근무지를 이탈해 지금까지 연락이 되지 않고 있습니다."

박 형사의 뒤를 따르던 현수가 그 자리에 멈춰섰다. 순간, 맥박이 요동치기 시작했다.

두 사람이 지구대 순경이 서 있는 지점에 도달하자 보안팀장은 손전등을 박 형사에게 건넸다. 박 형사는 조심스레 허벅지 높이의 핑크 뮬리 수풀 속으로 서너걸음 들어갔다.

"신 순경!"

수풀 속을 들여다보던 박 형사가 허리를 펴고 현수를 불렀다.

"여기 연락 안 된다는 직원, 인적사항 받아서 과학수사대 도착하면······."

현수는 여전히 그 자리에 얼어붙은 채 떨고 있었다. 박 형사가 그녀를 향해 손전등을 비추며 소리를 질렀다.

"신 순경! 정신 안 차리고 뭐 하고 있는 거야!"

겨우 발걸음을 뗀 현수가 수풀 쪽으로 천천히 다가갔다.

"과학수사대 도착하면 지문감식으로 신원확인부터 해야 하니까 아까 그 직원 인적사항 먼저 확인해."

현수가 걸음을 멈추고 주머니에서 수첩을 꺼내며 보안팀장을 쳐다보자 그가 현수에게 한걸음 다가서며 말했다.

"본관 병동 간호조무사, 유샛별, 만 19세."

볼펜을 쥔 현수의 손이 그대로 굳었다.

"토요일 아침 6시 근무 교대시간부터 보이지 않았고, 휴대전화는 계속 꺼져 있는 상태입니다. 타운 내에 있는 직원 숙소에서 생활했습니다. 주민번호는 병원 행정실에서 곧 확인해 줄 겁니다."

보안팀장이 말을 마치기도 전에 무릎이 푹 꺾이며 현수가 주저앉았다. 보안팀장이 얼른 다가가 현수의 팔을 잡아줬지만 그녀는 땅에 머리가 닿도록 고개를 숙이고 숨을 헐떡거렸다. 잠시 후, 현수는 막힌 숨통을 틔우기 위해 구토를 시작했다.

6

밤 10시 10분.

과학수사대의 지문감식 결과를 기다리며 지역형사팀 사무실에 앉아 있던 현수는 민지의 문자에 답장을 했다.

'언니, 정말 샛별이가 맞아?'

'아직, 몰라.'

추락한 듯 보이는 변사체의 안면은 형체를 알아볼 수 없을 정도로 손상됐고, 몸통과 팔다리도 뒤틀려있어 키를 가늠하기도 어려운 상태였다. 보안팀장이라는 사람의 말대로 어쩌면 샛별이일지도 모른다. 하지만 현수는 한가닥 희망의 끈을 놓고 싶지 않았다.

'샛별이면 어떻게 해. 언니 나 무서워.'

휴대전화를 들여다보던 현수가 민지에게 전화를 걸었다.

"샛별이 외할머니한테는 연락해봤어?"

"준서가 아침부터 해봤는데 전화를 계속 안 받으셔."

"그럼 집으로 가보지 그랬어."

"샛별이 외할머니 서울로 이사가셨어."

처음 듣는 소리였다. 샛별이와 종종 문자를 주고 받았지만 그런 이야기는 없었다.

"그게 무슨 소리야? 샛별이한테 그런 얘기 못 들었는데."

"나도 얼마 전에 알았어. 샛별이한테도 이사가는 날 알려주셨대."

변변한 직업도 재산도 없어 손녀딸을 보육원에 맡겼던 노인이 새삼스레 서울로 이사를 갈 만한 형편이 됐다는 게 이상했지만 지금은 그런 것을 따져 물을 때가 아니었다.

"샛별이 외할머니 전화번호는 알아?"

"응."

"전화번호 나한테 문자로 보내고, 울지 말고 병원에서 기다려. 준서랑 같이 있던가."

"준서 오늘부터 샛별이 대신 본관 병동 야간근무야. 언니, 나 무서워."

"준서가 샛별이 대신 근무를 하게 됐다고?"

"아홉 시에 간호팀장님이 오늘 밤부터 일해야 한다고 차 태워서 데리고 가셨어."

현수는 400병상 규모의 종합병원인 종산메디컬센터에서 로열타운 본관 병동으로 차출할 간호 인력이 과연 준서밖에 없었던 건지, 좀체 이해할 수 없었다. 병원 측에서 샛별이와 준서가 고교 동창이자 입사 동기라는 것쯤은 알고 있을 텐데 샛별이가 변사체로 발견된 마당에 그 자리를 친구에게 대신하라고 하는 것이 야박하게만 느껴졌다.

"그럼 내가 데리러 갈 테니까 퇴근하지 말고 병원에서 기다려."

울먹이는 민지의 목소리를 들으니 번쩍 정신이 들었다. 아이처럼 두려움에 떨 때가 아니었다. 샛별이의 외할머니가 도착할 때까지 샛별이의 유족 역할을 해야 하며, 가족과 다름없는 샛별이의 죽음으로 패닉 상태에 빠진 민지의 보호자 역할을 해야 했다.

그때 박 형사가 통화를 하며 사무실로 들어섰다. 지문감식 결과가 나온 것이리라. 현수의 심장박동이 빨라졌다. 현수가 그를 계속 주시했지만, 박 형사는 자기 자리에 가 앉은 후에야 입을 열었다.

"같은 보육원 출신이라고 했지?"

"네, 같은 보육원에서 자랐고 종산에서 함께 살기 위해 종산경찰서에 지원한 거예요. 지금 같이 사는 동생이랑 샛별이, 모두 저한텐 친동생이나 마찬가지예요."

박 형사는 현수를 물끄러미 바라보았다. 지문감식결과 변사체는 샛별이로 판명됐다.

"자살할 만한 이유가 있었나?"

형사팀 테이블에 마주 앉은 박 형사가 현수에게 물었다.

"자살 아니에요. 그럴 이유 같은 거 없어요. 그럴 애 아니에요."

샛별이 주변 인물의 연락처를 적고 있던 현수가 펜을 내려놓고 고개를 들었다.

"어떻게 그렇게 확신하지?"

"명랑하고, 긍정적이고 영리한 아이였어요. 보육원 친구들도 다 좋아했고, 학교 선생님들한테도 언제나 칭찬받고 예쁨받는 아이였구요. 병원에서도 워낙 일을 잘해서 어린 나이인데도 로열타운 본관으로 차출될 정도로 인정받은 아이예요."

"그것 봐. 명랑하고 긍정적이고, 영리하고 대인관계도 좋은 아이를 누가 죽이겠어? 그건 타살의 이유가 없다는 얘기고. 그럼 자살이거나 사고사란 얘기지."

현수의 말문이 막혔다.

"자살자 주변사람들 탐문하잖아? '그럴 줄 알았어요.' 하는 경우 흔치 않아. 만성 우울증 환자였다면 모를까. 특히 투신자살은 말야, 유서를 남기지 않는 경우가 아주 많아. 충동적으로 일을 벌이거든."

현수가 고개를 저었다.

"충동적인 것과는 거리가 먼 아이예요. 신중하고 생각이 깊은 아이라구요."

"신중한 성격이라고 해서 절대 충동적이지 않다는 법은 없지."

"간호대 진학할 계획이었고, 하고 싶은 게 많은 아이였어요."

"꿈이 있는 사람은 절대 자살 안 한다? 뭐 그런 법도 없고."

현수는 샛별이의 죽음을 자살로 몰고가는 듯한 박 형사의 태도가 답답했다. 그렇다고 해서 담당 형사인 박 형사의 비위를 건드릴 수는

없었다. 경찰에 변사체로 신고가 접수된 이상 부검을 하는 것이 통상
적이라고는 하나 수사담당자의 의지에 따라 검시로 끝낼 가능성도
있는 상황이었다. 별다른 타살 정황이 없는 한 단순 자살로 내사종결
하는 경우가 더 많았다. 지금으로서는 부검을 통해 샛별이 죽음의 이
유를 밝히는 것이 급선무였다.

"그래도 부검은 해야 하잖아요. 하실 거죠?"

"일단 검시결과 보고, 날 밝으면 현장조사랑 탐문도 하고 결정해
야지. 유족도 만나봐야 되고. 우선 유족 조서를 작성해야 변사처리를
할 거 아냐."

유족이 반대하면 부검이 이루어지지 않을 가능성은 더욱 커진다.
현수는 마음이 급해졌다.

"제가 뭘 하면 되죠?"

"일단 진정해."

"네?"

"친동생이나 다름없다면서? 그럼 혈육만 아닐 뿐이지 넌 유가족이
나 마찬가지야. 유가족이 수사할 수는 없잖아."

경찰업무의 특성상 틀린 말은 아니었지만, 그렇다고 해서 가만히
있을 수는 없는 일이었다.

"유가족이나 다름 없지만, 진짜 유가족은 아니니까요."

"간절한 마음은 잘 알겠는데…… 아까 같이 사는 동생도 피해자와
친했다고 했지?"

* * *

　새벽 2시. 사무실에서 보고서를 작성한 보안팀장은 본관 5층 VIP 병동으로 향했다.

　지난 밤 늦게까지 경찰에서 참고인 진술을 하고, 사무실로 돌아와 내일 아침 팀장 회의에서 보고할 내용까지 정리하느라 밤 11시 순찰을 하지 못한 것이 마음에 걸렸다. 야간 순찰이 보안팀장의 의무는 아니었지만, 그에게는 로열타운 보안팀장으로서의 하루를 마감하는 루틴이었다. 무엇보다 변사체의 신원이 샛별이로 확인됐다는 통보를 듣고는 신경이 곤두서 잠을 잘 수가 없었다.

　본관에 들어서자 습관처럼 CCTV가 작동되는 지점들을 확인했다.

　엘리베이터를 타고 5층 병동에 올라가자 여느 때처럼 불이 환했다. 스테이션을 둘러보고 굽은 복도를 따라 원 회장의 병실에 다가서자 앉아 있는 임준서의 뒷모습이 보였다.

　늦은 오후에 간호팀장이 샛별이 대신 야간당직을 맡게 된 친구라며 임준서의 인적사항을 본관 경비팀과 보안팀에 보내왔을 때만 해도 너무 빠른 조치가 당황스럽게 느껴졌다. 원 회장을 간호하는 VIP 병동 근무의 특성상 당분간 주간 간호사의 임시 야간근무가 이뤄질 거라고 생각했으나 본원에서 새로운 간호조무사를 데려왔다는 것이 언뜻 이해가 되지 않았다.

　더욱이 임준서 역시 종산보건고등학교 출신으로 샛별이 동기라고 했다. 송산메디컬센터에 함께 들어왔으니 분명 친분이 있었을 것이다. 실종된 친구 대신 앉아 있는 소년의 심경은 어떨까! 아니, 어쩌면 친구가 변사체로 발견됐다는 것을 이미 알고 있을지도 모른다. 어느 쪽이든 소년의 뒷모습이 애처롭게만 느껴졌다.

유리문을 사이에 두고 있었으나 인기척을 느꼈는지 임준서가 흘끔 뒤를 돌아봤다. 눈이 마주치자 천 팀장은 가슴팍의 보안팀장 명찰을 가리키며 살짝 고개를 숙였다. 준서는 천천히 의자에서 일어나 유리문 쪽으로 돌아서서는 꾸벅 고개를 숙였다. 천 팀장이 다시 한번 깊숙이 허리를 숙여 인사를 하고는 돌아섰다. 아주 잠깐이었지만, 소년의 인상은 다부진 체격과 어울리지 않게 너무나 앳되고 선해 보였다.

지하 1층으로 내려온 천 팀장은 보안팀 사무실을 거쳐 수장고 옆 뒷뜰로 나왔다. 신월이었음에도 밝은 달빛에 폴리스라인이 선명하게 보였다.

샛별이의 시신은 종산메디컬센터 영안실로 이송된 후였지만 오랜 경찰 생활을 한 천 팀장이라도 시신이 놓여 있던 자리를 바라보는 일은 쉽지 않았다. 그가 갑자기 폴리스라인에 바짝 다가갔다. 그리고는 고개를 들어 하늘을 한번 쳐다보더니 다시 비오톱을 벗어나 건물 외벽까지 성큼성큼 걸었다. 다시 폴리스라인까지 걸어가기를 반복하던 천 팀장은 한두 걸음씩 좌우로 이동하며 다시 하늘을 올려다보았다.

샛별이의 시신은 추락의 충격을 그대로 보여주는 형태였다. 추락이 직접 사인이든 아니든 떨어진 자리는 추락지점에서 궤적을 위로

그어 올린 자리일 것이다. 그렇다면 건물 외벽의 형태와 구조상 추락할 만한 지점은 5층 VIP병동 바깥 테라스뿐이었다. 시신을 처음 발견한 구 팀장과 송 주임이 휴대전화를 떨어뜨렸다는 바로 그 테라스.

그곳에서 추락했다고 가정할 때 지하 1층 비오톱까지 높이는 대략 30미터쯤 될 것이다. 30미터 높이에서 만일 스스로 투신했다면 어디로 떨어졌을까? 아마 비오톱이 시작되는 지점쯤일 것이다. 하지만 시신이 놓여 있던 지점은 비오톱 핑크뮬리 수풀 속이었다. 거리가 너무 멀었다. 어림짐작해도 건물 외벽으로부터 7미터가 훨씬 넘는 지점이었다. 시신이 절로 굴러갈 만큼 경사진 곳도 아니었다. 그렇다면 투신자살을 시도하는 사람이 일부러 새가 날듯 몸을 힘껏 도약해서 뛰어내렸다는 얘기가 된다.

그건 상상하기 어려운 일이었다. 추락사한 시신의 위치에 대한 분석은 천 팀장도 형사 시절 여러 차례 살펴본 경험이 있었다. 대부분의 투신자살에 대한 보고서들은 외력에 의해 던져지지 않는 이상 투신한 시신은 건물 외벽으로부터 멀어봐야 3~4미터 정도 떨어진 지면에 떨어지게 된다고 기록하고 있었다.

그렇다면 샛별의 사체는 왜 그 곳에 놓여 있었을까.

11월의 차가운 새벽 이슬 속에서 생각에 잠긴 천 팀장은 동쪽 하늘에 샛별이 떨어질 때까지 그 자리를 떠나지 못했다.

7

"그렇잖아도 골치 아픈 일이 한두 가지가 아닌데 걔는 왜 여기서 자살을 해?"

원주희 이사장이 미간을 잔뜩 찌푸리며 신경질적으로 말했다.

"보도는 확실히 막았죠?"

"네. 지역신문과 경찰서 모두 단속했습니다."

장광무 총무팀장이 대답했다.

"각 부서마다 이 사실 알고 있는 직원들 명단 파악해서 입 틀어막고, 소문내는 사람은 알아서 잘라버리세요."

원주희 이사장에게도 샛별이는 당연히 낯선 존재가 아니었다. 그럼에도 불구하고 이사장은 망자에 대한 한마디 애도도 없이 직원들의 입단속만 강조하고는 회의실을 나가버렸다.

회의실에 남은 이들은 장광무 총무팀장을 비롯해 천중일 보안팀장, 주미혜 간호팀장, 원 회장의 주치의인 나윤석 내과 과장, 구경순 컨시어지 팀장, 칼리오페 관리담당자이자 수장고 관리를 맡고 있는 시서경 과장이었다.

잠시 침묵이 흘렀다.

"음……."

장광무 팀장이 침울한 분위기에 어울리지 않는 미소를 띤 채 별일 아니라는 듯 느긋하게 입을 열었다.

"이사장님 지시대로 입단속만 확실히 하면 조용히 끝날 거예요."

그의 입에서도 애도의 말은 나오지 않았다.

"시 과장님, 가능한 빨리 폴리스라인 철거하겠지만, 사람들 눈에 띄어서 좋을 거 없으니까 당분간 수장고 작업 스케줄은 잡지 마시고."

"네. 예정된 작업 없습니다."

30대 중반의 시서경 과장이 대답했다. 원주희 이사장이 뉴욕에서 유학하던 시절부터 학비와 생활비를 보조받는 댓가로 그녀의 비서 노릇을 해 온 직원이었다. 학업능력은 물론 영어실력도 형편없었던 원주희가 학위를 딸 수 있었던 것은 모두 그녀의 조력 덕분이었다. 그렇게 두 배의 노력을 하며 미국땅에서 석사학위까지 땄지만 시녀 노릇은 귀국 후에도 계속돼야 했다. 엄마가 갤러리 관장이 아니고서 야 큐레이터는 꿈도 꾸지 못하는 한국사회에서 설령 운 좋게 큐레이터로 자리 잡는다고 해도 박봉에 시달리다 그마저도 마흔이면 밀려나는 게 현실인 만큼, 시서경은 다른 선택지를 생각할 수 없었다.

"나 과장님, 당직실 수리하는 동안 좀 불편하시더라도 숙소동을 사용하셔야겠네요."

이번에는 그저 당직의의 편의에 관한 이야기였다.

"불편할 것 없습니다."

나윤석 과장은 40대 후반이지만 잘 관리된 체격과 피부 때문에 나이보다 훨씬 젊어보이는 데다 명품 수트를 센스 있게 차려입어 의사라기보다는 기업 CEO 자리가 더 어울리는 차림이었다. 나 과장은 국내 유명 대학병원에서 원 회장에게 스카웃 된 인물로, 심장내과 전문의이자 국내 몇 안 되는 파브리병 전문가였다. 명예를 중시하거나 의사로서의 사명감을 가진 것도 아니고, 무엇보다 금전적 보상과 인맥 유지를 위한 사교 모임에 더 관심이 많았던 그는 원 회장의 주치의 자리를 망설이지 않았다. 일주일에 단 이틀, 그것도 반나절씩 메디컬 센터에서 외래환자를 보는 것을 제외하면 원 회장의 처방전을 내리는 것이 업무의 전부인 자리를 마다할 이유는 더욱 없었다.

"간호팀 입단속이 제일 어려울 것 같은데요?"

"간호팀에서는 절대 시끄러운 일 없을 겁니다."

주미혜 팀장이 자신 있다는 듯 대답했다.

"컨시어지팀은 제가 직접 내려가서 말씀드리겠습니다."

구경순 팀장이 고개를 숙였다.

"자살은 보통 사나흘이면 내사종결이죠?"

이번에는 천 팀장에게 물었다.

"네. 유서가 나오거나 자살정황이 확실하면…… 그렇습니다."

장 팀장이 여전히 이해할 수 없는 미소를 지으며 고개를 끄덕였다.

"이 일과 관련해서 경찰에 협조해야 할 일이 생기거나 하면 먼저 나한테 의논하는 거 명심하세요. 물론 경찰이 그렇게 귀찮게 할 일은 없겠지만."

좌중을 향한 그의 말은 재차 함구를 강조하는 의미였다.

"그럼 일들 보시고, 천 팀장은 내 방으로 와요."

                                    ***

3층 복도 끝에 있는 장광무 총무팀장의 사무실은 어지간한 대기업 임원실만큼이나 넓고 고급스러웠다. 원세권 회장이 한국에 들어와 기업사냥을 시작할 무렵부터 지금까지 30여 년을 그의 오른팔로 살아온 만큼 그 정도의 처우를 해주는 것은 당연해 보였다. 오히려 '총무팀장' 직함이나 로열타운 일반세대 거주 정도의 혜택이 섭섭하지는 않을까 싶을 만큼 로열타운 운영에 있어 핵심적인 인물이었다.

"오늘 현장조사면 비오톱하고 또, 어디 조사할 데가 있나?"

장광무 팀장이 의자 등받이가 휘어지도록 기대 앉으며 물었다.

"유샛별 씨 숙소, 조사 예정입니다."

"그렇겠지. 천 팀장이 따라다니면서 무조건 조용히, 조용히 진행해요."

"그리고 아마 유샛별 씨 실종시간대 VIP병동 출입구 CCTV도 제출을 요구할 겁니다."

천 팀장의 말에 장 팀장의 시선이 잠시 허공을 맴돌다 이내 한 곳에 멈췄다.

"그건 내가 직접 전달할 테니까 필요하면 나한테 받으러 오라고 하세요."

사실 천 팀장은 기회라고 생각했다. 경찰이 사건을 접수한 이상 사인에 대한 수사는 진행할 것이고, 당연히 샛별의 실종시간대 VIP병동의 CCTV 영상파일을 요구할 것이다. 그러면 방재실에서 파일을 복사할 것이고, 함구령이 내려졌다고는 하나 영상파일을 복사한 방재실 직원에게 언제 샛별이 병동 5층의 테라스로 나갔는지 정도는 물어볼 수 있을 것이다.

하지만, 장 팀장이 경찰에 CCTV 파일을 직접 전달한다는 것은 장 팀장이 방재실 직원에게 직접 지시를 내릴 것이며 보안팀장인 자신은 물론 다른 직원에게 절대 CCTV의 내용을 노출하지 않겠다는 뜻이었다.

'대체 뭘 숨기고 싶은 걸까?'

천 팀장이 의심을 품은 이유는 바로 그날의 CCTV때문이었다.

그는 샛별이 CCTV 영상에 찍혔던 토요일 새벽 5시 10분 이후, 다시 본관으로 들어온 흔적을 찾기 위해 오늘 새벽 방재실에서 본관 출입구를 비추는 2박 3일간의 CCTV 영상들을 확인했다. 주말인 탓에 본관을 드나드는 인원이 극히 적은 데다 거의 모든 출입자들은 천 팀장이 알아볼 수 있는 얼굴들이었고, 어느 영상에도 샛별이 돌아온 흔적은 없었다. 따라서 샛별은 다시 본관으로 돌아오지 않았다는 의미이고, 자신이 순찰을 마친 금요일 밤 11시부터 토요일 새벽 5시 사이에 추락했다는 이야기가 된다.

그렇다면 토요일 오전에 자신이 확인한 영상 속 샛별이의 뒷모습은 어떻게 된 것일까?

혹시나 하는 마음에 그는 샛별이 보였던 토요일 새벽의 본관 출입문 영상을 다시 한번 확인해 보았다. 천 팀장은 자신의 눈을 의심하지 않을 수 없었다. 분명 5시 10분경에 나타나야 할 여성의 뒷모습이 보이지 않았다. CCTV는 미동도 없는 문을 하염없이 비추고 있었다.

자신이 착각했을 리는 없다. 당시, 불과 서너 시간 전의 기록을 확인했기 때문에 날짜를 혼동했을 리도 없었다. 날짜는 물론 요일까지 분명 확인했었다.

만약 자신의 착각이 아니라면? 누군가 CCTV 영상을 조작했다는 의미일 것이다. 그리고 그것은 CCTV를 철저히 통제하는 권한을 가진 사람만이 할 수 있는 일이었다.

더욱이 새벽 시간대 겨우 몇 시간 만에 CCTV까지 조작했다면? 그것은 분명 샛별의 죽음과 관련이 있을 것이다.

본관 3층에서 지하 1층 보안팀 사무실로 가기 위해 엘리베이터를 기다리고 있을 때 휴대전화가 진동했다. 조은숙 간호사의 문자메시지였다.

'팀장님, 샛별이 카디건하고 책, 어떻게 하죠? 유족에게 전하고 싶은데 방법을 모르겠어요.'

'제가 가지고 있다가 전해드리겠습니다.'

1층 로비에서 기다리자 조 간호사가 초록색 쇼핑백을 들고 내려왔다.

"간호팀장님이 입도 벙긋하지 말라고 해서 답답해요. 이렇게 가서…… 장례식도 안 하겠죠? 그렇게 쓸쓸하게 보내면 안 되는데……."

"경찰 조사가 끝나면 가족끼리라도 조용히 장례식을 치를 겁니다."

"조의를 표할 기회가 있으면 팀장님이 저한테 따로 연락 좀 주세요. 간호팀에서는 드러내놓고 못 할 거 같아요."

"네. 알겠습니다."

조 간호사가 묵직한 쇼핑백을 건넸다.

"샛별이가 보던 책하고 카메라, 필통, 카디건이에요."

"제가 잘 보관해 두었다가 유족에게 꼭 전하겠습니다."

"그런데 팀장님……, 팀장님은 샛별이 시신 보셨죠?"

샛별이의 이름을 말할 때 조 간호사의 목소리가 가늘게 떨렸다.

"네."

"정말 자살했을까요? 저는 샛별이가 자살할 이유가 없다고 생각하거든요."

"…… 경찰 조사를 기다려봐야겠죠."

두 사람은 잠시 말없이 서 있었다.

8

　밤새 우는 민지를 진정시켜 재운 후에야 겨우 두어 시간 눈을 붙인 현수는 곧장 경찰서로 향했다.

　현수가 사무실에 도착했을 때, 박 형사는 옷만 겨우 갈아입은 채 피로감을 감추지 못한 푸석한 얼굴로 컴퓨터를 들여다보고 있었다. 현수는 포장해 온 아이스 아메리카노를 박 형사 앞에 내려놓았다.

　"샛별이 외할머니는……."

　"내가 생긴 건 세련됐지만 입맛은 클래식해서 커피 둘, 설탕 둘이 취향이거든?"

　"지금 바로 타 오겠습니다."

　"됐고, 외할머니께서는 아직도 전화를 안 받으시는데…… 전화번호는 맞는 거지?"

　"네. 그럼 제가 계속 전화해보겠습니다."

현수가 그 자리에서 휴대전화를 꺼내들었다.

"뭐라고 할 건데?"

"네?"

"통화 연결되면 뭐라고 할 거냐고."

"그게……."

현수는 박 형사의 질문이 무슨 뜻인지 이해할 수가 없었다.

"손녀의 죽음을 경찰로서 알릴 건지, 아니면 아는 언니로서 알릴 건지 묻는 거야."

빨리 상황을 알려야겠다는 마음만 급해서 정작 어떻게 전해야 할지는 생각하지 못했다.

"흥분해서 여러 소리 하지 말고, 사망 소식만 간단히 알린 다음 '가급적 이쪽으로 빨리 오시라' 그것만 이야기해. 알았어? 통화되면 나한테 바로 알리고."

"네, 알겠습니다. 그리고, 경위님. 샛별이 휴대전화는……."

"오늘 다시 찾아봐야지."

"통신 수사부터 하시는 게……."

"그건 벌써 신청했죠, 신 순경님."

"현장조사는 몇 시에 나가실 거예요?"

현수가 눈치 없이 질문을 해대자 박 형사가 잔뜩 짜증이 난 표정으로 쏘아붙였다.

"저기요, 수사 지시는 과장님한테 받을게요. 신 순경님은 할머니한테 전화나 계속 해보세요."

현수가 머뭇거리다 돌아서 걸어가자 박 경위가 그녀의 뒷모습을 쳐다보았다.

귀찮은 듯 나무라며 말했지만 사실 현수의 심경을 이해 못 하는 바는 아니었다. 경찰로서 이제 겨우 시보를 마친 신참내기였다. 사소한 사건을 접했다 해도 서투르고 흥분할 마당에 육친과 다름없다는 동생의 죽음을 마주했는데 어떻게 이성적일 수가 있을까.

샛별이의 죽음과 관련된 모든 상황에 감정적으로 대응할 것이 뻔하니 수사에 간섭하도록 놔둘 수도 없는 일이었다. 박 형사는 현수를 사실상 유족으로서 대하겠다고 마음먹은 터였다.

"느낌이 안 좋아요, 느낌이……."

현수가 가져다 놓은 커피를 한모금 마시며 박 형사가 중얼거렸다.

현장을 확인한 현수가 주저앉는 그 순간부터 심상치 않은 사건일 거라는 느낌이 들었다. 뭔가 간단히 끝나지 않을 것 같다는 형사의 예감이었다.

아니나 다를까, 오늘 아침부터 난데없는 수사과장의 호출이 있었다. 로열타운 변사사건을 '투신자살'로 빨리 종결하라는 주문이었다. 완곡한 말투였지만 사실상 압박이었다.

변사체가 발견된 지 하루도 지나지 않았고, 아직 현장조사도 하지 않았으며 검시보고서도 올라오지 않은 상황에 벌써부터 종결 운운하는 것이 뭔가 찜찜하고 불쾌했다.

박 형사는 '중산시의 자랑거리인 로열다운의 위상을 생각해서 서둘러 처리해야 한다'는 수사과장의 말을 곱씹어보았다.

***

오전 내내 전화를 걸었지만 샛별의 외할머니와는 연락이 닿지 않았다. 어쩌면 낯선 번호여서 전화를 받지 않을 수도 있으리라. 현수는 문자를 보내기로 마음먹었다. 어떻게 이야기를 꺼내야 할까 고민하며 몇 번이나 쓰고 지우기를 반복하던 현수는 결국 자신의 소개와 '연락 부탁드린다'는 내용만 간략히 담아 전송버튼을 눌렀다.

초조한 마음을 억누르며 창밖 너머 주차장을 살펴보았다. 박 형사의 차는 여전히 그곳에 세워져 있었다. 주차장에서 기다리다 샛별의 외할머니와 연락이 닿으면 그걸 핑계로 박 형사의 차에 올라탈 생각이었다.

문자를 보낸 지 3분 남짓 됐을까? 현수의 휴대전화이 울렸다.

"네, 신현숩니다."

"……모르는 번호라서요."

수화기 너머로 들리는 목소리는 현수의 상상과는 완전히 다른 음색과 질감이었다. '외할머니'라는 단어가 주는 온기는 거의 느껴지지 않았고, 어두웠으며 묘하게 차가웠다.

현수는 박 형사의 지시대로 최대한 담담하고 간략하게 샛별의 사망 소식을 전했다. 그리고, 서둘러 송산시로 와 달라는 말을 덧붙였다. 가능한 담대하려 노력했으나 말끝이 떨리는 것은 어쩔 수 없었다. 수화기 너머로 정적이 흘렀다.

너무 큰 충격을 받은 건가 싶어 현수가 먼저 말문을 열었다.

"괜찮으세요?"

"……사고인가요?"

지나치게 차분한 음성이었다.

"아……, 정확한 건 아직……."

당황한 현수가 말을 더듬었다. 수화기 너머로 절망의 절규 같은 건 전해지지 않았다.

"어디로 가면 되죠?"

"종산경찰서로 오셔서 박기훈 형사를 찾으시면 됩니다. 전화번호는 문자로 보내드리겠습니다. 아니면, 이 번호로 저에게 전화주셔도 되구요, 출발하실 때……."

"알겠어요."

"언제쯤 오실 수 있는지……."

현수의 말을 가로막는 듯 통화가 툭 끊겼다. 샛별이 외할머니의 예상치 못한 반응에 현수는 맥이 탁 풀려 의자에 주저 앉았다.

'아파서 일을 못 하시거든.'

그러고 보니 샛별이가 외할머니에 대해 했던 이야기는 그게 전부였다. 혼자서 샛별이를 돌보시는데 외할머니가 아파서 일을 못 하시니 가난을 벗어날 길이 없고, 그래서 자신이 보육원에 맡겨진 거라고 했었다.

가끔 샛별이가 외할머니댁에 가거나 돌아올 때에도 샛별은 혼자 가고, 혼자 돌아왔다.

본 적도 없고, 통화를 한 적도 없으니 현수의 상상 속에 존재하는 샛별이의 외할머니는 연로하고 병약한 모습일 수밖에. 하지만 수화기 너머의 목소리는 그런 종류의 노쇠함과는 거리가 멀었다. 중년 여성의, 아주 차갑고 건조한 음성이었다.

하지만, 현수의 놀라움과 당혹감은 목소리 때문만은 아니었다. 외할머니에게 기대한 목소리나 말투는 현수의 선입견이었다 치더라도, 남도 아닌 손녀딸의 죽음에 지나치게 담담한 태도가 마음에 걸렸다. 죽음 앞에서도 그렇게 미지근했던 음성이 샛별이 생전이라고 더 다정하고 애틋했을 것 같지 않았다.

'그래서 샛별이가 그렇게 어른스럽고 의젓했던 걸까? 그 외로움을 견뎌내기 위해서?'

마음이 무겁게 내려앉았다. 현수는 잠시 멍하니 앉아 있다가 문자 메시지를 발송했다. 도착 예정시간을 알려달라는 당부도 잊지 않았다. 손가락을 놀리는 간단한 동작이었지만 온몸에서 기운이 빠져나갔다.

현수가 마음을 추스르고 창밖을 보았을 때, 주차장에 서 있던 박형사의 차는 보이지 않았다.

***

　박기훈 형사의 차가 로열타운 정문에 도착하자 경내 전기차가 벌써 대기하고 있었다. 이번에는 본관이 아닌, 정문에서 아주 가까운 스포츠센터 주차장으로 안내했다. 스포츠센터 앞에 다다르자 인접 신도시까지 운행하는 고급 리무진 버스 몇 대가 스포츠센터의 마크를 달고 서 있었다. 출입문 옆으로 대기 중인 보안팀장이 보였다. 그가 가리키는 곳에 주차를 하고 문을 열자 보안팀장이 빠른 걸음으로 다가와 인사했다.

　"본관에는 일반 차량이 주차할 곳이 없어서 이쪽으로 안내했습니다. 저희 차량으로 이동하시죠."

　"그냥 걸어가겠습니다."

　"7,8분 정도 걸릴 텐데요."

　"보안팀장님께 여쭤볼 것도 있고, 밤에 보지 못한 것들 좀 확인할까 해서요."

　"괜찮으시다면 그렇게 하시죠."

　이렇게 넓고 낯선 곳에서는 보이지 않는 것이 많은 법이다.

　이 사건을 빨리 종결하고 싶은 것이 수사과장이나 경찰서장의 개인적인 생각일까? 어쩌면 로열타운 측에서 서장에게 압력을 넣었다는 추측이 오히려 합리적일 것이다.

　로열타운에 도착하고 보니 오늘 아침, 로열타운 측에서 이 사건을

'투신자살'로 파악했다며 그 주장을 그대로 수용해 신속하게 처리하라는 수사과장의 압력이 떠올랐다. 그렇다면 로열타운 측에서는 자신들의 의지대로 박 형사의 동선을 짜고, 자신들의 바람과 다른 돌발적인 상황이 벌어지지 않도록 최선을 다할 것이다. 박 형사는 호락호락 넘어가주고 싶지 않았다. '너희들이 보여주는 것만 보지 않겠다'는 의지의 표현이었다.

두 사람이 주차장을 빠져나와 본관을 향해 걷기 시작했다. 지난 밤에는 보지 못했던 장관이었다. 휴양지 느낌이면서도 또 휴양지의 경쾌함과는 다른 중후한 멋과 고급스러운 품격까지 더해진 풍경이었다.

"저 건물은 뭔가요?"

박 형사가 뒤돌아보며 높이 솟은 20여 층 규모의 건물을 가리켰다. 이미 머릿속에 로열타운의 건물 배치도를 그려넣고 온 터였지만 자연스러운 대화 분위기를 만들기 위해 짐짓 모르는 체하며 질문을 던졌다.

"타워동이라고 부르는 일반세댭니다. 주거형 오피스텔 구조로 생각하시면 되고, 독신 세대를 위한 30평형부터 부부 세대를 위한 70평형대까지, 300여 세대가 있습니다. 다양한 구조와 다양한 풍경이……."

이어 야외정원과 식물원, 야생화길, 산책을 위해 조성된 세 가지 종류의 숲길, 생활편의시설이 들어서 있는 리빙센터, 요가와 명상을 위한 야외시설, 주말농장과 골프장에 이르기까지 보안팀장은 홈페이지에 적힌 내용을 차분하게 설명했다.

천 팀장이 골프장에 관한 설명을 막 마쳤을 때 박 형사가 재빠르게 질문을 이어갔다.

"여기 직원들의 근무 만족도는 높은 편인가요?"

"그건 개인에 따라, 직종에 따라 다를 것 같습니다."

"그래도 왜, 전반적인 분위기라는 게 있잖아요."

"글쎄요, 이직률은 높지 않은 편입니다."

"팀장님은 어떠세요?"

"저는, 만족합니다."

"유샛별 씨는 어땠을까요?"

"항상 밝은 표정이었던 걸로 봐서 긍정적으로 생각하지 않았을까 생각합니다."

박 형사가 쉴 새 없이 질문을 이어갔다.

"유샛별 씨와 개인적인 이야기를 자주 나누셨나요?"

"특별히 사적인 이야기를 주고받은 적은 없습니다."

"근무태도가 어땠는지, 대인관계는 어땠는지 알아볼 수 있겠죠?"

"네, 관리감독자인 간호팀장, 함께 근무했던 간호사가 대기하고 있습니다."

"참, 저희 수사과장님 말씀이 로열타운 측에서는 이 사건을 '투신 자살'로 파악하고 서둘러 종결하길 바란다던데 임원회의에서는 벌써 그렇게 결론을 내린 모양이죠?"

"너무 갑작스런 일이라…… 그렇게 추측하시는 것 같습니다."

"보안팀장님께서는 어떻습니까? 유샛별 씨가 자살했다고 생각하시나요?"

"……."

박 형사의 기습적인 질문에 막힘없이 차분하게 답변을 이어가던 천 팀장이 머뭇거렸다.

비오톱에 도착했을 때, 아직 다 시들지 않은 핑크뮬리가 11월의 햇살 아래 일렁이고 있었다.

"이곳으로 차가 드나드는 빈도가 얼마나 되요?"

철문을 가리키며 박 형사가 물었다.

"정기적으로 출입하는 차량이 있진 않고, 반입품이 있거나 수장고 소독관련 물품이 들어올 때 열게 되니까 보통 한 달에 한두 번 정도일 겁니다."

"직원들이 이쪽으로 다닐 일은 없나요?"

"네, 없습니다. 지하 1층에 수장고와 사무실, 그리고 방재실과 보안팀 직원들이 근무하는 사무실이 있긴 한데 직원들도 정문으로만 출입합니다."

천 팀장이 손을 들어 건물 안쪽을 가리키며 설명했다.

"그럼 그 발견하신 분들이 휴대전화를 떨어뜨리지 않았으면 뭐 여기서 자연히 풍장(風葬)이 될 수도 있었겠네요."

'풍장'이라는 말에 천 팀장은 마음이 서늘해지는 것을 느꼈다.

"몇 달 후에라도 발견이 되긴 했을 겁니다. 핑크뮬리는 다년생 식물이지만 겨울이 되면 밑둥만 남겨두고 가지를 잘라내 줘야 한다고 들었습니다."

"사람이 직접 들어가서 가지를 친다는 거죠?"

"네."

"정확히 언제쯤이죠?"

"2월 말이라고 들었습니다."

"그렇군요. 어쨌든 다행이네요. 겨우내 쓸쓸히 누워 있는 것보다야 빨리 발견되는 게 낫죠."

천천히 비오톱을 둘러보던 박 형사가 등을 돌려 건물을 올려다보며 물었다.

"총 몇 층이죠?"

"탑층까지 층수로는 5층인데 실제 높이는 보통 건물의 10층 높이 이상일 겁니다. 층고가 아주 높게 설계됐다고 들었습니다."

"외벽의 창은 열리나요?"

"건물 뒷면의 모든 창은 열리지 않습니다. 실내는 자동환기시스템을 갖추고 있습니다."

"저기가 5층 테라슨가요?"

"네, 처음 발견하신 두 분이 휴대전화를 떨어뜨린 곳입니다."

"외부로 창이 열리는 곳이 없다면, 유샛별 씨가 추락했을 만한 곳은 저 테라스가 유력하겠군요. 혹시 다른 곳은 없나요?"

박 형사가 공중에 포물선을 그어 보였다.

"보시다시피 전체가 외벽인 데다 창문이 있는 곳도 열리지 않기 때문에 테라스에서 추락한 것으로 보입니다. 말씀드린 대로 유샛별 씨는 5층 VIP병동에서 근무했고, 카드키와 고유번호를 이용해 5층 테라스를 드나들 수 있는 직원이었습니다."

박 형사는 테라스를 한참 올려보다가 건물 외벽을 향해 뚜벅뚜벅 걸어갔다.

그리고는 다시 보안팀장이 서 있는 핑크뮬리 경계지점으로 걸어왔다.

팔짱을 낀 채 뭔가 생각하는 듯 잠시 멈춰 섰던 그는 다시 외벽을 향해 성큼성큼 걸어갔다.

지난 새벽 천 팀장이 그랬던 것처럼…….

***

"나도 샛별이 외할머니 본 적 없어."

현수는 종산메디컬센터 휴게실에서 민지와 늦은 점심을 때우고 있었다.

눈의 붓기도 채 가라앉지 않은 민지가 다시 눈물을 떨구었다. 지나가던 사람들이 흘끔거렸다.

"정말 너무한다. 어떻게 그럴 수가 있어?"

"너무 멍해서 그러셨을 수도 있고……."

민지가 더 속상해 할까 싶어 현수가 마음에도 없는 말로 샛별의 외할머니를 두둔했다.

"샛별이가 왜 보건고 갔는데…… 장학금 받고 일반고 갈 수도 있었어. 외할머니 고생 덜어드린다고 보건고 간 거라구. 빨리 조무사 돼서 돈 번다고……."

"알아. 샛별이가 그렇게 속 깊었던 거…… 알지."

현수가 휴지를 건넸다.

"그만 울어. 머리 아파."

휴지로 눈물을 찍어내던 민지가 현수에게 물었다.

"그럼 정말 샛별이 장례식도 못 하는 거야?"

"왜 장례식을 못 해?"

"선생님들이 자살하면 원래 장례 안 치르는 거라고……."

"선생님이라니?"

"간호사 선생님들. 어린애가 자살하면 장례 안 하는 거라고……. 샛별이 외할머니도 그냥 화장한다고 했다면서."

"말도 안 돼. 장례 치러야지. 샛별이 쓸쓸하게 보낼 수는 없잖아."

"장례식은 가족만 할 수 있대. 가족이 아니면 남은 해주고 싶어도 못 한대."

순간, 심장이 철렁 내려앉았다. 민지의 이야기는 사실이었다. 장례는 '법적 가족'과 '친족'만이 치를 수 있다. 수십 년을 함께 한 지인이

라노, 사랑하는 친구라도, 실령 고인의 부탁이 있었다 하더라도 '남'
은 장례를 치를 수가 없다.

민지는 또래 아이들이라면 궁금해하지도 않을 세상의 규칙을 알고
있었다. 자신의 처지를 한시도 잊고 살 수 없기 때문일 것이다.

"아니야. 해줄 수 있어. 언니가 해줄 거야."

현수가 힘주어 말했다. 샛별이 외할머니에게 동의를 얻으면 장례
절차를 대신할 수 있을 것이다. 다른 일도 아니고, 그 부탁만은 거절
하지 못할 것이다.

"우리가 해주면 돼."

현수가 부러 밝은 목소리로 민지를 다독였다.

"민지야, 언니 말 잘 들어. 샛별이가 왜 그렇게 됐는지는 아직 몰라.
경찰 조사가 끝나야 알 수 있어. 그리고 중요한 건 자살이든 사고든
그 이유를 알아내야 한다는 거야. 그러기 위해서는 주변 사람들이 경
찰조사에 적극적으로 협조를 해줘야 해."

민지가 눈을 동그랗게 뜨고 현수를 바라보았다.

"샛별이가 왜 그렇게 가야 했는지 모르고 보낼 수는 없잖아? 그러
니까 지금부터 정신 똑바로 차리고. 최근에, 아니 지난 몇 달 동안 샛
별이가 했던 말 중에 특이했던 얘기나 특별한 일은 없었는지 잘 생각
해봐."

"특이했던 얘기?"

민지가 미간을 찌푸렸다.

"찬찬히 기억을 떠올려보면 뭔가 생각날지도 몰라. 뭐든 기억나는 게 있으면 언니한테 바로 얘기해줘. 근무 중일 때에는 문자 보내고. 알았지?"

"알았어."

그때 현수의 휴대전화에서 메시지 도착음이 울렸다.

'곧장 로열타운으로 들어와'

박 형사의 호출이었다.

***

"아주 불친절한 건물이네요. 혼자서는 길도 잃겠는데요?"

2층과 3층을 둘러본 후 5층으로 올라가는 엘리베이터에서 박 형사가 투덜거렸다.

"창문이 적은 건물의 특징이라고 하더군요. 미술관을 염두에 두고 지은 거라서 그렇다고도 하구요."

5층에 도착한 엘리베이터의 문이 열리자 스테이션에 앉아 있던 조 간호사가 자리에서 일어서 목례를 하고는 다시 의자에 앉았다.

"VIP병동의 낮 근무자입니다. 유샛별 씨와 교대근무를 했던 분이기도 하구요. 우선 유샛별 씨가 일했던 병실부터 보시죠."

굽은 복도를 따라 걷다 보안키로만 열리는 거대한 문을 지나자 병실이 나타났다. 유리문 건너편에 원 회장이 누워 있었다.

"바로 저 자리가 유샛별 씨가 근무하던 자립니다."

"안에 들어가 볼 수는 없나요?"

"네, 병실이라 감염의 위험이 높아 외부인 출입은 금하고 있습니다. 저도 출입할 수 없는 공간입니다."

"알겠습니다. 저 분이 갑자기 벌떡 일어나 변사자를 떠밀었을 리는 없겠죠."

천 팀장은 순간 당황했지만 이내 차분히 응대했다.

"회장님 상태는 의료진께 직접 확인하시면……."

"농담입니다. 회장님이 유리를 정말 좋아하시는 모양이네요. 저쪽이 그 문제의 테라슨가요?"

박 형사가 원 회장의 침상 너머로 보이는 테라스를 가리켰다.

"맞습니다. 이쪽으로 오시죠."

"여기서부터 테라스까지 CCTV는 당연히 있겠죠?"

"그건 총무팀에 요청하시면 됩니다."

테라스로 나오자 상상 이상의 멋진 풍광이 펼쳐졌다. 건물의 입지 때문인지 산 정상에 올라와 있는 느낌이었다. 게다가 테라스의 난간이 아크릴로 돼 있어 마치 구름 위에 떠 있다는 착각마저 들었다. 놀라움은 여기서 그치지 않았다. 테라스 난간으로 다가가 비오톱을 내려다보는 순간 박 형사는 순간 자신도 모르게 심호흡을 했다.

눈 아래 펼쳐진 핑크뮬리가 절경이었다. 뛰어내리면 사뿐히 안착

할 것 같았다. 뛰어내리고픈 유혹이 들 정도였다.

하지만 난간은 뛰어내리기에는 불편해 보이는 구조였다. 우선 높이가 성인 가슴팍 정도, 140센티미터는 족히 넘어 보였다. 게다가 난간 위 바는 봉 형태로 사람이 올라설 수가 없었다. 이런 경우라면 철봉을 넘듯 난간 아래로 몸을 굽혀 그대로 수직 낙하시켜야 추락이 가능할 것이다.

한마디로, '스스로 몸을 힘껏 던질' 수가 없는 구조였다.

***

박 형사의 호출을 받고 로열타운으로 올라가는 내내 현수는 마음을 진정시킬 수가 없었다. 샛별이의 숙소에 직접 들어가 죽음의 단서를 찾을 수 있을지 모른다는 희망과 함께 마음 한켠에서는 두려움이 피어났다. 그곳에서 유서라도 발견된다면, 그 또한 감당하기 힘들 것이다.

현수가 경내 전기차에서 내려 로열타운 숙소동 앞에 막 도착했을 때, 본관에서 걸어내려오는 보안팀장의 모습이 보였다. 현수가 그에게 다가가려는데 마침 휴대전화의 진동이 울렸다.

"네, 신현숩니다."

"지금 본관에서 간호팀장님과 이야기를 좀 해야 하거든? 30분 정도 걸릴 것 같은데 그동안 먼저 숙소 조사 시작해. 보안팀장님이 안

내해 주실 거야. 일기장, 메모, 노트, 그런 것부터 확인해봐."

"네."

"참, 유족은 언제 온다고?"

"아직 언제 오시겠다는 문자는 없었습니다."

"진짜 할머니가 맞긴 맞나?"

박 형사가 어이없다는 듯 중얼거리며 전화를 끊었다.

"신현수 순경이시죠?"

통화가 끝나기를 기다리던 보안팀장이 명함을 건넸다.

보안팀장과 함께 숙소동의 로비로 들어서자 정면에 위치한 사무실
에서 아크릴 창 너머로 두 사람을 발견한 경비원이 나와 앞장서 2층
계단을 올라갔다.

"독신 직원들이 거주하는 숙습니다. 시설이 좋은 편이라 입소 희망
자가 많아 공실은 전혀 없지만, 주야 3교대 근무가 대부분이라서 서
로 마주칠 기회가 거의 없습니다. 늘 이렇게 조용한 편입니다."

2층 복도 끝에 다다르자 경비원이 마스터키로 샛별의 방문을 열었다.

"보통은 도어락의 번호키를 등록해서 사용하고, 지금은 비밀번호
를 알 수 없어서 마스터키를 가져왔습니다."

방문이 열린 것을 확인한 경비원은 카드로 된 마스터키를 보안팀
장에게 넘겨주고 내려갔다.

현수가 심호흡을 하고 방 안으로 들어섰다.

문 왼쪽으로 기다란 복도 형태의 파우더룸이 먼저 보였다. 샤워실과

화장실 문이 따로 있었고, 간단한 주방설비가 순서대로 보이고, 안으로 몇 걸음 더 들어가면 넓은 침실공간이 나왔다. 깔끔한 여행지 숙소 같은 느낌이었다. 붙박이장과 침대, TV와 수납장, 테이블과 의자 두 개까지. 모든 가구와 집기류는 원래 구비돼 있는 듯했다.

"저는 1층에 대기하고 있겠습니다. 언제든 전화 주십시오."

보안팀장이 전등 스위치를 켜고는 밖으로 나갔다.

현수는 혼자 남아 방을 찬찬히 둘러보았다. 더블사이즈 침대 위에는 침구가 가지런히 정돈돼 있었다. 창가 테이블 위에 놓인 15인치 노트북을 제외하면 어떤 소품이나 장식품도 없는 방이었다. 스무 살 여자아이가 자기만의 공간에 이렇게 아무런 장식을 하지 않고 지냈다는 게 현수는 서글펐다.

나란히 두 칸으로 돼 있는 붙박이장을 열자 선반가득 책들이 가지런히 꽂혀 있었다. 공책 몇 권과 간호 관련 학습서, 전공서적과 소설책이 대부분이었고, 여행과 사진 관련 서적들도 여러 권 보였다. 모두 합하면 대략 7,80권 정도였다. 선반 아래에는 세 개의 상자와 삼각대, 배낭, 핸드백과 가방 세 개, 커다란 트렁크 두 개가 진열대의 물건처럼 정갈하게 정돈돼 있었다.

다른 한 칸은 옷장이었다. 셔츠와 니트들, 블라우스와 카디건, 면바지와 체크스커트, 미디길이의 다양한 스커트들, 정장 두 벌과 맥코트에 겨울용 더플코트까지……. 프레피룩을 즐겨입던 샛별이 당장이라도 눈앞에 나타날 것만 같았다.

현수의 눈에서 왈칵 눈물이 쏟아졌다. 샛별이의 옷을 보니 비로소 샛별이의 부재가 현실로 느껴졌다. 목놓아 엉엉 울고 싶었지만 지금은 할 일이 있었다. 현수는 책장의 공책들을 꺼내놓기 시작했다. 흐르는 눈물과 가슴의 고통을 참으려니 신음소리 같은 울음소리가 새 나왔다.

9

"부검을 꼭 해야 하나요?"

다음날 오후 두 시가 넘어서야 종산경찰서에 나타난 샛별의 외할머니는 '늙고 병든' 할머니의 모습이 아니라 현수의 예상대로 60대 중반의 차가운 인상을 가진 여성이었다. 색조 화장을 하지 않았는데도 결코 수수해 보이지 않았으며 차림새가 '가난'과는 거리가 먼, 오히려 부유해 보이는 쪽이었다. 샛별이가 보육원에 들어온 것이 14년 전이었으니 그때는 지금보다 훨씬 젊었으리라.

외모보다 더 놀라운 건 통화할 때와 마찬가지로 이해할 수 없는 태도였다.

서둘러 내려오지 못한 이유가 유품을 정리할 청소업체와 화장 절차를 알아보기 때문이었다는 설명은 놀랄 일도 아니었다. 지문감식을 통해 샛별이의 신원이 확인됐다고 하자 샛별이의 시신을 보지 않겠다고 한 것이다.

안면 손상이 심해 충격을 우려한 박 형사가 먼저 '보지 않으셔도 된다'고 했다지만 유족이라면 마지막으로 손이라도 한번 잡아보고 싶은 게 당연한 것 아닐까?

무엇보다도 사망 원인을 밝히기 위해 담당 형사가 필요하다고 말하는 부검을 꼭 해야 하느냐고 되묻는 데서는 아연실색하지 않을 수 없었다.

"유샛별 씨가 사용하던 숙소와 라커룸, 그리고 노트북에서 유서가 나오지 않았습니다. 유서나 병력, 자살을 추정할 만한 정황이 지금까지는 나오지 않았기 때문에 사인을 알아보는 데에는 부검이 필요한 상황입니다."

"유서가 없는 자살도 많지 않나요? 누구한테 원한 살 애도 아니고, 높은 데서 투신했다면 스스로 그랬겠죠."

"저기요!"

현수가 끼어들려고 하자 박 형사가 재빨리 현수 앞을 가로막으며 제지했다.

"가만히 있어!"

현수가 황당한 표정으로 샛별의 외할머니를 노려봤지만 그녀는 개의치 않고 말을 이어갔다.

"부검하면 몸이 엉망진창이 된다면서요? 얼굴도 다 망가졌는데 애 몸에 또 칼을 대게 하고 싶지 않아요. 그리고, 부검하게 되면 장례도 늦어질 텐데…….”

“장례가 며칠 늦어지긴 하겠지만, 그리 오래 걸리지 않을 겁니다.”

“되도록 빨리 처리하고 싶어요. 아이 떠나보내는 고통, 길게 겪고 싶지 않아서요.”

샛별이 외할머니의 이기적인 말에 분노를 억누르던 현수가 폭발했다.

“샛별이가 자살한 게 아니라면요? 만약에 자살이 아니라면 이대로 떠나보내도…….”

“신 순경, 조용히 못 해!”

회의실이 울릴 만큼 박 형사가 큰 소리로 호통을 쳤다.

“너 나가 있어!”

상황을 지켜보던 동료 형사가 박 형사의 눈치를 보며 현수의 등을 떠밀었다.

현수가 나간 뒤, 박 형사는 차분하게 설득을 이어갔다.

“유품정리를 청소업체에 맡긴다고 하셨는데, 그건 로열타운 측에서 처리할 겁니다.”

“잘 됐네요.”

순간, 박 형사의 표정이 일그러졌다. 그가 낮은 목소리로 날카롭게 말했다.

“빨리 처리하고 싶으신 마음 이해 못 하는 바는 아닙니다만, 망자를 위해서 죽음의 원인을 제대로 밝혀주는 것도 어른으로서, 유족으로서 꼭 해줘야 하는 일 아닐까요?”

"아까 말씀드린 것처럼……."

박 형사가 그녀의 말을 가로막았다.

"절차상 유족의 동의를 구하는 것이지, 유족이 원치 않는다고 해서 부검을 못 하는 건 아닙니다."

박 형사의 날 선 목소리에 샛별의 외할머니가 움찔했다.

"부검 끝나는 대로 장례절차 밟으시라고 통보드리겠습니다. 댁에 서 기다리시면 됩니다."

박 형사가 단호하게 말하며 자리에서 일어서자 샛별의 외할머니도 가방을 챙기며 일어섰다.

"그런데요. 이건 경찰로서가 아니라 순전히 궁금해서 여쭤보는 건 데요."

돌아서 문을 나가려던 그녀가 멈칫하며 박 형사를 쳐다보았다.

"유샛별 씨가…… 진짜 외손녀가 맞나요?"

순간 그녀의 표정이 참지 못하고 일그러졌다.

회의실 밖으로 쫓겨나온 현수는 급히 천중일 팀장의 명함을 찾았다.

샛별이의 유품을 청소업체에 의뢰해 처리하겠다는 샛별이 외할머 니의 이야기를 듣고서는 가만히 있을 수가 없었다.

노트북과 일기장, 몇 권의 노트와 문서함 등은 수색물품으로 어제 경찰서에 가져왔으나 남은 유품은 언제 치워질지 모를 일이었다. 당 장 내일 아침일 수도 있었다.

샛별이의 유품이 다 사라지기 전에 샛별이 남긴 흔적을 찬찬히 살펴봐 주고 싶었다. 죽음과 무관한 메시지라도 샛별이 누군가 들어주길 바랐던 이야기들이 유품 속에 남아 있을 것이다.

다행히 천 팀장은 현수에게 호의적이었다.

"유샛별 씨를 보육원에서부터 돌봐주셨다고 하셨죠?"

비오톱에서 현수가 처음 사체를 마주하고 쓰러졌을 때, 경찰서로 함께 이동하는 과정에서 보육원 이야기를 했던 것을 기억하는 모양이었다.

샛별의 유일한 유족인 외할머니가 직접 유품 정리를 하지 않고 청소업체에 위탁하기로 했다는 정황과 샛별의 숙소에 들어가고 싶은 이유를 설명하자 그는 오후 8시가 넘은 늦은 시간이었지만 방문을 허락했다.

"저희 경위님께는 말씀 안 드렸는데……."

비밀로 해줄 수 있는지를 묻는 현수에게 천 팀장이 대답했다.

"유족과 연락이 닿으면 곧바로 관리팀에서 유품을 빼고, 청소 후 새로운 직원에게 방을 배정할 겁니다."

이제 샛별의 유품은 유족과 관리팀의 문제이지 박 형사에게 허락을 받거나 보고를 할 사안은 아니라는 의미였다.

"유족께서 그렇게 말씀하셨다면 당장 내일이라도 유품을 치울 겁니다. 그러니 들어가 보세요."

천 팀장이 카드키로 샛별의 방문을 열어주며 덧붙였다.

"필요한 일이 있으면 전화주시면 됩니다. 제 숙소가 바로 아래층이 거든요."

"감사합니다."

내부로 들어서니 건물 외부의 조명이 흐릿하게나마 새어 들어왔다.

몰래 들어온 처지니 아무래도 대놓고 불을 밝힐 수는 없었다. 현수 는 커튼을 걷고, 파우더룸쪽의 간접등과 욕실 등을 켰다. 욕실 문을 열어놓으니 제법 방안의 사물을 분간할 만했다.

우선 샛별이의 손글씨가 적힌 노트는 그것이 어떤 내용이든 모두 챙기기로 했다. 사진첩은 물론, 보육원에서부터 간직해 온 추억의 물 건들을 담아놓은 상자 또한 아예 챙겨갈 계획이었다. 하지만 모든 것 을 들고갈 수는 없는 일이었다. 책과 옷을 제외하면 트렁크 두 개에 들어갈 만큼 단촐한 짐이었지만 모두 살펴보는 건 밤을 새우더라도 불가능할 것 같았다.

초조해진 현수는 천 팀장에게 시간이 오래 걸릴 것 같다는 문자메 시지를 보냈다. 천 팀장은 현수를 안심시키며 숙소동을 나갈 때 문자 를 달라는 답장을 보내왔다.

시간이 얼마나 흘렀을까? 창문을 비추던 건물 밖의 불빛이 희미해 졌다. 현수는 전등을 켜둔 욕실에 바짝 붙어 앉아 간호서적의 책갈피 를 살펴보고 있었다.

그때, 정적을 뚫고 도어락의 비밀번호를 누르는 소리가 들렸다.

누굴까? 숙소동의 관리자라도 이 시각에 이곳에 들어올 일은 없을 것이다. 더군다나 직접 번호키를 누르고 있다. 샛별의 숙소는 경비직원이나 보안팀장조차 비밀번호를 몰라 카드키로 출입하는 곳이었다.

망설임 없이 키패드가 눌리는 소리가 계속 들려왔다.

현수는 순식간에 몸을 일으켜 욕실의 불을 껐다. 여덟 자리의 신호음이 끝나자 문이 열리는 소리가 들렸다. 누군가 천천히 들어서는 듯 입구의 센서등이 번쩍 켜졌다.

현수는 본능적으로 한쪽 무릎을 세우고, 공격태세를 취했다. 심장이 터질 것 같았다.

10

숙소에 돌아온 천 팀장은 지친 몸을 침대에 던졌다.

워낙 오랫동안 수면장애를 앓아온 데다 지난 며칠 동안 단 한 시간도 제대로 숙면을 취하지 못해 머릿속은 말 그대로 얽힌 실타래 같았다. 양쪽 관자놀이에는 번갈아가며 바늘로 쑤시는 듯한 통증마저 느껴졌다.

VIP병동의 신경과 양해인 선생이 처방해 준 수면제가 있었지만 사건이 종결되지 않은 지금 수면제를 먹고 숙면을 취한다는 것이 무책임하게 느껴져 약을 입에 댈 수 없었다. 당장 지금도 신현수 순경이 숙소동을 나갈 때까지 깨어 있어야 했다. 잠시 후에는 본관과 프리미엄 세대 주변을 돌아보아야 한다. 보안팀장으로서의 업무는 아니었으나 입사 후 휴무일이 아닌 한 고집스럽게 이어 온 자신만의 루틴이었다.

천 팀장은 몸을 일으켜 빌트인 냉장고에서 피로회복제 한 병을 꺼내 마시고는 책상 앞에 앉았다. 잠시 짬을 내 뒤죽박죽인 머릿속을 정리하고 싶었다.

객관적인 타살의 가능성은 사체의 추락지점에 대한 의문 한 가지뿐이었다. 하지만 다른 정황이나 증거 없이 오직 그 한 가지 의문을 해결하기 위해 경찰이 수사를 이어갈 수는 없을 것이다.

또한 타살이라고 가정했을 때 범인은 샛별이 죽어서 이익을 얻을 사람, 혹은 샛별이 살아있으면 곤란한 사람일 것이다. 하지만 이제 겨우 몇 달째, 아무 일도 일어나지 않는 한밤중에 시체처럼 누워 있는 원 회장의 병실을 지키며 담당의사의 처방전대로 주사액을 주입하는 일이 전부인 간호조무사에게 그 정도의 원한을 가질 만한 사람이 누가 있을까? 더욱이 샛별은 본관에서 근무한 지 이제 겨우 몇 달 된, 본관에서는 그 누구보다도 근무경력이 짧은 새내기였다. 사내 직원들과는 원한관계는 물론이고, 사소한 이해관계조차 생기기 어려운 직책이었다.

반면, 시간이 흐를수록 '자살의 가능성'은 점점 커졌다.

그녀는 '고아'였으며, 겨우 스무 살의 나이에 한밤중에만 일을 하는 고되고, 고립된 생활을 했다. 3교대 근무를 하는 것만으로도 신체적, 정신적 건강을 유지하기 어려운 마당에 오로지 한밤중에만 일을 하는 야간 전담 근무자였으니 동료들과 식사를 하거나 친구들과 노닥거리며 정서적 휴식을 취할 시간이 부족했을 것이다. 3교대 간호

업무의 특성상 주말에 휴식이 주어지는 것도 아니었다. 더군나나 본관 병동은 지정된 인력으로만 운영되는 터라 일주일에 겨우 한 번만 쉴 수 있었다. 물론 수당이 더 주어졌지만, 대부분의 직원들은 수당보다 휴식을 선택했다. 따라서 샛별이 같은 어린 직원들이 무리한 업무스케줄을 떠맡을 수밖에 없었다. 어쩌면 샛별의 미소 속에 가려진 우울증은 상상 이상으로 심각했을지도 모른다.

그럼에도 불구하고 그가 샛별이의 자살을 쉽게 인정할 수 없는 가장 큰 이유 또한 샛별이가 '고아'이기 때문이었다.

형사 생활을 하는 동안 가장 견딜 수 없었던 일은 끔찍한 사건 현장을 목도하는 일이나 흉악한 범죄자를 마주하는 것이 아니었다. 그를 가장 고통스럽게 했던 것은 사건 뒤에 '홀로 남겨진' 아이들이었다.

가해자의 자녀는 주변의 손가락질을 피해 숨거나 숨겨져야 했고, 피해자의 자녀 또한 가정이 와해되면서 양육자를 완전히 잃는 경우가 많았다. 가족이 가해자이자 동시에 피해자인 가정폭력 사건의 경우에는 더욱 참담했다. 양육자를 한꺼번에 잃고 천애 고아가 된 아이들은 사건의 트라우마를 짊어진 채 세상에 던져졌다.

그렇게 남겨진 아이들은 고스란히 '사회적 약자'가 됐다. 범죄의 대상이 되기 쉽고, 범죄의 유혹에 빠지기도 쉬우며, 억울한 일을 당해도 최소한의 도움조차 받을 수 없는 절대적 약자. 그런 아이들에 대한 연민과 안쓰러움이 그를 샛별이의 죽음에 과몰입하게 했다.

하지만, 다행히 샛별이에게는 피붙이와 다름없는 보육원 선배가 있다. 그리고 꽤 날카로워 보이는, 그래서 적당히 넘어가 줄 것 같지 않은 담당 형사도 있다. 그는 아마도 샛별이 추락한 지점에 관한 의혹을 풀어줄 것이며, 샛별이 언제 5층 테라스로 나갔는지도 제대로 확인할 것이다.

생각을 정리하고 나니 긴장이 풀리며 피로감이 몰려왔다.

잠시 누워 휴식을 취하기 위해 침대로 향하는 천 팀장의 시야에 초록색 종이가방이 들어왔다. 조은숙 간호사가 샛별의 유족에게 전해 달라고 했던 초록색 쇼핑백이었다.

***

침입자의 움직임이 현관 앞에서 멎었다. 현수의 신발을 봤을까? 침입자는 실내등을 켜지 않은 채 동작을 멈춘 듯했다. 정적이 흘렀다.

어떻게 할 것인가. 현수의 머릿속이 새까매졌다. 기분나쁜 고요 속에 센서등이 꺼졌다. 현수는 자신의 심장 박동 소리를 잠재우려는 듯 가슴을 움켜쥐었다.

잠시 후, 마룻바닥 위로 둔중한 물체가 쿵 떨어지는 소리가 들리며 센서등이 다시 켜졌다.

현수는 용기를 내 현관쪽으로 고개를 조금 내밀었다. 침입자의 모습은 보이지 않았지만 방금 전 소리를 낸 물체의 정체를 확인할 수 있었다. 검은색 여행용 캐리어였다.

침입자는 캐리어를 밀어 벽 쪽에 가지런히 붙였다. 잠시 두고 나가려는 것 같았다. 이대로 나가버리면 침입자가 누군지 확인할 수 없을 것이다. 그 짧은 순간, 현수는 일단 침입자의 정체를 밝혀야겠다고 결심했다. 현수는 재빨리 현관 쪽으로 다가갔다. 현관문 손잡이를 이제 막 돌리려는 침입자의 뒷모습은 모자를 눌러쓴 마른 체격의 남성이었다.

"누구시죠?"

현수의 날카로운 목소리에 남자가 뒤를 돌아보았다. 야구모자에 가려 순간 얼굴이 잘 보이지 않았지만 현수의 출현에 깜짝 놀란 듯 당황한 기색이 역력했다. 그러면서도 현관문을 박차고 도망칠 생각은 없어 보였다. 얼굴을 자세히 확인하기 위해 현수가 더 가까이 다가서며 벽에 있는 실내등 스위치를 켰다. 남자가 놀란 듯 잔뜩 찡그린 표정으로 현수를 마주보았다.

"누나!"

남자가 먼저 현수를 알아봤다. 임준서였다.

"깜짝 놀랐잖아."

준서가 십년감수했다는 듯 한숨을 후우, 내쉬고는 말했다.

"너 여긴 어떻게 들어왔어?"

현수가 다그쳐 물었다.

"본관 병동 발령받았으니까 병원 기숙사에서 바로 짐을 빼라고 해서. 총무팀에서 숙소동 빈 방이 여기밖에 없다고 이 방 쓰라고 하길래 일단 병원 기숙사에서 갖고 온 짐만 갖다 두고 출근하려고……."

준서가 트렁크를 가리켰다.

"여기 샛별이가 쓰던 방인 건 알고 있었어?"

"응."

"비밀번호는 어떻게 알았어?"

쉴틈없이 몰아치는 현수의 질문에 준서가 당황한 듯했다.

"그거, 샛별이랑 나, 보육원 들어온 날짜야. 2008년 7월 28일. 그래서 이공공팔 공칠이팔."

보육원 입소일이 같다는 것은 이상한 일이 아니었다. 하지만 친한 친구 사이라 하더라도 비밀번호를 공유했다는 것이 언뜻 납득하기 어려웠다.

현수의 의구심을 눈치챈 듯 준서가 재빨리 덧붙였다.

"샛별이랑 본관 VIP병동에서 같이 실습했거든. 그때 이 방을 내가 썼었는데 샛별이가 VIP병동 전담하게 되면서 나는 본원 기숙사로 가고, 샛별이가 내가 쓰던 이 방을 쓰게 된 거야. 그래서 비밀번호 아는 거고……."

"샛별이가 비밀번호 안 바꿨어?"

"그게, 비밀번호 등록하는 버튼에 숫자가 지워져서 다시 설정하다가 에러날까 봐 그냥 둔다고 하더라고."

준서가 현관문 안쪽의 빗장걸쇠를 가리켰다.

"여기 걸쇠가 있으니까 안에서 잠그면 되고. 그리고, 여기 어차피

CCTV 많아서 누가 못 들어오니까······."

"후우······."

긴장이 풀린 현수가 한숨을 몰아쉬며 그 자리에 주저앉았다.

준서 역시 조손가정 출신이었다.

교사였던 준서 엄마는 부양 능력이 충분히 있었음에도 불구하고, 장애가 있는 준서의 조모에게 아이를 맡기고는 재가했다고 했다. 먼 친척의 도움을 받아 겨우 운신을 하는 처지였던 준서의 할머니는 좀 더 나은 환경에서 자라도록 하기 위해 준서를 보육원에 맡겼다.

보육원 입소 후에도 준서는 어린 나이였지만 주말이 되면 혼자 버스를 타고 할머니댁에 가서 밀린 청소와 심부름을 하고 올 정도로 착하고 의젓한 소년이었다. 학업성적도 좋은 데다 작은 말썽도 부리지 않는 아이였던 터라 보육원 선생님들은 물론 학교 선생님들에게도 남다른 관심과 사랑을 받았다. 하지만, 엄마에게 버림받은 아이의 그늘은 깊었다. 맑고 밝은 얼굴이었지만 준서는 결코 활짝 웃는 법이 없었다. 혼자 있을 때면 항상 MP3 이어폰을 꽂고 아이답지 않게 슬픈 멜로디의 음악을 듣곤 했다.

샛별이와 준서는 겉으로 보기에는 경쟁관계였다. 학교에서는 1,2등을 주고받는 사이였다. 둘 사이의 경쟁에 대해 샛별이나 준서에게서 직접 속내를 들어본 적은 없으나 장학금과 지원금, 전교 1등에게만 주어지는 한 달간의 미국 어학연수 같은 기회를 두고 경쟁을 해야 하는 게 꽤 큰 스트레스였을 것이다. 하지만 조금만 관찰해 본 사람이라면 둘 사이에 그들만의 특별한 동지애가 있다는 것을 눈치챌 수 있었다. 같은 날 보육원에 들어와 보육원 아이들의 교묘한 텃세를 함께 겪어냈기 때문인지 샛별이와 준서에게서는 마치 쌍둥이 남매 같은 돈독함이 있었다.

"누나는 샛별이 봤지?"

"응."

"많이…… 상했어?"

"알아볼 수 없을 만큼."

"아팠을까?"

"아마도……."

샛별이가 없는 샛별이의 방에 마주 앉아 샛별이의 죽음을 이야기하는 것이 참을 수 없을 만큼 비현실적으로 다가왔다. 하지만 피할 수 없는 현실이었다.

"넌 어떻게 생각해?"

현수는 준서에게 샛별이가 스스로 죽음을 선택했을 가능성에 대해 물었다. 어쩌면 현수나 빈지가 눈치채지 못한 샛별이의 무언가를 준서는 알고, 느끼고 있었을지도 모를 일이었다.

"나도 모르겠어. 아무리 생각해봐도."

준서가 한숨을 내쉬며 고개를 떨구었다.

"……그런데, 무서웠을 것 같아."

잠시 멍하니 앉아있던 준서가 다시 말문을 열었다.

"뭐가?"

"샛별이가 근무하던 자리에 앉아서 밤새도록 생각해봤어. 샛별이는 여기서 무슨 생각을 했을까? 말없이 누워 있는 회장님 곁에 있으면……. 거긴 왠지 세상의 소리를 다 빨아들이는 것 같은 공간이거든. 진공상태 같은 느낌이랄까? 무덤 같은 병실에서 샛별이는 매일 혼자 어떻게 견뎠을까?"

현수는 둔기로 뒷통수를 얻어 맞은 것 같았다. 자신은 샛별이가 남겨놓은 글이나 흔적에서만 죽음의 원인과 이유를 찾으려고 했다. 하지만 준서는 가능한 힘껏, 샛별의 마음속으로 들어가 본 것이었다.

"나는 어제 무서워서 휴대전화로 음악을 틀었거든. 일부러 밝은 노래를 들었어. 그런데도 너무 무서웠어."

그 시공간을 경험하지 못한 사람들은 상상조차 할 수 없는 아픈 이야기였다.

"순환근무가 원칙 아니야? 왜 야간근무를 너희들한테만 시키는 건데?"

현수가 버럭 언성을 높였다.

"다른 선생님들은 안 하려고 하니까. 그리고 수당을 많이 줘. 간호사 선생님들은 그래도 싫어하지만. 어쨌든 우리 같은 애들한테는 큰돈이야. 샛별이는 돈 모아서 간호대학에 가려고 했고, 나도 돈 모아서 할머니 관절수술 시켜드리고 싶거든."

담담하게 말하는 준서의 목소리가 가슴을 후벼파는 듯했다. 그런 공간에 어린 아이들을 밀어넣는 어른들의 이기심에 화가 치밀었다. 아니, 어쩌면 그들도 심야에 식물인간의 병실을 지키는 아이의 두려움을 미처 인지하지 못했을지도 모른다. 그저 수당만 많이 주면 된다고 생각했을 것이다.

"누나, 샛별이 물건…… 우리가 치운다고 해. 이 방 내가 쓸 거니까 샛별이 장례식 끝나고, 천천히 치워도 되지 않을까?"

아이들과 함께 샛별이와의 이별을 찬찬히 진행할 수 있다고 생각하니 한결 마음이 편안해졌다. 현수는 준서의 배웅을 받으며 로열타운의 언덕길을 천천히 내려왔다.

***

"호출한 지가 언젠데 이제야 나타나세요?"

텅 빈 사무실에서 혼자 초췌한 몰골로 노트북을 들여다보던 박 형사가 이죽거렸다.

"죄송합니다."

"부검 신청했으니까 부검 끝나면 바로 장례절차 진행할 수 있을 거야."

"감사합니다."

"감사할 거 없어. 별로 달갑지 않은 소식도 있거든."

샛별이 실종된 것으로 추정되는 시간대, CCTV에 관한 이야기였다.

"토요일 새벽 3시 30분경, 투신 장소로 추정되는 5층 야외 테라스 쪽으로 유샛별 씨 혼자 걸어나가는 장면이 CCTV에 찍혔어. 앞뒤로 몇 시간씩 돌려봐도 다른 사람의 흔적은 없었고."

박 형사의 설명은 자살의 가능성이 높아졌음을 의미했다.

현수가 실망할 새도 없이 박 형사가 질문을 던졌다.

"그건 그렇고. 샛별이 방 수색했을 때, 카메라 없었어?"

"카메라요? 없었는데요?"

"여기 샛별이 노트북을 보면 카메라로 촬영한 사진이 수천 장이 넘거든? 필름카메라로 촬영해서 스캔한 이미지도 있고. 디지털카메라로 찍은 파일도 있고. 그런데 폴더별로 정리한 파일명을 보니까 카메라 기종이 네 대가 넘어."

그러고 보니 샛별이 방에서 찾은 상자들 속에도 현상한 필름과 인화한 사진들이 가득 들어 있었다.

"참고인들도 샛별이가 평소에 카메라를 목에 걸고 다녔다고 했고. 여기 보면 사고 나기 불과 며칠 전에 찍은 사진들도 있는데…… 어떻게 카메라가 한 대도 안 나올까? 현장 수색물품 중에도 없고. 라커에서도 안 나왔고. 그럼 방에라도 있어야 할 거 아냐?"

박 형사가 고개를 갸웃거리며 현수를 쳐다봤다.

"내일, 제가 알아보겠습니다."

"아니, 너한테 알아보라는 얘기가 아니라 어떻게 생각하냐고. 카메라가 어디 갔을까요? 짐작가는 데가 없나 해서요."

"……."

"샛별이가 사용했던 카메라 중에 라이카도 있어, 라이카."

카메라에 관해서는 문외한인 현수가 그 의미를 알아듣지 못해 쳐다보자 박 형사가 덧붙였다.

"명품 카메라야. 한 대에 3백만 원이 넘는."

순간, 현수는 자신의 귀를 의심했다. 샛별이가 그렇게 비싼 카메라를 사용했다는 것이 믿어지지 않았다.

박 형사가 다시 고개를 갸웃거리더니 찜찜한 표정으로 중얼거렸다.

"휴대전화도 없고, 카메라도 없고……."

현수에게 말하지 않았지만 CCTV속 야외 테라스로 나가는 샛별의 목에는 분명히 넥스트랩으로 연결된 카메라가 걸려 있었다. 투신을 하려고 마음 먹은 사람이 과연 목에 카메라를 매달았을까? 상식적으로 이해하기 어려운 일이었다. 만일 그랬다면, 시신 부근에서 카메라가 발견됐을 것이다. 하지만 두 차례의 수색에서도 카메라는 발견되지 않았다. 카메라가 산산조각이 나서 흔적도 없이 사라질 리도 만무했다. 카메라 바디가 그렇게 쉽사리 산산조각이 나는 물건이 아니라는 것쯤은 카메라를 잘 모르는 박 형사도 쉽게 아는 사실이었다.

"참, 보육원에서 생활하면서 아르바이트도 할 수 있나?"

"각자 상황에 따라서 다른데 일찍 아르바이트를 시작하는 아이들도 있어요. 만 열여덟 살이 되면 정착지원금 5백만 원 가지고 보육원을 나가야 하기 때문에 일찌감치 돈을 모으려는 아이도 있고, 샛별이처럼 보건고등학교 졸업하면 기숙사가 제공되는 병원에서 근무할 수 있으니까 공부에 더 열심인 아이들도 있구요.”

“만 열여덟 살? 그럼 고3 때 나가란 얘기잖아!”

“지금은 본인이 원하면 몇 년 더 보육원에서 지낼 수 있게 법이 바뀌었다고 들었어요. 하지만, 샛별이 때라면 고3 때 보호종료가 됐을 거고…… 대부분의 아이들이 고등학교 졸업하면서 나왔어요.”

“오백만 원이라…….”

“그런데 그건 왜…….”

“됐어. 이제 그만 퇴근해.”

박 형사는 샛별이에 대해 자신이 갖고 있는 궁금증을 현수에게 섭사리 털어놓을 수 없었다. 샛별이의 노트북은 시중가 200만 원이 넘는 유명브랜드 제품이었다. 넉넉하지 않은 형편에 입학금을 스스로 벌어 간호대학에 진학하려 했다는 아이가 굳이 고가의 노트북을 구입했을까?

노트북에 저장된 사진 파일들도 박 형사의 의구심을 부추겼다.

사진들은 디지털카메라와 필름카메라 각각 두 대씩 총 네 대로 촬영됐다. 이미지 파일에 찍혀 있는 카메라와 렌즈 정보를 포털사이트에서 검색해보니 디지털카메라의 경우 바디만 해도 중고의 최저 가격이 200만 원에서 350만 원에 이르는 하이엔드급 카메라였다. 필름

카메라 역시 현수에게 이야기한 대로 '라이카'의 인기 모델로 바디의 중고가격만 하더라도 최저 300만 원이 넘는 제품이었다. 여기에 카메라 렌즈를 더한다면 샛별이 어마어마한 규모의 취미생활을 했다는 이야기가 된다. 게다가 현상과 스캔, 인화 가격까지 고려하면 스무 살 사회초년생인 간호조무사가 감당하기엔 과한 수준이었을 것이다.

본인 소유가 아니라 누군가 빌려줬다 해도 납득하기 어려운 것은 마찬가지였다. 이런 고급 카메라들을 누가 선뜻 빌려줄 수 있을까? 사진 파일의 날짜를 살펴보면 카메라를 한 대씩 순차적으로 사용한 것도 아니었다. 숍에서 대여하거나 누군가에게 빌린 것이 아니라 고급 카메라들을 동시에, 지난 몇 달 동안 꾸준히, 마음껏 사용한 것처럼 보였다. 박 형사는 퇴근도 잊은 채 샛별이 찍은 사진들을 찬찬히 살펴보기 시작했다. 어쩌면 이 고가의 취미생활이 샛별이의 죽음과 관련이 있을지도 모른다고 생각하니 마음이 급해졌다.

*＊＊

경황이 없어 깜빡 잊고 있었던 초록색 쇼핑백 속에는 하드커버의 사진과 관련된 묵직한 책 두 권과 카메라 한 대, 필통, 카디건이 들어 있었다. 물건을 꺼내 본 천 팀장은 당황스러웠다.

이 물건들은 샛별이 사라지기 직전까지 샛별의 곁에 있었던 중요한 증거물이었다.

물건을 수거해 자신에게 전달한 조 간호사야 이것이 함부로 손을 대서는 안 될 유류품이라는 판단을 할 수 없었다지만 형사였던 자신은 이런 실수를 해서는 안 될 일이었다.

하필 쇼핑백 맨 아래에 있던, 카디건에 가려 보이지 않았던 카메라가 문제였다.

책의 무게감 때문에 카메라가 들어 있으리라고는 상상하지 못했다. 자신이 이 쇼핑백의 존재를 애초에 중요하게 인식하지 못한 것도 쇼핑백의 열린 틈새로 책과 필통, 카디건만 보였기 때문일 것이다.

그는 카메라를 찬찬히 살펴보았다. 빨간 넥스트랩이 달려 있는, 빨간색 로고가 선명한 라이카 필름카메라였다. 카운터는 32번째 필름이 장착돼 있음을 표시하고 있었다. 본관 병동과 VIP 병실에서 가져온 유품이니 분명 최근에 샛별이 사용한 카메라일 것이다. 그렇다면 촬영된 필름 속에 혹시 샛별의 죽음과 관련한 중요한 정보가 담겨 있을지도 모를 일이었다. 지금이라도 당장 박 형사에게 알려야 했다.

천 팀장은 쇼핑백 속에 다시 물건을 집어넣었다. 꺼냈던 순서대로 책과 카메라, 카디건을 넣고 마지막으로 필통을 막 집어들었을 때 필통에서 원통형 필름통 두 개가 떨어졌다. 봉제 필통의 지퍼가 열려 있었던 모양이었다. 그는 땅바닥에 떨어진 필름통을 집어들었다. 둘 중 하나는 뚜껑이 분리되는 바람에 다시 한번 몸을 숙여야 했다.

뚜껑을 닫기 위해 필름통을 바로 쥐었을 때, 무게감이 전혀 느껴지지 않았다. 그리고, 필름통 안에 있어야 할 필름도 보이지 않았다. 대신 돌돌 말려진 종이가 필름통을 가득 채우고 있었다. 순간 불길한 느낌이 스쳤다. 그는 조심스럽게 필름통 속의 종이뭉치를 꺼냈다.

말린 종이를 펼치니 손바닥만 한 사이즈였다. 종이 위에는 손톱 크기 정도의 귀여운 동물 그림들이 나란히 줄을 맞춰 그려져 있었다.

천 팀장은 한눈에 종이의 정체를 알아보았다. 그것은 그대로 혀에 올려놓으면 이내 깊은 환각에 빠지고 마는 LSD, 종이마약이었다.

11

"그러니까 샛별이한테 연락 좀 해보라구."

프리미엄 세대 103호에서는 오드리 여사가 조은숙 간호사를 닦달하고 있었다.

"쉿! 말씀하시면 안 돼요."

혈압측정 중인 조 간호사가 스포이트로 커프에 공기를 주입하며 그녀의 수다를 제지했다.

오드리 여사가 못마땅하다는 듯 쳐다보고는 입술을 앙 다물었다.

"혈압이 높아요. 138에 95. 혈압약 처방 다시 받으셔야겠어요."

조 간호사가 혈압계 디스플레이의 숫자를 확인하고, 커프를 풀어 정리했다.

"혈압약 바꿀 생각 없어요."

"조절 안 되니까 상담 받으셔야죠. 나윤석 과장님 예약 잡아드려요?"

"됐어요. 나, 나 과장 별로야."

"그럼 본원에 다른 선생님으로……."

오드리 여사가 정색하며 조 간호사의 말을 가로막았다.

"조 선생, 왜 이렇게 말을 못 알아들어요?"

"……샛별이 교육 갔다고 하더라구요."

기세에 눌린 조 간호사가 급히 둘러댔다.

"무슨 교육?"

"보수 교육요."

오드리 여사가 전에 본 적 없는 매서운 시선으로 조 간호사를 쏘아
보았다.

"거짓말을 하는 데에는 뭔가 이유가 있겠죠?"

처음 들어보는 그녀의 냉랭한 음성에 조 간호사는 큰 죄라도 지은
기분이 들었다.

오드리 여사가 피곤한 듯 관자놀이를 양손으로 꾹꾹 눌렀다.

"많이 불편하세요?"

"잠을 못 자서."

"양해인 선생님, 오늘 진료보실 수 있는데 오시라고 할까요?"

"양 박사가 주는 약을 먹으면 어쩐지 시체가 된 기분이 들어서 싫어."

오드리 여사가 손을 내저으며 일어섰다.

"그만 가봐요."

본관으로 돌아오는 조 간호사의 심성은 복잡했다.

샛별이를 친손녀처럼 아끼는 오드리 여사의 마음을 아는 터라 계속 거짓말로 둘러대는 일이 너무나도 힘들었다. 그렇다고 해서 연로한 초기 치매 환자에게 샛별이의 죽음을 알릴 수도 없는 일이었다. 아마도 상실감에 큰 충격을 받을 것이다. 하지만 언제까지나 감출 수만은 없는 노릇이었다. 영리한 그녀는 샛별이의 죽음을 곧 알아챌 것이다. 그리고 나면 사람들이 자신을 속이려 했다는 사실에 더욱 큰 충격을 받을지도 모를 일이었다.

이러지도 저러지도 못하는 답답함에 조 간호사는 깊은 한숨을 내쉬었다.

***

11월이었지만 한낮의 햇살은 제법 따사로웠다.

오드리 여사는 테라스 쪽 큰 창을 열고 늦가을의 풍경을 바라보았다. 집 안쪽에서는 컨시어지팀의 청소서비스가 한창이었다. 여느 때 같으면 타운 내 음악감상실이나 영화관에 갔겠지만 오늘은 그럴 기분이 아니었다. 샛별이는 벌써 나흘째 연락 두절이었다. 잠깐씩 괘씸한 생각이 들다가도 머릿속은 다시 걱정으로 채워졌다. 지난 밤에는 샛별이 얼굴을 알아볼 수 없는 시신으로 등장하는 흉몽까지 꾸었다. 조 간호사의 심상찮은 태도도 불안감을 증폭시켰다.

"청소 모두 마쳤습니다, 여사님!"

"송 주임! 차 한잔 같이 해요."

간혹 그런 경우가 있다고는 들었지만 프리미엄 세대를 담당한 지 얼마 되지 않는 송 주임으로서는 처음 듣는 제안이었다.

"어떻게 하는지 알려주시면 제가 준비할게요."

여성 입주민의 제안이라면 시간이 허락되는 범위 안에서 친절하게 응하는 것이 좋다는 구 팀장의 조언을 떠올리며 송 주임은 센스 있게 움직였다.

본관 레스토랑의 파티시에가 만든 스콘, 까눌레, 쿠키를 송 주임이 브레드박스에서 꺼내 금장의 디저트 트레이에 담아내는 동안 오드리 여사는 티소믈리에가 구매자의 취향에 맞춰 블렌딩한 차를 영국산 찻잔에 우려냈다. 금세 근사한 애프터눈 티세트가 차려졌다.

"직원들한테 명절 선물로 주는 쿠키세트하고는 차원이 다른데요?"

"다르긴. 매출 올리려고 입주민한테 억지로 팔아먹는 건데."

"차가 향기가 정말 좋아요."

"우리 건물에 세든 찻집인데 임대료 올리지 말라고 나한테 아부하는 거예요. 비싼 차라는데 난 맛있는 줄도 모르겠고."

인사치레를 겸한 송 주임의 감탄에 오드리 여사가 솔직하게 대꾸했다. 분위기가 금세 화기애애해졌다.

"믹스커피가 최고지. 당뇨네 콜레스테롤이네 협박하면서 망할 놈의 의사들이 그걸 못 먹게 하네. 쯧."

오드리 여사는 남편과 학원을 운영하던 시절, 밥 먹을 시간도 없어 불어터진 짜장면과 탕수육으로 한밤중에야 끼니를 때우던 시절을 추억했다. 허기를 한방에 날려주던, 설탕가루 잔뜩 묻은 달달한 도너츠와 입에 달고 살아 지긋지긋했던 믹스커피도 이제는 그립다고 했다.

"다음 주에 올 때 나 믹스커피 한 통 사다줄래요?"

"안 돼요, 여사님. 저 걸리면 혼나요."

담당의사나 다른 직원에게 괜스레 책임추궁을 당하기도 싫었고, 한번 사적인 부탁을 들어줬다가 두고두고 심부름꾼이 될까 걱정스러운 것도 솔직한 심정이었다.

"안 걸리면 되잖아. 잠깐만 있어봐요."

오드리 여사가 드레스룸에서 포장도 뜯지 않은 박스를 하나 꺼내왔다.

"이태리에서 산 건데 송 주임한테 잘 어울릴 거 같아. 나는 워낙 비슷한 스카프가 많아서."

송 주임이 손사래를 쳤다.

"여사님 안 돼요. 저 이런 거 받으면 안 돼요."

말은 그렇게 하면서도 송 주임은 오드리 여사가 조심스레 스카프 포장 박스의 리본을 푸는 모습을 눈으로 쫓았다.

"받으면 안 된다니? 내 선물이 왜, 마음에 안 들어요?"

"아니 그게 아니라 저는 이렇게 고급스러운거 소화 못 해요."

"내 안목을 믿어봐요. 자긴 피부가 고와서 그냥 하얀 셔츠에 둘러도 멋지게 어울릴 거예요."

오드리 여사가 포장 박스의 뚜껑을 열자 한눈에도 고급스러운 실크 스카프가 자태를 드러냈다.

"사모님 안목을 못 믿어서가 아니구요. 저 같은 사람이 이런 명품 하고 다니면 사람들이 어디서 훔친 줄 알아요!"

"훔친 거 아니라고 하면 되지. 내가 보증서 써줄까? 아니면 휴대전화에 영상으로 남길까? 내가 선물한 거라고?"

"아니에요, 그럼 저 뇌물로 알고 감사히 받을게요. 대신 일주일에 믹스커피 두 개씩만 갖다드릴 거예요."

송 주임이 스카프를 조심스레 펼쳐보며 환하게 웃었다.

그 순간, 오드리 여사의 눈이 반짝 빛났다. 뭔가 중요한 아이디어가 떠오른 듯 그녀는 자리에서 벌떡 일어나 휴대전화를 찾기 시작했다.

***

샛별이의 유품이 든 쇼핑백을 누구에게 전달할 것인가 고민하느라 거의 밤을 새우다시피 한 천 팀장은 오전 업무를 마치고 외출을 했다.

수사담당자인 박기훈 형사에게 전달하게 되면 아무래도 자신의 입장이 크게 난처해질 것이다. 조은숙 간호사가 '유족에게' 전달해 달라고 했던 점을 핑계 삼아 신현수 순경에게 전달하는 것이 훨씬 더 자연스러웠다. 그리고, 지난 밤 신현수 순경이 샛별의 숙소에 들어가는 것을 도와주었으니 자신의 실수에 대해서도 우호적일 것이라는 판단이 섰다.

경찰서 근처에서 신현수 순경을 만난 천 팀장은 초록색 종이가방을 건넸다. 쇼핑백의 존재를 잊고 있었던 이유를 설명하고, 자신의 실수에 대해 담백하게 사과하자 예상대로 신 순경은 별다른 질책이나 원망 없이 쇼핑백을 받아들었다. 천 팀장은 안에 들어 있는 물품들에 대해서도 설명했다. 필름통의 비밀은 제외하고서.

빛과 열에 약한 LSD 특성상 필름통은 LSD를 보관하기에 아주 적합했다. 속에 든 LSD의 양은 그림의 개수로 예상했을 때 50회분 이상이었다. 그렇다고 해서 샛별이가 마약을 복용하거나 유통했다고 단정할 수는 없었다.

사실 로열타운에는 마약 밀반입과 복용 혐의로 집행유예를 선고받은 원 회장의 패밀리가 있었다. 현재는 서울 강남에 살고 있다고 알려져 있지만 사실 로열타운에서 종산메디컬센터 의료진의 진료를 받으며 지내고 있다는 소문은 타운 내 종사자들의 공공연한 비밀이었다.

분명 그 인물과 샛별의 접점이 있었을 것이다. 하지만 지금 샛별의 유품에서 마약이 발견된다면 극심한 환각이 주증상인 LSD의 특성(극도의 환각효과로 자해나 자살 가능성 높음) 때문에 샛별의 죽음은 마약 중독으로 귀결될 것이 뻔했다. 그렇다고 해서 필름통을 빼돌린 것이 샛별이를 위한 것만은 아니었다. 천 팀장은 로열타운이 마약으로 인해 세상의 비난을 받는 것을 막고 싶었다. 그것은 편한 일자리를 잃게 될지 모른다는 지극한 이기심이나 회사에 대한 충성심 따위 때문이 아니었다.

로열타운은 외로운 이들의 피난처이자 안식처였다.

돈이 많은 프리미엄 세대 입주자나 1인 입주가 대부분인 일반세대 입주자, 고향을 떠나기 싫어하는 중장년 직원들, 언젠가는 넓은 세상으로 나가기 위해 돈을 모으며 고된 현실을 견뎌내는 꿈 많은 어린 직원들까지 로열타운의 모든 구성원은 이곳에서 삶의 동력과 위로, 치유를 받고 있었다. 그런 공간이 세상의 호기심 속에 들쑤셔지고 구성원들의 일상이 흔들리는 것이 천 팀장은 두려웠다.

그의 차가 로열타운 경내에 진입한 뒤 남쪽 도로를 이용해 숙소동으로 향했다. 로열타운은 평화롭고 아름다웠다. 그는 자신의 선택이 차선이었다고, 스스로를 위로했다.

숙소동의 주차장에 차를 막 세웠을 때 천 팀장의 휴대전화가 울렸다.

"도난신고라구요?"

보안팀 직원의 전화였다.

"네, 프리미엄 세대 입주민께서 도난신고를 하셨어요. 도난물품이 귀중품 여러 개고, 피해 규모가 큰 것 같아요. 여성분 혼자 거주하시는 댁이라서 제가 지금 그쪽으로 가는 길이거든요? 팀장님께서도 빨리 와주셔야 할 것 같아요."

"바로 가겠습니다. 몇 호죠?"

간혹 타워동 일반세대에서 물건 둔 곳을 착각한 입주민이 오인 신고를 하는 경우는 있었으나 프리미엄 세대에서는 처음 있는 일이었다. 더욱이 귀중품 여러 가지라면 입주민의 오인이 아닐 것이다. 비상사태였다. 외부인의 침입이든 내부인의 소행이든 로열타운에서 일어나서는 안 되는 일이었다.

신고자는 프리미엄 세대 103호에 거주하는 독신 여성이었다.

***

"외부인의 침입인가요?"

천중일 팀장이 오드리 여사에게 물었다.

"그건 아니에요. 여기 드나드는 직원의 소행인 거 같아요."

범인이 내부 직원이라면 의뢰인의 피해구제가 신속하게 이루어질 수 있고, 합의 가능성이 높아 그나마 다행인 경우였다. 보안팀의 직원이 곁에 서서 메모를 시작했다.

"도난당한 사실을 언제 인지하게 되셨나요?"

"오늘 낮에요."

"어떤 물품을 도난당했는지 말씀해 주시겠습니까?"

"카메라 한 대하고, 시계, 진주 귀걸이가 없어졌어요. 참, 카디건두요."

다행히 도난으로 인한 충격은 크지 않은 듯 그녀의 음성이 차분했다.

"총 네 가지인가요?"

"네."

"대략 싯가는 어느 정도인가요?"

"카메라는 아주 오래됐지만 한정판이라 몇백만 원은 할 거예요. 롤라이플렉스라고 얼마나 이쁘게 생겼는지 몰라요. 그리고 시계는 C브랜드 500, 진주귀걸이도 같은 브랜드로 200은 넘을 거구요. 카디건도 그 정도 줬고."

피해 규모가 너무 컸다. 피해 구제를 위해서는 도난 물품의 목록을 작성하는 것이 급선무였다.

"혹시 정확한 모델명을 알 수 있을까요?"

"시계하고 귀걸이는 내 담당 쇼퍼가 가져다 줬으니까 그이한테 물어보면 되는데……."

"우선 피해물품에 대한 배상은 원하시는 형태로 저희 로열타운에서 제공해드리도록 하겠습니다."

천 팀장은 우선 도난사건 발생 시 대응 매뉴얼대로 설명했다.

"아니, 무슨 소리예요? 도둑을 잡아야죠?"

오드리 여사의 목소리가 갑자기 하이톤으로 바뀌었다.

"물론입니다. 절도범에게 물건을 돌려받는 것을 원치 않으신다면 현물이나 금전으로 배상해 드린다는 점을 말씀드린 겁니다. 이 세대에 출입하는 직원이 의심된다고 하셨는데 누구인지 말씀해 주시면 우선 신속하게 분리조치를 하겠습니다. 그리고 다시는 마주치는 일 없이 처리할 수도 있습니다."

"아니요! 난 꼭 만나야겠어요. 배상 안 받아도 상관없고, 반드시 내 눈앞에 데리고 오세요. 알겠어요?"

피해 구제보다도 절도범의 사과가 중요하다는 듯, 그녀의 태도는 단호했다.

"알겠습니다. 절도가 의심되는 직원이…… 어느 부서의 누군지 말씀해 주시겠어요?"

오드리 여사가 손끝으로 안경을 치켜 올리며 대답했다.

"유샛별 간호조무사. 나 홈케어 담당했던 아이예요."

천 팀장은 자기도 모르게 낮은 탄식을 뱉었다.

12

"맞아, 비비안 마이어."

천 팀장에게 받은 쇼핑백 속에 들어 있던 사진책은 『비비안 마이어 나는 카메라다』의 양장본이었다. 책 속에는 길거리 풍경과 사람들이 담긴 사진이 대부분이었다.

"샛별이가 제일 좋아하는 사진작가라고 했어."

민지가 책을 물끄러미 쳐다보며 말했다.

"난 저 사람 너무 싫어."

"왜?"

"인생이 너무 우울하잖아. 평생 가정부로 살고, 말년에는 가난하게 살다가 죽었다면서. 사진찍어서 돈을 많이 번 것도 아니고. 죽고 나서 유명해지는 바람에 돈은 엉뚱한 사람이 벌고. 그게 뭐야."

포털사이트에서 잠깐 검색해 본 정보가 전부였지만 비비안 마이어의 인생은 외롭고 빈곤했다. 아주 우연히 그녀의 필름이 세상의 빛을 보지 않았다면 그녀의 이름과 작품은 영원히 묻혀버렸을 것이다. 그래서 그녀의 이름 앞에 붙는 수식어는 '비운의 포토그래퍼'였다.

"사진은 참 멋지잖아."

"그렇게 멋진 사진이면 살아있을 때 발표해서 돈을 벌어야지."

"그러게. 살아서 유명해졌으면 더 좋았을 텐데……."

"샛별이가 비비안 마이어처럼 되고 싶다고 해서 수간호사 선생님한테 혼난 적도 있어."

"혼나?"

"우울하고 외로운 사람을 좋아하면 팔자 닮는다고. 밝고 멋진 사람을 롤모델로 삼아야 한다고."

"선생님이 좋은 말씀 해주셨네."

"그럼 뭐해."

이제는 세상에 없는 샛별이를 다시 떠올렸는지 민지가 갑자기 침울해졌다. 현수는 한팔로 민지의 어깨를 감싸 안고 도닥였다.

"샛별이, 사진은 언제부터 찍었어?"

"고1 겨울방학이었나? 외할머니 집에서 오래된 카메라를 하나 가져왔는데 그때부터 도서관에서 사진책을 빌려보기 시작하더라고. 그러다 작년 초에 실습 훈련비로 새 디카를 사더니 그때부터 맨날 사진만 찍었어. 동창들 모임에 나와서도 사진만 찍어주고, 어디 가자고 하면 잘 놀러가지도 않고. 어쩌다 따라가도 또 친구들 사진만 찍어주고. 그래서 샛별이 덕분에 우리는 인생샷 많아."

"피이. 나도 좀 찍어주지."

현수는 샛별이의 카메라 렌즈 앞에 서서 포즈를 취하고 있는 자신을 상상해보고는 소리내 웃었다.

"또 생각나는 건 없어?"

"친구들한테 앞으로 생일 선물은 무조건 필름으로 사달라고 했어. 우리 병원 선생님들 프로필 사진도 가끔 찍어드리고, 환자분들 중에는 일부러 샛별이한테 사진 찍어달라는 분들도 계셨거든? 그분들이 사진 찍어줘서 고맙다고 수고비 주신다고 하면 돈은 안 받고 필름 사달라고 했어. 필름값 되게 비싸다고. 비싸봐야 만 원도 안 되던데 그냥 돈으로 받지……. 그랬으면 샛별이 부자됐을 텐데."

역시 샛별이다운 처신이었다.

"참! 샛별이가 매일 목에 걸고 다니던 검정 카메라 있거든?"

오늘 낮 천 팀장에게 받아 박기훈 형사에게 제출한 바로 그 카메라인 것 같았다.

"빨간 줄 달린 거?"

"응. 카메라 위에 빨간 딱지 붙은 그거. 되게 비싼 건데 회장님이 주신 거래."

"회장님?"

"원세권 회장님. 회장님도 사진 좋아하시는데 샛별이가 사진도 잘 찍고, 일도 잘해서 기특하다고 선물로 주셨대."

"후우."

샛별이가 비싼 카메라를 사용했다는 박 형사의 말이 체증처럼 현수의 마음에 걸려 있었던 모양이다. 왠지 한시름 놓이는 기분이었다.

***

본관 레스토랑의 별실에서 손님을 기다리고 있는 원주희 이사장의 얼굴에는 감출 수 없는 짜증이 배어 있었다. 곁에는 장광무 총무팀장이 배석했고, 보안팀 직원은 브리핑 중이었다.

"그러니까 현물로 다 구할 수 있다는 거야?"

"다른 물품은 각각 본사에서 업그레이드 된 신제품으로 구할 수 있지만 카메라는 한정판이라서 똑같은 것은 구할 수가 없습니다."

특별한 추억이 깃든 물건이 아닌 이상 도둑맞았던 물건을 돌려받기를 바라는 사람은 없었다. 특히나 부자라면 더욱 그랬다. 그래서 현물로 보상하는 계획을 세웠으나 만만찮은 일이었다.

"그럼 어떻게 해?"

장 팀장이 나섰다.

"일본 콜렉터에게 동일한 제품이 있는지 확인하는 중입니다."

"못 구하면?"

"최대한 현금 보상 쪽으로 설득하시는 게 좋을 것 같습니다."

"요망한 계집애가 끝까지 사람을 골탕먹여."

원주희가 혼잣말로 짜증을 부리자 장 팀장이 얼른 눈짓으로 직원을 물러가게 했다.

그때 별실 입구에 종업원의 안내를 받으며 비쿠샤 울 소재의 롱카디건을 걸치고 모자를 멋스럽게 코디한 오드리 여사가 나타났다.

원주희는 표정을 바꾸고 자리에서 일어나 환한 미소로 그녀를 맞이했다.

"어서오세요. 여사님. 원주힙니다."

"이게 이사장님까지 나설 일인가요?"

종업원의 에스코트를 받으며 자리에 앉은 오드리 여사가 심드렁하게 말했다.

"별말씀을요. 로열타운의 책임자로서 사소한 것 하나라도 챙기는 게 당연합니다."

"그렇다고 사소한 일은 아니죠."

까탈스러운 노인 특유의 꼬장꼬장한 말투였다.

"사소한 일이라는 뜻은 아니었습니다."

생각했던 것만큼 선선한 상대가 아니었다. 종업원이 차와 다과를 내왔다.

"먼저 심려를 끼쳐드려서 유감입니다."

"내가 이렇게까지는 안 할……."

오드리 여사가 아차 싶었는지 말을 멈췄다.

"네?"

"아니, 꼭 찾아야겠다는 뜻이에요."

"저희가 원하시는 대로 배상을 해드리겠습니다. 현물배상을 원하시면 시계와 진주 귀걸이는 동일한 제품으로, 그리고 카디건은 더 고가품으로 배상해드릴 겁니다. 카메라는 생산 중단된 제품이지만 같은 모델을 찾고 있습니다. 일본에서 구할 수 있을 것으로……."

오드리 여사가 귀찮다는 듯 말을 잘랐다.

"그런 거 필요 없다고 보안팀장한테도 얘기하고, 아까 직원한테도 얘기했는데요? 말을 못 알아듣는 거예요? 난 샛별이를 직접 만나서 얘기를 들어야겠다구요!"

"네, 용서하기 어려우시겠죠. 여사님 심정 충분히 이해합니다."

"용서를 하고 말고는 내가 결정할 테니까 그 아이를 데려오세요. 데려오지 않으면 내가 직접 경찰서에 신고하겠어요!"

언성을 높이지는 않았으나 단호한 말투로 그녀가 말했다.

"……."

원주희 이사장의 표정이 차갑게 굳었다. 장광무 팀장이 얼른 끼어들었다.

"저희에게 며칠만 시간을 주시겠습니까?"

"며칠씩이나 필요한 일인가요?"

"그 직원이 처벌과 징계가 두려워 잠적할 수도 있습니다. 저희가 설득할 시간이 필요합니다."

'죽은 아이를 설득한다고……?'

원주희 이사장이 놀란 듯 장 팀장을 곁눈질했다.

"사흘 줄게요. 오늘부터 꼭 사흘요. 그때까지 저한테 데려오지 않으면 경찰서에 신고한다고 했어요!"

오드리 여사가 다시 한번 못을 박으며 자리에서 일어났다. 종업원이 의자를 빼며 그녀를 부축했다.

"다시 한번 이번 사건에 대해 사과드립니다."

원주희 이사장과 장 팀장도 뒤따라 일어나 깊숙이 허리를 숙였다. 숄을 걸치던 오드리 여사가 뭔가 생각난 듯 덧붙였다.

"여기 피낭시에랑 까눌레 달아도 너무 달아요. 스콘은 모래 씹는 거 같고."

그녀의 기습적인 불평에 이사장이 눈을 동그랗게 떴다.

"디저트가 죄다 설탕 덩어린 거, 다른 사람들은 불평 없나 봐요?"

"저희 로열타운의 모든 식음료에는 유기농 설탕을 사용하고 있을 텐데⋯⋯."

"유기농 설탕은 당분이 없나요?"

오드리 여사가 한심하다는 듯 쳐다보자 원주희는 불쾌한 감정을 억누르고 대답했다.

"담당자에게 점검하라고 지시하겠습니다."

종업원과 함께 오드리 여사가 별실을 나갔다.

"저 노인네 왜 저러는 거야?"

원주희 이사장이 날선 목소리로 소리를 질렀다.

"그 아이에게 직접 사과받기로 마음먹은 것 같습니다."

"누가 그걸 몰라서 그래요?"

장광무 팀장이 뭔가 생각하는 듯 눈썹을 찡그렸다.

"그나저나 장 팀장은 개를 어떻게 데려오려고 그런 소릴 해요?"

원주희 이사장이 비아냥거렸다.

"……"

"사흘 후엔 경찰에 신고한다잖아! 이거 소문나면 정말 개망신이라구."

장 팀장이 속내를 알 수 없는 묘한 미소를 지었다.

"그건 안 될 일이고……."

"그냥 죽었다고 해요. 죽었다는데 노인네가 뭐 어쩔 거야?"

장 팀장이 생각을 정리한 듯 천천히 의자에 앉았다.

"입주민이 직접 경찰에 도난신고를 하게 두는 건 로열타운의 수치죠."

"당연하죠."

"원칙대로 하는 겁니다."

"원칙대로?"

"우리가 경찰에 직접 도난신고를 하는 겁니다. 도둑은 경찰이 잡는 거고. 우리야 직원 잘못 관리한 도의적 책임만 지면 되는 겁니다. 경찰이 수사를 하긴 하겠지만 피해자가 지목한 도둑이 이미 죽었으니 공소권 없음으로 결론날 테고……."

"소문은 어떡하고? 도난사건인데 입주민들이 가만히 있겠어요? 얼마나 시끄러워지겠어?"

"아니, 오히려 입주민들에게 로열타운은 직원의 도덕적 해이, 일탈까지도 책임진다는 걸 알릴 수 있는 기회가 되는 겁니다. 피해복구를 위해 최선을 다하는 로열타운만의 격조를 보여주는 계기가 되는 거죠."

원주희의 표정이 슬며시 누그러졌다.

"그리고…… 덕분에 오히려 모든 게 명확해지는 겁니다. '야금야금 도둑질을 하다 들키게 생기자 자살한 직원', 깔끔한 결론 아닌가요?"

그제서야 모든 뜻을 알아차린 원주희 이사장의 얼굴에 미소가 번졌다.

13

수사과장이 박기훈 형사를 불렀다.

"서장님이 직접 지시할 사항이 있다니까 서장실에 가봐."

서장과 개인적으로 나눌 만한 이야기가 있는 것도 아니고, 수사과장이 자리를 비운 상황도 아닌데 서장이 부르는 이유가 뭘까?

박 형사는 자켓을 걸치고 서장실로 향했다.

"어서 와요."

50대 후반인 서장은 펑퍼짐한 체구에 푸근한 인상을 하고 있어 경찰보다는 인자한 교장선생님에 더 가까워 보였다.

"요즘 로열타운 자살사고 조사하고 있지?"

"네."

"아무래도 서울하고는 분위기가 달라서 좀 당황스러울 텐데."

"뭐 별로 다른 건 없습니다."

"여기는 시골이라 온갖 잡스러운 사건사고가 많다 보니 수사인력이 그때그때 되는대로 배정되기 때문에 간단한 사건은 혼자서 처리하기도 하고 그래."

몰랐던 사실도 아니고, 시골 경찰서의 수사 관행에 대한 서장의 설명이 새삼스러웠다.

"로열타운에서 또 신고가 한 건 들어왔어. 이것도 박 형사가 처리해야겠는데……."

"어떤 사건입니까?"

"제대로 합을 맞출 파트너도 안 주고 어리바리 신참내기 여경 하나 데리고 일하려니까 힘들지? 시골이라 자잘한 사건이 많아서 인력이 항상 부족해."

파트너에 대해 군소리를 한 것도 아니고, 신현수 순경에 대해 불만을 표한 것도 아닌데 재차 양해를 구하는 서장의 너스레가 왠지 우스꽝스러웠다.

"아닙니다. 신현수 순경, 잘 하고 있습니다. 신고내용은 어떤 겁니까?"

"절도 건인데 프리미엄 세대라고 왜 로열타운에서도 VIP들만 사는 별장같은 집 있지 않나."

"알고 있습니다."

"거기서 도난사고가 발생했는데 로열타운의 총괄책임자인 장광무 총무팀장이 직접 신고를 했어."

서장이 신고접수서를 내밀었다.

"거기 보안팀이 따로 있는데……."

"중요한 일이니까 총괄책임자가 직접 나섰겠지. 피해자가 절도범을 지목했고, 지목한 절도범이 내부 직원이라는군."

"내부 직원이 그랬다면 신병을 확보했을 텐데……. 피해 규모가 큰 모양이죠? 형사처벌까지 받게 하겠다는 건가요?"

"그게 참, 신병 확보가 되긴 했지."

서장이 영문모를 미소를 지었다.

"그 투신자살한 직원 있잖아. 박 형사가 담당하고 있는 바로 그 건."

그가 '설마…….' 하는 표정으로 서장의 입을 응시했다.

"피해자가 지목한 절도범이 그 자살한 직원이라는군. 원래 손버릇이 나빴던 모양이야."

박 형사는 허탈함에 고개를 떨구었다.

"어쨌거나 정식 접수된 사건이니까 피해자 조사하고, 그 자살 건이랑 병합해서 얼른 사건종결해."

"후우……."

자신도 모르게 한숨이 새어나왔다. 박 형사는 신고접수서를 들고 일어섰다.

"알겠습니다."

"피해 보상도 로열타운에서 다 하는 모양이야. 어리석은 직원 하나가 아주 로열타운 명성에 먹칠을 하는구만. 쯧쯧."

박 형사는 경찰서 주차장의 승용차 운전석에 멍하니 앉아 흘러가는 구름만 쳐다보고 있었다.

피해자가 여성이니 여경인 신현수가 피해자 조사를 하는 게 피해자의 정서적 안정에 더 나을 것이었다. 게다가 엄연히 파트너인 신현수를 두고 혼자 현장에 가는 것도 어색한 일이었으며 어차피 파트너 모르게 절도 사건을 조사하고 종결한다는 것도 아예 불가능한 일이었다.

박 형사가 결심한 듯 몸을 일으켜 휴대전화 문자메시지를 발송했다.

'갈 데가 있다. 주차장으로 나와.'

현수를 기다리는 동안에도 박 형사는 이야기를 어떻게 꺼낼 것인지 궁리하느라 애꿎은 손톱만 물어뜯었다.

현수가 보일 반응은 뻔했다. 부정하거나, 샛별이에게 실망하거나. 어떤 쪽도 큰 충격이고, 큰 상처로 남을 것이다. 어쩌면 인간에 대한 신뢰를 완전히 잃어버리게 될지도 모른다.

어떻게 말문을 열어야 할지 아직 결정하지 못했는데 현수는 벌써 주차장으로 뛰어나오고 있었다.

'이럴 땐 빠르기도 하지.'

현수가 재빠르게 조수석에 올랐다.

"짐 정리하느라 늦었습니다."

"아니, 너무 빨리 나왔어."

"네?"

박 형사는 말없이 시동을 걸고 출발했다. 어떻게 설명하든 현수의 충격은 마찬가지일 것이다.

"어디 가시는 건데요?"

현수가 눈치를 살피며 물었다.

"로열타운."

"새로운 증거가 나왔나요?"

현수가 눈이 동그래져서는 몸을 틀며 물었다.

"똑바로 앉아. 내가 인류애가 넘치는 인간은 아니지만 그렇다고 인정머리 없는 소시오패스는 또 아니거든?"

박 형사가 난데없는 고백으로 말문을 열었다.

"신 순경한테 시키고 싶지 않은 일이지만 신 순경이 해야 하는 일이라서 시키는 거야."

평소와는 다른, 낮은 톤의 조곤조곤한 말투였다.

"제가 못 미더우시겠지만 제가 할 일이라면 무슨 일이든 하겠습니다."

"로열타운에서 절도 신고가 들어왔어. 프리미엄 세대에 사는 피해자가 시가 천만 원이 넘는 귀중품들을 도난당했고, 용의자도 지목했어. 지금 피해 조사를 하러 가는 길인데 신 순경이 피해자인 할머니를 만나서 피해 규모, 정황 진술을 받아야 해."

박 형사는 최대한 담담하게 현수가 할 일을 나열했다.

"네. 용의자는 누구죠? 거기 아무나 못 들어갈 텐데……."

"내부 직원."

"아, 그럼 오늘 바로 임의동행 하실 거죠?"

"아니, 못 해."

"내부 직원이면 신병 확보가 됐을 텐데, 잠적했나요?"

"……."

박 형사는 말없이 굳은 표정으로 운전만 했다.

현수는 평소와 다른 박 형사의 태도가 이상했지만 더 이상의 질문은 하지 않은 채 초보 경찰로서 잠시 후 진행할 조사를 시뮬레이션해보기 위해 생각에 잠겼다.

전방에 로열타운의 육중한 정문이 보이자 박 형사는 길가로 차를 세웠다. 현수가 의아한 얼굴로 쳐다보자 박 형사는 다시 담담한 어조로 말했다.

"피해자 할머니가 지목한 용의자가, 유샛별이야."

현수는 너무 몰라 아무 말도 하지 못하고 굳어버렸다.

"용의자는 말 그대로 용의자야. 피해자의 말만 듣고 유샛별을 절도범으로 단정할 수는 없어. 그러니까 피해자가 뭐라 하더라도 흥분해선 안 돼. 반박해서도 안 되고."

현수가 아무런 반응도 보이지 못하고 굳어 있자 박 형사가 운전석과 조수석의 창문을 내렸다.

습기를 머금은 찬바람이 순식간에 승용차 내부를 휩쓸고 지나갔다.

갑자기 찾아드는 11월의 찬바람이 더 스산하게 느껴지듯 예상치 못한 충격의 고통은 감당하기 버거웠다.

"숨 좀 크게 쉬고."

현수는 그의 말대로 심호흡을 했다. 정신을 차려야 했다.

박 형사가 이야기한 것처럼 용의자는 용의자일 뿐이다. 샛별이가 절도범이라는 것은 피해자의 주장일 뿐이다. 아직 조사는 시작하지도 않았다. 샛별이가 절도범이 아닐 수도 있는 것이다. 하지만 샛별이는 죽은 자다. 죽은 자의 명예를 지켜줄 사람은 자신뿐이었다.

자신이 이대로 주저앉는다면 진실이 어떻든, 죽은 자에게 씌워진 절도범의 누명은 낙인으로 남을 것이고, 샛별이는 그를 사랑했던 친구들에게 추모받을 권리마저 빼앗기게 될 것이다.

현수는 다시 한번 마음을 가다듬었다.

***

모처럼 따사로운 오후 햇살이 오드리 여사의 거실을 환하게 비추었다.

로열블루의 고급스러운 색감과 모던한 디자인이 조화를 이룬 소파를 중심으로 앤틱 소가구와 올망졸망한 소품이 절묘하게 어울리는 거실은 이곳에 모인 사람들의 복잡한 심경과는 달리 느긋하고 평화로웠다.

"카디건은 어디에 두셨던 거죠?"

현수가 어색한 침묵을 깨고 다시 질문을 이어갔다.

오드리 여사가 옆에 앉아 있는 조은숙 간호사를 쳐다보며 잠시 머뭇거렸다.

박기훈 형사는 출입문 입구의 벽에 기대선 채 피해자 조사를 지켜보고 있었다.

"드레스룸 입구에 제일 잘 보이는 곳에 걸어두었어요."

"시계와 귀걸이는 어디에 두셨나요?"

"드레스룸 입구 선반에 놓아두었어요."

"유샛별 씨가 선생님 몰래 드레스룸에 들어갈 만한 시간적인 여유가 있었을까요?"

"그야 내가 잠깐씩 졸기도 하고, 화장실에 가기도 했으니까요."

"물건들이 언제쯤 사라졌다고 생각하세요?"

"잘 모르겠어요."

그녀가 귀찮다는 듯 대답했다.

"없어진 물품이 네 가지나 되는데 사라진 걸 모르셨어요?"

"형사님은 매일 온 집안의 물건이 제자리에 있는지 확인해 보나요?"

"……"

박 형사가 현수에게 경고하듯 헛기침을 했다.

"카메라는 어디에 있었나요?"

"원래는 드레스룸 안쪽에 있었는데 내가 그 아이한테 한번 구경시

켜줄려고 꺼내서 보여주고선 여기 장식장 아래 뒀거든요."

그녀가 문이 달린 장식장 아래쪽을 가리켰다.

"그 아이가 내가 여기 넣는 걸 봤어요. 그게 롤라이플렉스라고 사람들은 잘 모르는 카메라예요. 여기 명치 끝에 받치고 찍는 아주 특이한 카메라거든요. 샛별이가 사진을 좋아하길래 내가 꺼내와서 보여줬더니 얼마나 좋아했는지 몰라요. 그리고는 내가 여기에 집어넣는 걸 그 아이가 봤다니까?"

피해자가 설명하는 카메라는 '롤라이플렉스 이안 리플렉스'였다.

샛별이가 남긴 책에서 봤던 그 카메라. 샛별이가 동경한 비비안 마이어가 애용했던, 그녀를 상징하는 카메라이기도 했다. 그렇게 특별한 카메라였다면 샛별이가 욕심을 낼 수도 있었을 것이다. 거기에 생각이 미치자 현수는 견딜 수가 없었다.

"혹시 다른 사람일 가능성은 없나요?"

불안한 생각을 떨쳐내고자 현수는 얼른 질문을 돌렸다.

"없어요."

오드리 여사가 조금의 망설임도 없이 단호하게 대답했다.

"어떻게 그렇게 단정하실 수 있어요? 한번 잘 생각해보세요."

"글쎄, 다른 사람일 가능성이 전혀 없다니까요?"

그녀도 언성을 높였다.

"청소하는 분들이나 여기 간호사 선생님처럼 다른 분들도 드나들잖아요!"

현수의 언성이 높아지자 오드리 여사가 긴장한 표정이 역력했다. 조 간호사가 얼른 그녀의 곁으로 다가갔다.

"신 순경, 됐어. 그만 해."

박 형사가 나섰다.

"도난물품을 찾아보고, 조속한 시일 내에 연락드리겠습니다."

박 형사가 오드리 여사에게 목례하고는 현수의 팔을 잡아끌고 밖으로 나갔다.

"아니, 정말 이상한 사람들이네요. 난 그 물건들 필요 없어요. 그 아이를 내 눈앞에 데리고 오라구요! 왜들 이렇게 말을 못 알아들어요?"

그녀가 나가는 두 사람의 뒤통수에 대고 역정을 내자 조 간호사가 그녀를 부축하려 했다. 하지만 그녀는 그마저도 매섭게 뿌리쳤다.

"당신도 나가봐요!"

오드리 여사가 침실로 들어가는 모습을 확인하고 나서 조 간호사는 가방을 챙겨들었다. 그때 소파 등받이에 걸려 있던 롱 카디건이 바닥으로 스르륵 떨어졌다. 조심스럽게 카디건을 집어들고는 반으로 개켜 소파 위에 올려두려던 조 간호사는 뭔가 생각난 듯 카디건을 한참이나 쳐다보았다.

***

로열타운 내 스포츠센터 주차장에서 기다리던 천 팀장에게 조 간호사가 다가왔다. 잠시 망설이는 듯하더니 소 간호사가 천 팀장에게 가까이 붙어 작게 속삭였다.

"아무래도 103호 여사님께서 거짓말하시는 것 같아요."

"네?"

"샛별이가 연락이 안 되니까 절도범으로 몰아서 찾아내려고 하는 것 같아요."

"그게 무슨……."

앞뒤가 모조리 생략된 말을 천 팀장이 이해 못 하는 듯하자, 조 간호사는 본격적으로 이야기를 시작했다.

"지난 화요일부터 저를 닦달하셨어요. 샛별이 연락 안 된다고 찾아보라고. 그런데 제가 둘러댔거든요, 보수교육 갔다고. 간호팀장님이 워낙 강경하게 입 다물라고 하신 것도 있고, 또 주제넘은 일이기도 하고 해서요. 그런데 제 말을 안 믿으시면서 너무 화를 내시는 거예요. 마치 제가 거짓말하는 걸 아시는 것처럼요."

"그분은 왜 그렇게까지 해서 샛별이를 찾으려고 하시는 거죠?"

"외로운 분이라서 샛별이한테 정을 많이 주셨고, 정말 예뻐하셨거든요."

"그럼 그 도난당했다는 물건들은 어디 다른 데 숨겨두고……."

천 팀장이 설마 하는 표정으로 물었다.

"그건 아니고, 제 생각에는 샛별이한테 선물한 걸 도둑맞았다고 하시는 것 같아요."

"선물요?"

"네. 팀장님 그 카디건 기억하시죠? 제가 얼마 전에 드렸던 쇼핑백에 들어 있던 샛별이 옷."

"초록색 카디건요?"

"네. 샛별이가 입고 있길래 소재가 좋아보여서 어디서 샀냐고 했더니 103호 여사님한테 선물받았다고 했거든요. 훔친 옷이면 중고로 팔거나 하지 그렇게 버젓이 입고 다녔겠어요?"

천 팀장 역시 찬바람이 불기 시작한 9월 중순부터 샛별이가 그 카디건을 입고 있는 것을 여러 차례 목격했다. 아무리 담대한 아이라도 로열타운 안에서 훔친 옷을 입지는 못했을 것이다.

"그리고 제가 혹시나 해서 브랜드를 검색해봤더니 그게 200만 원이 넘더라구요. 그래서 제가 정말 비싼 옷이라고 했더니 샛별이가 '여사님께 어떻게 보답하죠?' 그랬거든요. 훔친 거라면 그런 말 못 했겠죠. 저랑 여사님이랑 모르는 사이도 아닌데."

조 간호사는 확신에 찬 표정으로 말을 이어갔다.

"아무리 생각해봐도 틀림없어요. 샛별이 찾으려고 거짓말하시는 거예요. 아까도 조사하러 온 경찰들한테 물건은 필요 없고 샛별이만 눈앞에 데리고 오란 말씀만 하셨거든요."

자신에게 처음 피해 사실을 이야기할 때도 마찬가지였다. 오드리 여사는 분명 '배상은 필요 없으니 도둑을 내 눈앞에 데려오라'고 했었다.

자신들의 예측대로라면 샛별이는 자신을 아끼고 사랑하는 사람에 의해 절도범이라는 오명을 뒤집어 쓰게 되는 셈이었다. 오드리 여사 또한 자신이 아끼는 아이를 뜻하지 않게 절도범으로 만들어 버리는 셈이었고.

"누가 여사님한테 샛별이가 세상에 없다는 걸 알리고, 신고 취하해달라고 부탁하면 좋겠는데……. 크게 놀라시기야 하겠지만 어차피 여사님도 아셔야 하고, 샛별이도 그렇게 가는 마당에 절도범이라는 소리까지 들으면 안 되잖아요."

순간, 천 팀장의 머릿속에 신현수가 떠올랐다.

"제가 전하고 싶어도 여사님이 제 말을 믿어주실까 걱정도 되고, 간호팀장님 귀에 들어가면 저 사표 써야 하거든요."

오드리 여사의 반응을 예측할 수는 없지만 시도는 해볼 만했다.

"이야기를 할 만한 사람이 있습니다. 제가 의논해 보겠습니다. 조 선생님 말씀대로 그분이 설득한다면 아마 여사님도 납득하실 겁니다."

2장

언월

Half moon

14

늦은 밤 지역형사팀 사무실에는 박 형사와 현수뿐이었다. 지친 듯 회전의자에 늘어진 채 앉아 있던 박 형사가 현수에게 물었다.

"네가 그 아이에 대해 얼마나 안다고 생각하니?"

"경위님보다는 많이 알아요."

"나보다 많이 아는 게 아니라, 그게 바로 '편견'이라는 거야."

회전의자를 좌우로 흔들며 박 형사가 심드렁하게 말했다.

"……"

"객관적인 증거만 봐. 더욱이 경찰이라면 반드시 그래야 돼."

"객관적인 증거도 주관적인 해석으로 왜곡될 수 있어요."

"피해자가 도난당했다고 주장하는 그 카메라 기종, 여기 그 아이 노트북에 폴더로 분류돼 있어. 사진이 200장이 넘고. 샛별이가 그 카메라를 사용했다는 증거야. 이런 게 객관적인 증거고, 상식적이고 정상적인 해석이야."

"1차원적인 해석이죠."

"뭐?"

"바보가 아닌 이상 훔친 카메라로 사진을 찍겠어요?"

"그럼 한정판이라 몇백만 원이나 한다는 그 비싼 카메라를 그 아이가 어디서 구했다는 건데? 이 라이카만 해도 500만 원이 넘어."

박 형사는 현수가 제출한, 비닐봉투에 담긴 라이카 카메라를 가리키며 말했다.

"그건 회장님이 주신 거라고 얘기했잖아요! 훔친 거면 목에 걸고 다니지 않았겠죠."

"원 회장이 줬다는 것도 건너 들은 얘기고, 직접 확인한 거 아니잖아."

"그럼 다른 사람들한테 확인해 보세요."

"줬다는 사람이 식물인간으로 누워 있는데 누구한테 물어? 두 사람이 뭘 댓가로 그 비싼 걸 주고받았는지 남들이 어떻게 알아."

댓가라니! 지금 박 형사는 무슨 소리를 하고 있는 건가!

현수가 완전히 굳은 표정으로 박 형사를 쳐다보자 그는 더 이상 샛별이에 대한 자신의 의구심을 숨기지 않겠다는 듯 속내를 털어놓았다.

"너 부자라고 비싼 선물 아무한테나 막 주는 줄 알아? 부자들이 남한테 얼마나 인색한데! 이유 없는 돈은 한 푼도 쓰지 않는 게 부자들 속성이야. 원 회장이 샛별이를 콕 집어서 간병인으로 지정했다는 것도 이상하잖아!"

'선물이 아닌 댓가······.'

사람들이 그런 상상을 할 수도 있겠구나 생각하니 현수는 온몸에 소름이 돋았다.

맞대응을 하던 현수가 갑자기 침묵하자 박 형사가 누그러진 어조로 말했다.

"내일 오전에 샛별이 숙소에 남아 있는 짐 중에 피해자가 말한 품목이 있는지 다시 한번 확인해봐. 나오든 안 나오든 조사는 해야 마무리 지을 수 있으니까."

"······."

박 형사가 퇴근한 후에도 현수는 그 자리에 멍하니 앉아 있었다.

창밖으로 희뿌옇게 보이는 언월이 초라하고 쓸쓸했다.

'네가 그 아이에 대해 얼마나 안다고 생각하니?'

'타인에 대해 잘 알고 있다고 자신하는 거 아냐. 사람들은 서로를 잘 몰라······. 아주 가까이에 있는 사람이라도······.'

박 형사의 말이 머릿속을 맴돌았다. 현수는 자신에게 처음으로 낯선 질문을 던졌다.

'샛별이는······ 어떤 아이였을까?'

그때, 문자메시지 수신음이 울렸다. 발신자는 로열타운 보안팀장이었다.

* * *

정교하게 짜여진 레이스 테이블 보 위에 티팟과 찻잔이 놓여져 있었고, 티팟의 온기가 의자에 앉아 있는 현수에게 전해졌다. 조 간호사가 현수의 찻잔에 홍차를 따랐다.

"잘 부탁드려요."

조 간호사가 낮은 목소리로 현수에게 말했다.

"이렇게 애써주셔서 감사합니다."

현수가 진심을 담아 대답했다.

"샛별이 장례식은……?"

낮은 목소리로 조 간호사가 다시 질문을 건넸을 때, 내실 쪽에서 오드리 여사가 나왔다.

두 사람이 자리에서 일어났다.

"샛별이에 대해서 할 말이 있다구요?"

그녀가 자리에 앉기도 전에 물었다. 아침에 조 간호사를 통해 나눈 통화에서 경찰에게는 더 할 말이 없다며 만남을 거부했던 그녀는 샛별이에 대해 전할 이야기가 있다고 말하자 그제서야 방문을 허락한 참이었다.

"네."

테이블 위에 놓인 현수의 명함을 집어 찬찬히 살펴보는 오드리 여사는 경계의 눈빛을 감추지 않았지만 현수의 눈에 비친 그녀의 모습은 어제와는 사뭇 달라보였다. 브라운 계열의 니트풀오버와 숄에 코코아빛 모직의 주름스커트를 받쳐입고 은빛 풍성한 머리칼을 자연스럽게 빗어 단장한 그녀의 모습은 소설 속에서나 보았을 법한 우아하고 자애로운 할머니의 모습이었다.

"샛별이 지금, 어디에 있나요?"

어떻게 이야기를 시작할 것인지 잠시 머뭇거리던 현수에게 오드리 여사가 단도직입적으로 물었다.

"그게……."

당황한 현수가 대답 대신 쇼핑백 속에서 초록색 카디건을 꺼냈다.

"이거 선생님께서 선물하신 옷, 맞죠?"

그녀가 미간을 찌푸리며 대답했다.

"내 질문에 먼저 답해주지 않겠어요?"

조 간호사가 바짝 긴장한 얼굴로 오드리 여사의 안색을 살폈다.

"우선, 제가 샛별이와 어떤 관계인지 말씀드릴게요."

"관계?"

"저는 샛별이와 같은 보육원 출신이에요. 제가 대학교에 진학하면서 보육원을 떠났기 때문에 함께 지낸 시간은 길지 않지만, 입소할 때부터 한동안 제가 돌봤던 친동생 같은 아이예요."

"세상에……."

순식간에 그녀의 눈빛이 누그러졌다.

"제가 보육원을 퇴소한 이후에도 계속 연락을 주고 받았고, 제가 종산으로 발령받게 되면 함께 살기로 약속했을 징도로 가까운 동생입니다."

"그래요?"

오드리 여사는 오른손을 탁자 위에 올리며 상체를 기울였다.

"그럼 지금 어디 있는지 알겠네요?"

"……."

현수가 잠시 숨을 고르는 사이 두 사람의 눈치를 살피던 조 간호사가 테이블 위에 놓인 오드리 여사의 손목을 조심스레 잡아주었다. 오드리 여사가 이상하다는 듯 쳐다보자 그녀가 시선을 피했다. 그 순간, 현수는 용기를 내어 입을 열었다.

"샛별이가…… 세상을 떠났습니다."

오드리 여사가 영문을 모르겠다는 표정으로 현수와 조 간호사를 번갈아 쳐다보았다.

"그게 무슨……."

"지난 월요일, 숨진 채 발견됐습니다."

"내가 그렇게 찾았는데 아무도 그런 소릴 안 했어요. 그런데 지금 이게 무슨 소리예요?"

그녀가 조 간호사를 채근하듯 붙잡힌 팔을 흔들었다.

"직원들은 규정상 말씀을 드릴 수가 없었을 겁니다. 입주민들께 걱정을 끼치지 않기 위해서, 그리고 선생님의 건강을 걱정해서요."

충격 때문인지 오드리 여사가 옅은 신음소리를 뱉었다.

"괜찮으세요?"

"난 괜찮아요."

"외람된 말씀입니다만, 샛별이 이야기는 선생님께서만 알고 계셨으면 합니다."

"알았어요. 무슨 얘긴지. 그런데 샛별이가 왜 그렇게 됐어요? 건강했던 아인데 왜?"

"아직 경찰에서 조사 중입니다."

"경찰에서 조사 중이라면, 나쁜 일을 당했다는 건가요?"

"아직 조사가 끝나지 않았습니다. 경찰에서 모든 가능성을 열어두고 조사 중입니다."

다행이라고 해야 할까. 우려했던 만큼의 격정이나 흥분은 없었다. 하지만 그녀는 맥이 풀린 모습이었다.

잠시 침묵이 흘렀다. 망연자실한 표정으로 창밖을 응시하던 오드리 여사가 원망어린 음성으로 말문을 열었다.

"그것도 모르고 소란을 피웠네요, 내가⋯⋯."

소란을 피웠다는 건 오드리 여사가 샛별이의 행방을 찾기 위해 샛별이를 절도 용의자로 신고한 것을 의미하는 것이리라. 조 간호사도 현수와 같은 생각인 듯 두 사람의 시선이 마주쳤다.

현수가 용기를 냈다.

"선생님께서는 샛별이를 아끼고 사랑하셨던 거죠? 샛별이가 훔쳤다고 말씀하신 물건들, 선물하신 거 아닌가요?"

"맞아요. 그거 다 내가 샛별이한테 선물한 거예요. 샛별이가 도둑질이라니 가당찮은 소리지. 그렇게 하면 샛별이를 찾아줄까 싶어서 그랬어요."

현수와 조 간호사가 약속이나 한 듯 안도의 한숨을 내쉬었다.

"미안해요. 나한테 사실대로 말해줬으면 이런 소란을 피우지 않았을 텐데……."

기어들어갈 듯 그녀의 맥없는 목소리가 애처로웠다.

"아니에요. 선생님 심정 이해합니다."

"카메라도, 시계도, 옷도, 귀걸이도 다 내가 선물한 거예요."

맥이 완전히 풀렸는지 그녀의 말끝이 흔들렸다.

"괜찮으세요?"

조 간호사가 물었다. 오드리 여사는 고개를 끄덕이고는 차를 한 모금 마셨다. 그리고는 무겁게 가라앉은 음성으로 현수에게 물었다.

"장례식은 언제죠? 어디서 해요? 나 꼭 참석하게 해줘요. 아무에게도 얘기하지 않을게요. 부탁입니다."

***

"당연히 우리가 해야지. 여기서 하자."

며칠 사이 핼쑥해진 얼굴로 현수를 맞이한 지영옥 원장이 찻잔에 뜨거운 물을 부으며 말했다.

"모과차야, 옛날에 정문 앞에 나란히 서 있던 모과나무 기억하지? 옮겨 심었는데도 해마다 모과가 어마어마하게 달려. 아무탈 없이 잘 자라네."

두 사람은 잠시 말없이 티스푼으로 찻잔만 조용히 저었다.

7년 전, 종산보육원이 지금의 로열타운 자리로 옮겨올 때 지 원장은 보육원 입구에 서 있던 모과나무 두 그루를 기어이 가져와 새로운 터전에 옮겨 심었다. 조경수나 어린 묘목을 새로 심지 왜 군이 비싼 비용을 들이며 모과나무를 옮겨심느냐는 사람들의 질문에 지 원장은 이렇게 말했었다.

'모과나무는 밭도, 습지도, 산도 가리지 않고 어디서든 잘 자라거든 요? 새 집터에서도 잘 자랄 거예요.'

아마도 보육원 아이들이 마치 모과나무처럼 어떤 환경에 놓이더라 도 무사히 자리 잡고 잘 자라기를 바라는 마음이었을 것이다.

"샛별이 모과차도 있는데 어떡하지?"

샛별이 생각에 울컥하는지 지 원장의 눈시울이 금세 붉어졌다.

"해마다 이맘때면 모과 따서 씻고 닦고 그 억센 열매 잘라서 차 담 그는 거 샛별이가 도와줬거든. 올해도 그 바쁜 와중에 일부러 와서 차 담그고……."

지 원장이 각종 차가 담긴 유리병이 진열된 선반을 바라보며 말했다.

"같이 일하는 간호사 선생님이랑 고마운 할머니한테 선물한다고 직접 사 온 예쁜 병에 담아뒀는데 어떡하나. 샛별이가 애써 마련한 선물인데…….”

“원장님, 저 그분들 알 것 같아요.”

“그래?”

“네. 샛별이를 정말 아끼는 분들이세요. 샛별이한테 정말 잘 해주셨던 것 같아요.”

“그럼, 샛별이 선물 전해드리면 좋아하시겠지?”

“그럼요. 할머니는 샛별이 장례식에 꼭 참석하게 해달라고 저에게 부탁하셨어요. 간호사 선생님두요.”

“정말 고마운 분들이구나. 그래, 그래야지. 샛별이 외롭지 않게 보내야지. 꼭 모시고 와.”

“네.”

“장례식은 부검이 끝나는 대로 할 수 있다고 했지?”

“네, 그런데 샛별이 외할머니께서 동의해 주셔야 하는데…….”

“그건 걱정 마. 장례식도 못 하게 하면 사람도 아니지.”

지 원장이 그녀답지 않게 너무나 싸늘한 어조로 잘라 말했다.

“외할머니라는 사람이 샛별이 얼굴도 안 봤다는 소리 듣고 어찌나 기가 막히던지. 내가 그 사람하고 통화했어. 유품도 우리가 정리하기로 했다고 했더니 잘 됐다는 눈치더구나.”

지 원장에게서 본 적 없는 화난 표정이었다.

“장례식 치르는 건 내가 동의 받을 테니까 너희들은 신경 쓰지 말고, 아이들과 함께 샛별이 잘 배웅하는 것, 그것만 생각해.”

"네."

보육원 아이들의 출신 배경이나 입소 과정에 대해서는 묻지 않는 것이 불문율이었지만 샛별이 외할머니의 태도에 대한 의구심이 워낙 큰 터라 현수는 용기를 내 질문을 던졌다.

"그런데 원장님……."

"응?"

"샛별이 외할머니요. 진짜 친할머니가 맞나요?"

현수의 질문에 지 원장의 얼굴에 당황한 기색이 스쳤다.

"경찰서에 오셨을 때, 너무 이상했어요. 별로 슬퍼 보이지도 않고, 안타까움조차 느껴지지 않았거든요."

지 원장이 모과차를 천천히 마시더니 현수의 시선을 피한 채 입을 열었다.

"너무 놀라서 그런 게 아닐까? 사람이 왜 너무 충격을 받으면 그 상황을 제대로 인지하지 못한다잖아……."

좀 전의 분노와는 사뭇 달라진 지 원장의 갑작스런 태도 변화가 어색하게 느껴졌다.

"샛별이 입소할 때 외할머니가 직접 시청 복지과에 의뢰했을 거야, 아마. 그때 제대로 절차를 밟았으니까 친외할머니가 맞겠지."

현수의 눈을 피하며 얼버무리는 지 원장의 태도는 낯선 정도가 아니라 완전히 처음 보는 모습이었다.

"모과차 선물포장 할 만한 박스가 어디 있을 텐데……."

화제를 돌리며 자리에서 일어서는 지 원장을 보며 현수는 지난 밤 내내 자신의 머릿속을 가득 채웠던 질문을 다시 한번 떠올렸다.

'나는 내가 사랑하는 사람들에 대해서 무엇을, 얼마나 알고 있을까?'

***

'푸른 하늘 은하수 하얀 쪽배에 계수나무 한 나무 토끼 한 마리 돛대도 아니 달고 삿대도 없이 가기도 잘도 간다 서쪽 나라로.'

현수는 보육원 뒷마당에 바위처럼 놓여 있는 평상마루에 샛별이와 나란히 누워 밤하늘을 올려다보며 '반달'을 불렀다.

"언니! 2절도 불러주세요."

"2절? 2절 가사는 잘 모르는데?"

"내가 알려줄게요! 은하수를 건너서 구름 나라로 구름나라 지나선 어디로 가나."

"은하수를 거언너서 구름 나라로 구름나라 지이나선 어디로 가나."

"멀리서 반짝반짝 비치이는 건 샛별이 등대란다 길을 찾아라."

"멀리서 반짝반짝 비치이는 건 샛별이 등대란다 길을 찾아라."

현수가 노래를 마치자 샛별이가 박수를 치며 좋아했다.

"아하, 달님한테도 샛별이가 등대가 돼주는구나."

"응."

"샛별이는 좋겠다."

"뭐가?"

"달님한테도, 사람들한테도 등대가 되어주니까."

"피이. 너무 외로울 것 같아. 샛별은 언제나 혼자잖아."

"아니야. 샛별 옆에도 정말 수많은 별이 있는데 샛별이 제일 밝고 멋있는 별이라서 너무 환하게 반짝이니까 마치 혼자 있는 것처럼 보이는 거야."

"정말?"

"그럼!"

"그런데 샛별이에게도 등대가 있었으면 좋겠어. 길 잃어버리면 안 되잖아."

"가만있어보자. 어디 있더라?"

현수가 북쪽하늘로 고개를 돌렸다.

"샛별만큼 환하지 않지만 북쪽 하늘에서 제일 환하게 빛나는 별이 있어. 그게 북극성이거든? 외로울 땐 북극성을 찾아봐. 샛별이한테 등대가 되어줄 거야."

"어디? 어디에 있는데?"

현수는 북쪽 하늘을 눈으로 더듬었다. 하지만 조금 전까지도 밝게 빛나던 별무리들이 그 사이 전혀 보이지 않았고, 북극성은 흔적도 찾을 수 없었다. 그리고는 어느새 밤하늘이 시야에서 점점 확장되더니 이내 빠른 속도로 현수를 덮칠 듯 다가왔다. 칠흑 같은 어둠은 순식간에 거대한 공포심을 불러 일으켰다. 현수는 숨이 막힐 듯한 두려움

속에서도 얼른 곁에 있던 샛별이를 향해 팔을 내밀었다. 샛별이를 서둘러 붙잡지 않으면 영원히 놓칠 것만 같았다.

"샛별아! 샛별아!"

목청껏 소리를 질러보았지만 샛별이는 대답하지도, 잡히지도, 보이지도 않았다. 마치 그곳에 처음부터 현수 혼자였던 것처럼 어떤 흔적도 느껴지지 않았다. 현수는 샛별이를 영원히 잃어버린 듯한 안타까움에 몸부림을 쳤다.

꿈이었다.

한참이 지나서야 새벽부터 로열타운에서 보육원으로, 다시 화장 절차를 알아보기 위해 동분서주하고 집에 돌아오자마자 씻지도 못한 채 쓰러졌던 게 생각났다. 현수는 공포에 짓눌렸던 근육을 이완시키기 위해 천천히 몸을 일으키고는 방의 전등을 켰다. 그때 거실에서 흐느끼는 민지의 울음소리가 들려왔다.

"언니, 샛별이 사진이 없어."

양손에 가득 사진을 들고는 거실 바닥에 주저앉아있던 민지가 현수를 보자마자 서러운 울음을 터뜨렸다.

"샛별이 사진이 없다니? 그게 무슨 소리야?"

"영정사진……."

거실 바닥에는 온통 샛별이의 방에서 가져온 상자와 앨범 등이 널브러져 있었다.

"준서가 샛별이 영정사진으로 쓸 거 찾아보라고 갖다줬는데 아무리 찾아봐도 샛별이 혼자 찍은 사진이 없어. 다른 사람들 사진만 있어."

그러고 보니 샛별이의 노트북 하드디스크에도 샛별이의 사진은 없었다. 간혹 거울을 바라보며 롤라이플렉스 이안렌즈로 친구들과 함께 찍은 사진은 있었지만 독사진은 없었다.

"셀카도 없어?"

"거울 보고 찍은 거 딱 한 장 있는데……."

민지가 내민 흑백사진 속 샛별이는 카메라에 얼굴이 절반이나 가려진 채였다.

"얼굴이 안 보이잖아."

"그러게. 이게 다 샛별이 사진인데…… 샛별이 사진이 없네."

민지가 더욱 서럽게 흐느꼈다.

"샛별이 졸업사진 있잖아. 그거 확대 잘 하면 돼."

"안 돼애."

민지가 어린아이 떼쓰듯 울먹이며 말했다.

"왜 안 되는데에."

"졸업사진 안 이쁘게 나왔단 말야. 촌스럽게 나온 사진이라 샛별이가 싫어할 거야."

"더 찾아보자. 친구들한테도 샛별이 사진 찾아보라고 해. 이쁘게 나온 사진 꼭 찾을 수 있을 거야. 언니가 샛별이 노트북도 다시 꼼꼼하게 찾아볼게."

현수는 훌쩍이는 민지의 어깨를 안아 다독여주었다.

15

이른 아침, 컨시어지팀의 구 팀장과 송 주임이 숙소동 217호, 샛별이 사용하던 방에 들어섰다.

"아니 대장님, 숙소동 청소를 왜 대장님이 해요. 젊은 팀원들 시키시지."

송 주임이 궁시렁거렸다.

"특별 휴가 줄 테니까 잔말 말고 빨리 청소나 하자구."

"방이 깨끗한데요? 왜 대청소를 해요?"

송 주임이 벽장을 열자 여행용 캐리어와 상자가 차곡차곡 쌓여 있고, 옷들은 그대로 옷걸이에 걸려 있었다.

"뭐야? 짐이 있는데요?"

"방 주인이 새로 들어온대. 시트도 교체하고, 전체 소독하고 매트리스도 새걸로 바꿔야 해."

구 팀장이 창문을 활짝 열어 젖히며 지시했다.

"소독까지 해요? 왜? 매트리스는 또 왜? 뭐 묻었대요? 깨끗해 보이는데……."

"궁금한 것도 많다. 새 입주자가 들어오니까 소독까지 해주면 좋지 뭘."

"아니 누가 들어오길래 소독까지……."

투덜거리던 송 주임이 갑자기 뭔가 깨달은 듯 소리를 질렀다.

"엄마야!"

"왜 이리 호들갑이야!"

"이 방, 그 아이 방이죠! 그 죽은 애."

"조용히 해! 그러니까 우리가 온 거지."

"진짜 너무해요!"

"너무하긴 뭐가! 어차피 한 번 겪은 우리가 해야지. 다른 사람한테 어떻게 시켜? 눈치라도 채봐! 괜히 쓸데없는 말이나 나돌 텐데……."

"께름직해 죽겠네, 진짜. 내가 요즘 심장이 떨려서 밤에 잠을 못 자요. 그런 일까지 겪었는데 휴가라도 줘야 하는 거 아니에요? 정신적인 스트레스가 말도 못 해요!"

"다음 달에 유급휴가 준다고 했잖아."

"연밀이라고 못 쉬게 할 거면서."

"걱정 마. 내 몸이 부서져도 송 주임은 쉬게 해줄게."

"아직도 꿈자리가 뒤숭숭한데 이 방까지 치우라고 하는 건 진짜……."

"당장 오늘 밤부터 이 방에서 잠을 자야 하는 사람도 있어. 불평 그만하고 빨리 청소합시다, 송 주임!"

"그런데 소독만 하면 됐지, 매트리스까지 갈아야 해요? 이 방에서 그렇게 된 것도 아니잖아요!"

"자기도 방금 께름직하다고 했잖아! 그렇게 따지면 이 방에서 그렇게 된 것도 아닌데 뭐가 께름직해!"

"허리 아파 죽겠는데 매트리스까지 바꾸고 난리야."

"총무팀에서 신경 써주는 거지. 여기서 나쁜 일이 생긴 건 아니지만 그래도 새로 들어오는 직원 생각하면 그게 맞는 거야. 내가 파스 덕지덕지 발라줄 테니까 힘내세요, 송 주임!"

두 사람이 침대 양쪽에서 매트리스 커버를 능숙하게 벗겼다.

"그런데 저 옷은 왜 안 치웠대요?"

"이 방에 새로 들어오는 직원이 전에 살던 그 아이하고 친구 사이래. 유족이 천천히 치운다고 했나 봐."

"세상에, 그럼 죽은 친구가 살던 방에 들어오는 거예요?"

"무슨 사정이 있는 모양이지."

"저 옷이라도 후딱 태워버리지. 죽은 사람 옷 두는 거 아닌데. 쯧쯧."

"왜?"

"유튜브에 보니까 죽은 사람 옷하고 신발은 하나도 남기지 말고 다 태워버려야 한대요."

"아니 그러니까 왜!"

구 팀장이 시트를 개키며 물었다.

"망자가 저승길 못 가고 자기 옷이랑 신발 가지러 온대요."

"난 또 무슨 대단한 의미나 있다고. 귀신 씨나락 까먹는 소리 그만하고! 자, 이제 힘 좀 씁시다. 허리 다치니까 들어서 세운 다음에 밀고 가자구."

구 팀장이 팔을 벌려 매트리스를 받쳐들자 반대편에 선 송 주임도 매트리스를 받쳐 들었다.

"하나, 둘, 셋!"

두 사람이 구호에 맞춰 매트리스를 들어올리자 매트리스를 받치고 있던 갈비살 아래로 긴 변의 길이가 80센티미터는 족히 돼 보이는 직육면체의 상자가 모습을 드러냈다.

"저게 뭐예요?"

"그러게, 뭐지?"

매트리스를 맞은편 벽에 세워두고 두 사람은 상자 쪽으로 다가갔다.

"그 아이 건가 봐요."

"아니 왜 이런 걸 침대 밑에 뒀을까?"

구 팀장이 바닥에 엎드려 상자의 측면에 붙어 있는 가죽 고리를 잡아낭겼다.

"뭐 이상한 거 들어 있으면 어떻게 해요?"

송 주임이 잔뜩 겁먹은 표정으로 말했다.

"그럼 어떡해! 그냥 이대로 놔둬?"

구 팀장이 상자를 발치까지 끌어냈다.

"뭔데 이렇게 묵직하지?"

송 주임이 뒤로 몇 걸음 물러섰다.

"대장님, 진짜 겁도 없어······."

구 팀장이 바닥에 주저앉아 상자의 뚜껑을 열자 에어캡에 싸인 물건들과 벨벳 질감의 천으로 싸인 작은 상자 두 개가 보였다.

"이게 뭐야?"

"폭탄같이 생겼는데 만지지 말아요!"

송 주임이 기겁했다. 구 팀장은 상자 하나를 조심스럽게 들어올렸다.

"이거 카메라 같은데?"

"아니 어린 애가 무슨 카메라를 이렇게 많이 갖고 있대요?"

이리저리 돌려가며 카메라를 살펴보던 구 팀장의 표정이 굳어졌다.

"이거 아무래도······."

"뭔데요?"

구 팀장이 카메라를 제자리에 내려놓은 후 옆에 있던 다른 상자를 집어들고는 조심스레 열어보았다.

"아니 도대체 뭔데 그래요!"

"송 주임! 방문 좀 닫고 와, 어서!"

"혹시, 도둑질한 거 아니에요?"

"쉿! 그 입 좀 다물구!"

구 팀장은 얼른 휴대전화기를 꺼내들었다.

***

"천만 원어치가 넘는 물건을…… 도둑맞은 게 아니라 선물로 준 거다?"

지역형사팀의 박기훈 형사가 팔로 턱을 괸 채 2미터쯤 떨어진 책상 앞에 앉아 있는 현수 쪽을 쳐다보며 혼잣말인지 질문인지 알 수 없는 어조로 말했다.

"샛별이 행방을 찾기 위해서 거짓 신고를 한 거고……."

"직접 통화 하셨다면서요."

샛별이의 노트북에서 사진 파일을 훑어보고 있던 현수가 가볍게 쏘아붙쳤다.

"그럼요. 직접 전화하셨더라구요. 도난신고 취소하겠다고."

현수는 박 형사 특유의 약간 비꼬는 말투가 거북했지만 샛별이의 절도 혐의를 계속 수사할 이유가 사라진 마당에 아무래도 상관없었다.

"그런데 이상하지 않아?"

일부러 돌려 말하는 박 형사의 태도가 불편한 현수는 아무런 반응도 하지 않았다.

"그 선물들은 도대체 어디에 있을까?"

"카디건은 의자에 걸려 있었고……."

"시계랑 귀걸이, 카메라 말야. 샛별이 계좌에 큰 돈이 들어온 정황이 전혀 없는 걸 보면 중고로 판 것 같지도 않고."

"숙소에서 그 선물들이 나오지 않았다고 해서 샛별이가 계속 의심

받아야 하나요? 나른 곳에 있을 수도 있는 일이고, 잃어버렸을 수도 있고, 누군가에게 줬을 수도 있잖아요!"

"신 순경 말이 맞아. 그런데 말야. 나는 담당형사로서 신고자에게 설명을 해야 한단 말이지. 피해자 조사를 해봤더니 결론은 절도가 아니다, 카디건도 선물했고, 나머지도 피해자가 선물한 게 확실하다고 한다. 그러니까 수사 종료할게, 오케이? 이래야 하는데……."

"피해자가 신고 취소를 요청했는데 누구한테 설명을 한다는 거예요?"

"원래 신고자는 그 할머니가 아니라 로열타운 총무팀장이잖아!"

"……!"

"정신을 어디 두고 있는 거야."

"후우……."

현수가 깊은 한숨을 내쉬었다.

어제 오드리 여사를 만나기 직전, 샛별의 숙소를 다시 확인할 때에는 제발 아무것도 없기만을 바랐으나 지금은 그 선물들의 행방을 찾아내야 할 참이었다.

"그나저나 그 할머니 참 연기 잘 하시네. 아주 정색을 하고 도둑맞았다고 하던 거 기억나지? 이런 반전이 있을 줄이야. 선물한 게 사실이라면 말야."

박 형사는 아직도 의심의 끈을 놓지 않은 것 같았다.

가슴이 답답해진 현수는 보고 있던 샛별이의 노트북을 닫고는 자리에서 일어나 박 형사의 책상 위에 올려놓은 후 사무실 밖으로 향했다. 그런 현수의 뒷통수에 대고 박 형사가 덧붙였다.

"내가 말했잖아. 영정사진으로 쓸 만한 독사진은 없다니까……."

현수가 나간 후 박 형사도 책상 위를 간단히 정리하고 외출 준비를 했다.

현수를 데리고 갈 필요도, 이유도 없어 이야기하지 않았지만 오후에는 샛별이의 부검이 예정돼 있었다.

그 전에 로열타운에 들를 시간은 충분했다. 도난사건의 신고자인 장광무 총무팀장에게 전화하기 위해 명함을 찾을 때, 전화벨이 울렸다.

"네, 종산경찰서 지역형사팀 박기훈입니다."

"수고하십니다. 로열타운 장광무 총무팀장입니다. 도난신고했던 물품이 용의자인 저희 직원 숙소에서 발견돼서 연락드렸습니다."

"네? 그게 무슨……."

"유샛별 씨 숙소를 청소하던 저희 컨시어지팀에서 침대 밑에 숨겨놓은 물품을 발견했습니다. 문제는 피해자인 입주민의 물건 외에도 또 다른 도난품이 있었습니다."

"다른 도난품요?"

"저희 회장님의 본관 집무실에 있던 카메라와 회장님 주치의 방에 있었던 카메라까지 훔친 모양입니다. 회장님 쓰러지신 뒤로 집무실에 들어가는 사람이 거의 없어 도난당한 사실을 몰랐던 것 같습니다."

"카메라 외에 다른 물품도 있었나요?"

"네. 시계와 귀걸이도 나왔습니다. 피해자인 입주민께서 말씀하셨던 브랜드와 동일한 제품인 것으로 보입니다."

피해자인 오드리 여사가 도난 신고가 허위였음을 밝힌 마당에 이건 무슨 상황이란 말인가!

머릿속이 복잡해졌다.

박 형사는 피해자인 오드리 여사의 진술 번복에 대해 이야기하려다 그만두었다. 어차피 로열타운에 가보면 이 복잡한 상황이 정리가 될 것이다.

"지금 바로 가도 되겠습니까?"

"물론입니다. 관계자들을 대기시키겠습니다."

박 형사는 전화를 끊고 잠시 생각에 잠겼다. 총무팀장의 말이 사실이라면 결론은 아주 명료하고 간단했다. 오드리 여사가 시계나 진주 귀걸이를 진짜로 샛별이에게 선물했다는 것을 입증할 수 있으니 더 이상의 의문도 가질 필요가 없었다. 하지만 이상하게도 찝찝한 기분을 떨칠 수가 없었다.

사무실을 나오면서 유리로 된 창문을 통해 휴게실에서 통화 중인 신현수의 모습이 보였지만 박 형사는 그냥 지나쳤다. 현수를 데리고 가는 것은 잔인한 일이었다. 나중에 알게 되는 것이 훨씬 나을 것이다.

로열타운으로 가는 내내 박 형사의 머릿속에는 오로지 한 가지 생각뿐이었다.

'도대체 샛별이는 어떤 아이였을까?'

***

박 형사가 총무팀 직원의 안내를 받아 로열타운 본관 3층 회의실에 도착했을 때, 회의실 안에는 일곱 명의 사람들이 그를 기다리고 있었다.

테이블 위 벨벳 받침대에는 카메라 일곱 대와 각각 케이스에 담긴 시계, 귀걸이가 놓여 있었다.

"어서오세요. 원주희 이사장입니다."

상석에 앉아 있던 원주희가 일어서며 분위기에 걸맞지 않는 화사한 미소와 함께 인사를 건넸다. 회의실의 모든 사람이 그녀를 따라 일제히 기립했다.

"종산경찰서 박기훈 형삽니다."

"앉으시죠."

총무팀장이 손짓하자 안내 직원이 이사장의 맞은편 의자를 빼주었다.

"보안팀장이 간단히 브리핑 해드리겠습니다."

박 형사의 옆자리, 이사장을 기준으로 하면 가장 말석에 앉은 천중일 보안팀장이 브리핑을 시작했다.

"총무팀의 지시에 따라 오늘부터 고인이 사용하던 숙소에 입소하는 임준서 씨의 편의를 위해 여기 계신 구경순 팀장님 외 팀원 한 명이 매트리스 교체와 소독, 청소를 진행했습니다. 매트리스 교체 중 침대 아래에 놓여 있던 상자를 발견했고, 그 안에서 보시는 바와 같이 카메라 일곱 점, 손목시계 한 점, 귀걸이 한 점이 발견됐습니다.”

천 팀장이 자리에서 일어나 테이블 위의 카메라 한 대와 시계, 귀걸이가 담긴 받침대를 박 형사 앞으로 옮겼다.

“프리미엄 세대 103호 입주민께서 신고하신 물품 세 점입니다. 시계는 C브랜드, 입주민께서 말씀하신 모델과 같은 모델입니다. 롤라이플렉스 2.8GX 카메라와 귀걸이 역시 동일한 모양으로 보입니다.”

천 팀장이 이야기를 마치자 총무팀장이 이어갔다.

“나머지 물품에 대해서는 시서경 과장이 설명해 드리겠습니다. 회장님의 컬렉션 전시와 수장고 관리를 맡고 있는 담당자입니다.”

이번에는 박 형사의 오른쪽, 역시 말석에 앉은 30대 중반의 여성이 브리핑을 시작했다.

어딘지 낯이 익었다 싶었는데 샛별이의 노트북 사진 폴더에서 흑백사진으로 본 기억이 났다.

“여기 있는 다섯 대의 카메라는 명품 희귀 카메라로, 회장님의 카메라 컬렉션 중의 일부입니다. 회장님의 집무실에 진열돼 있었기 때문에 유샛별 씨가 타겟으로 삼았던 것으로 보입니다. 분류번호를 확인한 결과 다섯 대의 카메라는 라이카M6 보관번호31, 핫셀블라드 500CM 보관번호26, 마미야C33 보관번호87, 롤라이35S 보관번호 66……”

"와우!"

총무팀장의 옆에 앉은 40대 중반의 남성이 탄성에 가까운 소리를 냈다.

사람들의 시선이 쏠리자 남자가 미안하다는 듯 한 손을 들어보였고, 시서경 과장이 다시 브리핑을 이어갔다.

"마지막으로 폴라로이드랜드35 보관번호93입니다."

브리핑을 마친 시서경 과장이 가지고 있던 A4용지를 박 형사에게 건넸다.

카메라의 분류번호와 사진, 사양과 관련한 세부 내용이 정리돼 있는 서류였다.

"나머지 한 대는 우리 나 과장님……."

총무팀장이 손짓하자 좀 전에 탄성을 질렀던 40대 중반의 남성이 나섰다.

마찬가지로 샛별이의 노트북 사진 폴더에서 본 얼굴이었다. 무테 안경을 쓴 데다 날카로운 생김새가 인상적이었던 인물이었다.

"내과 과장 나윤석입니다. 이 명품들 사이에서 부끄럽습니다만, 이 게……."

그가 놈을 절반쯤 일으켜 테이블 위의 신형 라이카 카메라를 집어 들었다.

"제 카메랍니다. 라이카엠, 디지털카메라. 입문용으로 나쁘지 않다고 해서 샀습니다. 한 5백 줬나? 유샛별 씨가 카메라를 좀 아는 것 같아서 작년 겨울에 추천받아 산 겁니다. 사기가 갖고 싶어서 추천했던 모양이네요. 진료실에 놔뒀는데 언제 가져갔는지 참······."

나 과장의 말과 표정에 샛별에 대한 경멸이 잔뜩 묻어 있었다. 그의 말이 끝나자 다시 총무팀장이 나섰다.

"형사님 오시기 전에 이미 이사장님께서 없던 일로 하겠다 말씀하셨습니다만, 이사장님께서 다시 한번 말씀해주시죠."

"저희 아버지 대신해서 제가 용서할게요. 카메라 찾았으니까 됐고, 소문나봐야 좋을 것 없으니까 우리끼리만 아는 걸로 하고, 입단속들 하세요."

부탁인지 명령인지 알 수 없는 원주희 이사장의 말투가 묘하게 비위를 건드렸다.

박 형사는 이제 자신이 궁금한 것을 해소하겠다는 듯 말문을 열었다.

"제가 질문을 좀 해도 되겠습니까?"

회의실의 사람들이 일제히 박 형사를 쳐다보았다. 박 형사는 대답을 기다리지 않고 질문을 시작했다.

"그렇잖아도 오늘 총무팀장님을 뵈러 로열타운에 올 계획이었습니다. 실은 어제 도난신고를 하셨던 피해자께서 저에게 직접 전화를 주셨습니다. 도난신고를 취소해 달라고 하시더라구요."

잠시 정적이 흘렀다.

"저런, 그러셨군요."

원주희 이사장이 나섰다.

"역시 인품이 훌륭하신 분이셔서 그 아이를 용서하신 모양이네요."

박 형사는 오드리 여사가 샛별이를 용서하는 것이 아니라 원래 선물로 주었다는 것, 모두 샛별이를 찾기 위함이었다는 그녀의 해명은 덧붙이지 않았다. 오드리 여사의 당부가 있었기 때문이었다.

"피해자인 입주민께서도 용서하셨고, 이사장님께서도 용서하셨으니 도난신고는 취소하겠습니다."

장광무 총무팀장이 덧붙였다.

"네, 도난신고 건은 종결처리하겠습니다. 그리고, 유샛별 씨가 평소에 가지고 다녔다는 라이카 카메라는 회장님께서 선물한 거라는 이야기가 있던데, 혹시 그런 이야기를 들어본 분이 있나요?"

"빨간색 스트랩이 달린 라이카 필름카메라 말씀이시죠?"

의사 가운을 입은, 30대 후반쯤 돼 보이는 여성이 되물었다. 그녀역시 사진 폴더 속에서 본 얼굴이었다.

"저는 신경과 전문의 양해인입니다. 제가 샛별이, 아니 유샛별 씨한테 들은 기억이 있습니다. 그 카메라로 제 프로필 사진도 찍어주었고, 동료들 사진도 찍어줬거든요. 디자인이 예뻐서 물어봤더니 회장님께서 선물하셨다고 했습니다."

"그게 언제쯤이었죠?"

"아마 5월경이었을 겁니다."

"그렇군요. 꽤 비싸던데 회장님께서 특별히 그런 선물을 할 만한이유가 있었을까요?"

원주희 이사장의 얼굴이 잠깐 굳었지만 이내 미소를 지으며 대답했다.

"회장님께서는 주변 사람들에게 그런 통 큰 선물을 가끔 하셨어요."

"유샛별 씨에게만 특별히 값비싼 선물을 한 것은 아니라는 말씀인가요?"

"네."

박 형사는 일렬로 놓여 있는 카메라 쪽으로 시선을 돌리며 물었다.

"여기 이 카메라들이 회장님의 집무실에 진열돼 있던 것들이라고 하셨는데요. 유샛별 씨가 어떻게 회장님 집무실에 들어갈 수 있었던 거죠? 일개 직원이 그렇게 쉽게 접근할 수 있나요?"

순간, 짧게 정적이 흘렀다. 박 형사는 원주희 이사장의 날카로운 시선을 느꼈다. 하지만 이내 장광무 팀장이 침묵을 깼다.

"당연히 쉽게 드나들 수 없습니다. 그런데 유샛별 씨는 3층 일부와 5층의 전체 공간을 출입할 수 있는 카드키와 번호키에 사용할 수 있는 고유번호를 갖고 있었습니다. VIP병동에 드나들어야 하니까요. 그걸 나쁜 짓에 이용한 것 같습니다."

"만능키였군요. 그 만능키를 갖고 있는 사람이 몇 분이나 되죠?"

"여기 계신 의료진과 회장님의 가족 정돕니다. 열 명이 채 되지 않습니다."

"알겠습니다. 질문 한 가지, 더 있습니다."

원주희 이사장의 얼굴에 노골적인 짜증이 배어났지만 박 형사는 아랑곳하지 않았다.

"유샛별 씨가 이 비싼, 처분하기도 쉽지 않은 이 명품 카메라들을 왜 훔쳤을까요?"

천 팀장을 제외한 일동이 황당하다는 듯 쳐다보았다. 그걸 왜 자신들에게 질문하느냐는 표정이었다.

"단지 여러분께 의견을 묻는 겁니다. '그 아이가 왜 이런 짓을 했을까?' 한 번쯤 생각해보시지 않았나요?"

그때까지 입을 다물고 있던 주미혜 간호팀장이 입을 열었다.

"며칠 전에 말씀드린 것처럼 유샛별 씨는 간호대학 진학과 해외 취업이 꿈이었고, 꽤 조급해했습니다. 월급만으로는 학비를 모으는 게 요원하니까 이런 짓을 한 게 아닐까요?"

더 이상의 의견은 없었다.

"알겠습니다."

장광무 팀장이 서둘러 정리에 나섰다.

"여러분에게 한 가지 전달사항이 있습니다. 이사장님께서 유샛별 양의 장례식을 우리 로열타운 내 '치유의 숲'에서 치를 수 있도록 배려해 주셨습니다."

"회장님께서 오랫동안 후원해 오신 종산보육원 측에서 유족을 대신해 장례식을 치른다는 이야기를 들었어요. 우리 병원 장례식장에서 조문객을 맞이할 상황은 아닌 것 같고, 보육원 사람들과 여기 직원들 몇 명 참석하는 규모라면 치유의 숲이 적당하지 않을까 해서 그렇게 결정했습니다."

원주희 이사장이 생색을 내며 덧붙였다.

박 형사는 로열타운에서 나와 국과수 동부 분원으로 향했다.

몇 가지 궁금증이 풀렸지만, 새로운 궁금증이 꼬리를 물었다.

우선 선물 받은 물건과 훔친 물건을 굳이 함께 침대 아래에 숨겨두었다는 것이 이해가 되지 않았다. 시계와 귀걸이는 착용하지 않더라도 선물 받은 것이라면 벽장이나 서랍 같은 곳에 보관하는 것이 자연스럽지 않은가!

또한 원 회장의 명품 콜렉션을 한두 개도 아니고 다섯 개나 한꺼번에 훔쳐서 보관했다는 것도 이상했다. 절도범의 입장에서는 가능한 자신의 범죄가 드러나지 않게 하기 위해 순차적으로 손을 대는 것이 상식적인 행동일 것이다.

하지만 이 모든 궁금증은 샛별이에게 물어보지 않는 한 해소될 수 없는 의문이었다. 도난사건이라는 한바탕 소동은 샛별이 '절도죄를 저지른 부도덕한 아이'라는 씁쓸한 진실만 남긴 채 마무리됐다.

16

"언니, 준서가 샛별이 사진 확대해서 가져왔어."

집에 들어서자 민지가 모처럼 밝은 얼굴로 현수를 맞았다.

"샛별이 예쁘지?"

민지가 샛별이의 사진이 담긴 액자를 들어올렸다. 하늘을 배경으로 긴머리를 휘날리며 활짝 웃는 샛별이의 행복한 순간을 포착한 사진은 마치 영화 속 한 장면 같았다.

"와! 배우 같다. 어디서 이렇게 예쁜 사진을 찾았대?"

"준서가 샛별이한테 사진 배울 때 찍었나 봐."

"준서 사진 잘 찍는구나."

"내가 이거 꽃장식하려고 했는데 내일 아침에 플로리스트가 식장에서 해준대."

"플로리스트?"

"오드리 할머니가 식장 꾸미는 거 플로리스트한테 맡겼는데 이것도 다 해주신다고……."

"그랬구나. 우리 샛별이 좋겠네."

"샛별이 수목장 하는 거야?"

"아니, 봉안담으로 결정했어. 실내는 답답할 것 같아서. 샛별이가 바람, 별, 하늘, 구름, 달…… 그런 거 좋아했잖아. 경치 좋은 데서 실컷 보라고 봉안담으로 했지."

"샛별이 보고 싶으면 거기 가면 되겠네?"

"응."

"언니, 추도사 다 썼어?"

"아니. 이제 쓸려구."

샤워를 마치고 거실 한가운데 놓인 좌식 테이블 앞에 앉은 현수는 거실을 비추는 보름달을 바라보며 잠시 생각에 잠겼다.

로열타운 측의 뜻밖의 배려와 오드리 여사의 지원, 병원 동료들의 참석까지 결정되면서 제대로 된 장례식을 치를 수 있게 됐고, 샛별이를 사랑했던 친구, 동료들과 마음껏 그녀를 그리워하고, 추모할 수 있게 됐다는 사실이 꿈만 같았다.

추도사라면 당연히 그들에 대한 감사의 문장도 빼놓아서는 안 될 것이다.

하지만, 현수는 쉽게 펜을 들 수 없었다. 단지 글쓰기의 어려움 때문만은 아니었다.

온전히 샛별이를 위로하는 추도사를 쓰고 싶었다.

깊은 고민 끝에 현수는 펜을 들고 첫 문장을 써내려갔다.

'모두가 사랑했던 소녀에게.'

***

천중일 팀장은 오드리 여사에게 전달할 카메라와 카디건, 시계와 귀걸이가 든 상자를 들고 프리미엄 세대 103호의 초인종을 눌렀다.

"들어오세요. 기다리고 계셨어요. 지금은 잠시 통화 중이세요."

문을 연 조 간호사가 천 팀장을 거실로 안내했다.

따뜻한 실내의 공기 중으로 달큰하고 진한 모과향이 맴돌았다.

"연주는 스트링 식스텟으로 준비해주세요. 고인은 스무 살 소녀예요. 비용은 상관 없으니 실력 있는 연주자들로 부탁해요. 시간은 넉넉하게 두 시간으로 해주세요."

통화 중인 오드리 여사는 마치 친손녀를 잃은 사람마냥 수척해보였다.

"비용 상관없다고 했잖아요. 네. 차질 없게 해주세요."

통화를 마친 오드리 여사가 소파에 와 앉았다.

조 간호사가 캔들 워머에 올려진 투명한 유리 티팟을 들어 세 개의 찻잔에 모과차를 채웠다.

"으슬으슬해서 모과차를 끓여봤어요. 좀 더 있어야 맛이 든다던데 그래도 향기가 좋죠?"

오드리 여사가 차를 권하며 찻잔을 옮겨놓자 조 간호사가 덧붙였다.

"샛별이가 얼마 전에 보육원에서 담근 모과차래요. 여사님과 저한테 선물한다고 담가둔 걸 그 보육원 선배라는 경찰분이 가져다 주셨어요."

세 사람은 잠시 말없이 모과차의 맛과 향을 음미했다.

천 팀장이 가져온 상자를 물끄러미 바라보던 오드리 여사가 말문을 열었다.

"어디 있었어요?"

"유샛별 씨 숙소에 있었습니다."

"아이 방을 뒤져서 기어이 가지고 온 거예요?"

기운 없는 목소리였지만 원망이 가득 담겨 있었다.

이런 상황에서 다른 도난품과 함께 발견됐다는 정황을 설명하는 것은 쓸데없는 일이었다.

"고가의 물건이기 때문에 샛별이에게 선물로 주셨다고 하더라도 이 젠 여사님께 돌려드려야 한다는 게 임원회의의 결정이었습니다. 유족도 샛별이의 유품에 대해서는 회사 측에서 처리해달라고 했답니다."

설명을 마친 천 팀장이 상자를 열어 에어캡에 싸인 물건들을 꺼내 테이블 위에 올려놓았다.

"선물이 유품이 돼서 돌아왔네……."

천 팀장이 에어캡을 풀어 카메라가 보이도록 펼치는 동안 조 간호사는 시계와 귀걸이 케이스를 열어 오드리 여사 앞에 놓았다.

테이블 위의 물건들을 물끄러미 바라보던 그녀가 한숨을 내쉬며 혀를 찼다.

"쯧, 아끼지 말고 하고 다니지……. 새것 그대로네."

오드리 여사가 진주 목걸이를 만지작거리며 말했다. 알맞게 식은 모과차를 마저 마신 천 팀장이 자리에서 일어났다.

"저는 그럼 이만 가보겠습니다."

"팀장님도 장례식에 참석하실 거죠?"

조 간호사가 따라 일어서면서 천 팀장에게 물었다.

"네. 그래야죠."

"잠깐만요."

그때 오드리 여사가 천 팀장에게 다급하게 손짓했다.

"무슨 문제라도……."

"이 시계, 내가 샛별이한테 준 시계 아니에요."

"말씀하신 브랜드의 그 모델이 맞던데……."

"시곗줄요. 이 시곗줄이 아니에요."

오드리 여사가 시곗줄을 들여다보며 말했다.

"여기 보세요. 이거 반질반질한 그냥 가죽이죠?"

천 팀장과 조 간호사가 함께 그녀의 곁으로 다가가 시곗줄을 들여다보았다.

"네. 소가죽 같은데요?"

"분명히 악어가죽이었어요, 내가 준 건. 검정색 악어가죽. 이건 악어가죽이 아니잖아요."

"그럴 리가……."

조 간호사가 갸우뚱하자 오드리 여사가 정색을 하고 말했다.

"내가 지금 착각했다는 거예요?"

"아뇨, 그게 아니고, 샛별이가 시곗줄만 바꿨을 수도 있고……."

"착각한 거 아니라니까!"

조 간호사의 말에 오드리 여사가 강하게 부인했다.

"이 시계, 원래 이것처럼 검은 소가죽으로 된 줄이었어요. 사용한 건 아니었지만 이왕이면 새 시곗줄로 선물해주고 싶어서 내가 쇼퍼한테 부탁해 교체해 줬거든?"

오드리 여사가 뭔가 기억해내려는 듯 미간을 찌푸렸다.

"언제더라? 쇼퍼한테 기록이 남아 있을 텐데……. 아, 7월이에요."

오드리 여사가 소파에서 일어나 전화기 옆에 놓여 있는 명함케이스를 가지고 돌아왔다.

"쇼퍼가 악어가죽이 질리지 않고, 훨씬 고급스럽다고 추천해 줘서 그걸로 바꿔줬어요. 샛별이도 좋아했고. 그렇게 좋아라 했는데 왜 줄을 바꾸겠어요?"

"……."

"이거 내가 샛별이 준 거 아니니까 도로 갖고 가요."

오드리 여사가 시계를 케이스에 넣어 천 팀장에게 내밀었다.

"못 찾았으면 그만이지 왜 사람을 속이려고 들죠? 물어내라고 한 것도 아닌데!"

"뭔가 착오가 생긴 것 같은데 제가 어떻게 된 일인지 알아보겠습니다."

"쇼퍼 전화번호예요. 확인해봐요. 내가 전화 갈 거라고 미리 얘기는 해둘게요."

명함케이스에서 퍼스널 쇼퍼의 명함을 찾아 건네는 오드리 여사의 손짓이 단호했다.

***

'주치의 양해인 선생님이 치료 예후가 아주 좋다고 하셨어요. 초기 치매 진단 받은 지 1년 정도 됐는데 인지치료와 약물치료도 꾸준히 잘 하고 계셔서 현재로서는 일상생활에 거의 문제가 없는 수준이에요.'

조 간호사에 따르면 오드리 여사가 시곗줄을 착각했을 가능성은 거의 없었다. 보안팀 사무실로 이동하던 천 팀장은 본관 뒤뜰로 나와 생각에 잠겼다.

'시곗줄이 다르다는 건 샛별이가 숨겨놓은 시계가 아니라는 건데……'

사실 컨시어지팀이 샛별이 침대 밑에서 카메라들을 발견했을 때부터 천 팀장은 어딘지 어색한 이 상황에 의구심을 갖고 있었다.

선물 받은 물건을 굳이 훔친 물건과 함께 둔다는 것이 상식적으로 이해가 되지 않았다. 하지만 샛별이가 그곳에 숨겨둔 것이 아니라면, 이를테면 오드리 여사의 의도를 몰랐던 원주희 이사장 측의 누군가가 샛별이의 숙소에 그것들을 가져다 두었다면 선물과 장물이 함께 발견된 그 상황이 자연스럽게 설명될 수 있었다.

명품 시계와 귀걸이의 모델, 구매 시기를 알아내 유사한 제품을 구하는 것쯤 그들에게는 어려운 일이 아니었을 것이다. 한정판이라고는 하나 롤라이플렉스를 구하는 일도 마찬가지였을 것이다. 그러나 시곗줄 교체라는 변수까지는 알아챌 수 없었을 것이다.

그들은 거기에 원세권 회장의 집무실과 나윤석 과장의 진료실에서 '훔친 카메라들'까지 함께 넣어 샛별이를 완벽한 절도범으로 만들어 놓았다.

'왜 그렇게까지 했을까? 무엇을 위해서?'

천 팀장의 머릿속에 회의실의 기묘한 분위기가 떠올랐다.

박 형사를 불러 앉혀놓고 샛별이의 절도 행위를 나열하고, 너그러이 용서하는 제스처까지 취해 보이며 그녀의 절도를 기정사실화 했다. 그것은 샛별이의 도덕성에 치명상을 입히는 일이었다. 회의실에 모인 사람들로 하여금 그녀의 죽음을 죄의식과 관련짓도록 유도했던 것이 아닐까? 만일 정말 그들이 그렇게까지 일을 꾸민 것이라면, 그 이유는 그녀의 죽음이나 필름통에서 발견된 LSD와 관련이 있는지도 모른다.

천 팀장은 지난 며칠간의 CCTV 기록을 확인하기 위해 숙소동으로 향했다.

**

11월에 보기 드문 쾌청한 날씨였다. 기온은 영하로 뚝 떨어져 어깨를 잔뜩 움츠려야 했지만 하늘은 눈이 부시도록 파랬다.

종산보건고 동창들의 손에 들려 종산메디컬센터 안치실을 나온 샛별의 관이 리무진에 실리고, 영정사진을 든 준서가 조수석에 오르자 리무진은 로열타운을 향해 천천히 움직였다.

상조회사 직원의 안내에 따라 현수는 버스에 민지와 운구를 도운 아이들을 태우고 그 뒤를 따랐다. 버스에는 여남은 명이 타고 있었지만 아이들은 약속이나 한 듯 누구도 입을 열지 않았다.

이제 겨우 스물, 장례식 참석 경험이 거의 없을 아이들은 물끄러미 창밖만 쳐다보고 있었다.

건너편 좌석에는 민지가 오드리 여사가 고른 플란넬 원피스와 초록색 카디건이 든 쇼핑백을 끌어안고 넋이 나간 표정으로 앉아 있었다.

장례지도사의 권유에 따라 입관식은 현수만 참관했다.

장의사는 사체 손상이 심해 옷을 입히지 못한다고 했다. 종이 수의조차 제대로 입히지 못한 채 시신 위에 그냥 덮어야만 했다. 당연히 메이크업도 할 수 없었다. 현수가 할 수 있는 것은 마지막 단상도 하지 못한 샛별이의 하얀 손을 꼭 잡아주는 것뿐이었다.

"언니, 샛별이 옷 안 입혔어?"

옷이 들어있는 쇼핑백을 그대로 들고 밖으로 나오자 민지가 물었다.

"그게……."

대답을 망설이는 현수를 위로하듯 문 밖에서 대기하던 플로리스트가 그녀의 팔을 쓰다듬어 주고는 조수와 함께 꽃이 든 상자를 들고 안으로 들어갔다.

"대신 저 분들이 꽃으로 예쁘게 꾸며주실 거야."

눈치가 빠른 민지는 쇼핑백을 꼬옥 끌어안은 채 입을 꾹 다물었다. 화 낼 곳이 마땅찮은 보육원 아이들이 자신의 슬픔 혹은 설움을 삭이는 방법이기도 했다.

리무진과 버스가 10분 남짓 달려 로열타운에 도착했다.

육중한 정문이 열리자 경내 전기차가 리무진을 리드했다. 로열타운의 남동쪽 언덕 위에 자리한 '치유의 숲'은 옛 임도를 정비한, 오른쪽으로 잣나무 숲을 끼고 원을 그리는 오르막 도로였다. 덕분에 언덕을 오르는 버스의 차창 밖으로 로열타운의 장관이 보였다. 아름다운 경치를 보고 있자니 어쩐지 세상과 점점 멀어지는 느낌이 들었다. 이내 버스는 리무진을 따라 조용히 멈춰 섰다.

옛 종산보육원의 뒷동산이자 샛별이 어린 시절 보육원 친구들과 뛰놀았던 '치유의 숲'은 이별을 하기에는 최적의 장소였다.

숲 한가운데 조성되어 있지만 북서쪽으로 시야가 트인 200여 평 규모의 '힐링존'은 깨끗하게 관리된 나무 데크가 깔려 있었다. 그 가운데에는 순백의 카사블랑카 꽃으로 장식된 제단과 참석자들을 위한 음료 부스가 마련돼 있었고, 왼편에서는 현악 6중주가 '브람스의 눈물'을 연주 중이었다.

제단 앞쪽으로 리무진이 자리를 잡고, 영정사진을 품에 안은 준서가 내렸다. 벌써부터 나와 데크 위 의자에 앉아 있던 오드리 여사가 도우미와 함께 준서에게 다가왔다.

"예쁘게 나왔네요."

오드리 여사는 제단 위에 놓인 샛별이의 영정사진을 손바닥으로 여러 번 쓸어내렸다.

"덕분에 입관 잘 치렀어요. 감사합니다."

"옷은 잘 어울려요?"

민지의 손에 들린 쇼핑백을 보자 오드리 여사가 물었다. 고개를 숙인 민지 대신 현수가 대답했다.

"입히지 못했습니다. 부검을 한 데다……."

차마 추락 당시 이미 온몸의 뼈가 으스러져 수의를 입힐 수 없었나는 설명은 넛붙일 수 없었다. 현수의 그런 마음을 다독이듯 오드리 여사가 고개를 끄덕이며 다시 물었다.

"얼굴도 볼 수 없겠네요?"

"……네."

잠시 물끄러미 리무진을 바라보던 오드리 여사가 천천히 리무진을 향해 걸어갔다.

현수가 버스에서 내린 아이들에게 음료 부스를 안내하려고 고개를 돌렸을 때 북동쪽으로 난 숲길에서 올라오는 지영옥 원장과 보육원 아이들의 모습이 보였다. 그리고 그 뒤로 로열타운의 직원으로 보이는 검은 정장차림의 사람들이 천천히 언덕을 오르고 있었다.

현악 6중주의 연주곡은 슈베르트의 '죽음과 소녀'로 바뀌었다.

*　*　*

"CCTV 컬러로 설치하길 잘했죠?"

원세권 회장의 병실로 들어온 원주희 이사장이 원 회장의 침대 발치에 설치된 대형 모니터를 쳐다보며 빈정거렸다.

원 회장의 침상 곁에 서 있던 나윤석 과장이 피식 웃더니 전동장치를 작동시켜 원 회장의 침상 상단을 30도 이상 세웠다.

"이 정도 사이즈는 돼야 잘보일 것 같아서 준비했는데 마음에 드세요, 회장님?"

원주희가 약을 올리듯 느릿하게 말했다. 원 회장의 초점 없는 눈은 그저 허공을 향해 있을 뿐이었다.

원주희는 침상 곁으로 다가가 오른손으로 원 회장의 머리를 돌리고는 그가 마치 볼 수 있는 사람인 양 그의 시선이 모니터를 향하게 했다.

"조금만 기다려 보세요. 내가 재미있는 거 보여줄 테니까."

그녀가 리모콘을 들어 열여섯 개로 나눠진 화면을 한 개씩 전체 화면으로 확대시켰다. 화면 속에는 한눈에도 고급스러운 꽃장식으로 꾸며진 치유의 숲의 광경이 펼쳐졌다.

"저게 다 뭐야? 어디 재벌가 따님이라도 떠나셨어?"

진심으로 놀란 듯 원주희의 눈이 동그래졌다.

"그 노인네가 장례식에 돈을 엄청 쓴 모양이야."

나 과장이 주머니에 손을 찔러 넣으며 대답했다. 그녀가 어처구니없다는 표정으로 되물었다.

"도대체 그 기집애한테 뭘 받았길래 저래?"

"글쎄."

"그 할망구 혹시 애들 취향이라거나 그런 거 아니야?"

"아, 페도필리아(Pedophilia, 소아기호증)? 그럴듯한 추리긴 한데, 스무 살이면 소아는 아니지."

"그래도 손녀뻘이잖아!"

"난 페도 취향 아니니까 걱정하지 마."

나 과장이 원주희의 허리를 감아쥐며 느물대고는 병실 밖으로 나갔다. 원주희가 그 뒷모습을 잠시 노려보았다. 어리석은 인간을 향한 경멸이 가득 담긴 눈초리로.

'아무도 믿지 마. 누구든 너에게 잘해준다고 해서 네 편이라는 착각도 하지 마. 인간관계에는 오직 두 가지만 존재해. 네가 이용하거나, 네가 이용당하거나. 명심해!'

'엄마는? 엄마는 내 편 아니야?'

'나는 널 이용해 지금까지 이 지옥을 견뎌왔어. 그러니까 이제는 네가 날 이용해보렴.'

겨우 열한 살인 딸에게 엄마는 타인에 대한 지극한 경계를 가르쳤고, 수단과 방법을 가리지 않고 원 회장의 모든 것을 빼앗아 그녀가 독차지해야 한다고 세뇌시켰다.

'The winner takes it all'

엄마는 그녀를 그렇게 길들였다.

"이게 다 당신 때문이야!"

회상에서 빠져나온 그녀는 원 회장에게 들으라는 듯 큰 소리로 말했다. 당연히 원 회장은 무표정이었다.

원주희는 다시 모니터 속의 분할된 화면들을 하나씩 확대했다. 마침내 리무진의 바로 위에서 찍히는 CCTV 화면이 보이자 그녀는 재밌다는 듯한 표정으로 원 회장을 쳐다보았다.

"보이세요, 회장님?"

그녀는 원 회장의 얼굴에 바싹 다가가서는 그의 귀에 대고 속삭였다.

"당신이 사랑했던 계집애한테 마지막 인사는 해야죠."

17

박 형사는 로열타운 스포츠센터 주차장에 차를 세우고 치유의 숲으로 향하는 숲길을 걷기 시작했다.

11시 15분, 영결식까지는 아직 여유가 있었다.

겨울을 앞두고 벌써 단단해지기 시작한 숲길은 폭신한 느낌이라곤 전혀 없었다. 작은 자갈들이 발아래에서 버석거리는 소리에도 괜히 신경이 곤두섰다. 그는 빨리 이 자갈길을 벗어나고 싶은 마음에 보폭을 넓혀 걷기 시작했다.

겨우 1,2분이나 지났을까. 숲길의 폭이 좁아지면서 자갈길은 이내 마른 흙길로 변했다. 마음이 금세 편안해졌다.

'이 사건에서도 빨리 벗어날 수 있으면 좋으련만……'

경찰 생활 9년, 결코 길다고는 할 수 없지만 나름의 직감이나 고집이 생기기에는 충분한 시간이다. 강력범죄든 사소한 절도 사건이든,

사건을 마주한 첫 순간의 느낌이 크게 어긋나는 경우는 흔치 않았으니 당연히 자신의 직감에 대한 신뢰도는 아주 높았다. 하지만 이번 사건은 영 종잡을 수가 없었다.

비밀번호조차 설정돼 있지 않은 노트북에 의심가는 사람이라고는 찾아볼 수 없는 통신조사 결과, 친구들의 협조로 단톡방 메시지를 확인할 때만 해도 내심 진실의 윤곽이 빨리 드러날 것이라고 예상했으나 젊은이들에게 필수로 여겨지는 인스타그램이나 페이스북 같은 SNS 활동 조차 전혀 하지 않는 샛별이의 깔끔한 성격은 오히려 수사에 어떤 실마리도 던져주지 못했다. 그러다 보니 시간이 흐를수록 명확해지는 것 하나 없이 찜찜함만 쌓여갔다.

자살을 단정 짓지 못하게 만드는 요인은 세 가지였다.

휴대전화가 사라졌고, 유서도 나오지 않았다.

그리고 무엇보다 투신 예상지점에서 수직으로 그어내린 벽면에서 시신이 놓여 있던 지점까지의 거리, 6.8미터가 의아했다. 하지만 '투신자는 벽면으로부터 4미터 내외에 떨어진다'는 주장은 연구논문 속의 '통상적인 경우'일 뿐이었으며 현실에서는 벽면으로부터 7미터 이상의 지점에 떨어진 투신자도 자살로 처리된 경우가 아주 없었던 건 아니었다. 따라서 그 6.8미터라는 거리가, 스스로의 투신이 아님을 증명할 수 있는 절대적인 증거가 될 수는 없었다.

반면에 자살의 원인으로 추정해 볼 만한 요소는 많았다.

우선 정서적인 연대감을 공유하는 가족이랄 게 전혀 없었다. 게다가 최상위 계층을 위한 주거공간인 이곳에서 느꼈을 빈부의 격차라든지 사진이라는 값비싼 취미에 천착하게 되면서 느꼈을 상대적 박탈감 같은 것들은 어쩌면 다른 이들은 쉽게 가늠할 수 없는 수준이었을지도 모른다.

또한, 중고로 팔기 위해서든 아니면 다양한 고급 카메라를 사용해보고 싶은 욕망에서든 남의 물건에 손을 댔고, 어느 순간 그런 자신에 대한 혐오감이 생겼을 수도 있었을 것이다.

이제 사라진 휴대전화가 갑자기 나타나 타살이 의심될 만한 정황이 드러나거나, 부검결과 타살이 의심되는 증거가 확실히 나오지 않는다면 수사는 종결될 것이다. 형언할 수 없는 이 찜찜함을 가득 안은 채로.

어쨌거나 지금은 세상을 떠난 한 소녀의 넋을 위로해야 하는 추모의 시간이었다. 박 형사는 발걸음을 서둘렀다.

***

박 형사는 영결식에 참석한 사람들의 무리로부터 20여 미터 떨어진 나무 그늘 아래에 서 있었다.

참석자는 60여 명 정도 돼 보였다. 샛별이 또래의 아이들이 많았지만 로열타운 본관 직원들의 얼굴도 여럿 보였다.

고급스런 꽃장식과 리무진, 현악 연주자들에 음료 부스까지. 샛별이의 영결식장은 그가 여태껏 한 번도 본 적 없는 아름다움과 격조를 보여주고 있었다.

그 역시 죽고 나서 호사스러운 게 다 무슨 소용이냐는 생각을 갖고 있는 사람이었지만 이렇게 우아하고 아름다운 영결식이라면 정말 망자의 영혼이 위안받을 수 있지 않을까 하는 생각이 들 정도였다.

현악 6중주의 연주가 끝나고 보육원장의 조사가 이어졌다. 보안팀장이 그에게 다가와 테이크아웃 컵에 든 따뜻한 차를 건넸다.

"고맙습니다."

그가 자리로 돌아가지 않고 박 형사의 곁에 나란히 섰다. 할 말이 있는 눈치였다.

박 형사가 그를 쳐다보자 천 팀장이 말문을 열었다.

"종결된 사건에 대해서 이런 말씀 드리는 게 어떨까 싶지만, 좀 이상한 일이 있어서요."

"종결된 사건요?"

"도난 건에 대한 얘깁니다."

"아, 네."

"침대 밑에서 발견된 도난물품을 오드리 여사님께 물건을 돌려드렸는데요. 그분께서 말씀하시길……."

누가 들을 리 없는데도 보안팀장이 고개를 숙이며 목소리를 낮췄다.

"당신이 샛별이에게 준 시계가 아니라고 하셨습니다."

"그게 무슨 뜻이죠?"

"……"

바보처럼 되물었지만 몰라서 한 질문은 아니었다. 그것은 침대 아래에 물건을 숨겨둔 사람이 샛별이 아닐 수도 있다는 의미였다. 하지만 신중해야 했다.

"착각하신 거 아닐까요?"

"워낙 단호하게 말씀하셔서 이유를 여쭤봤습니다. 샛별이한테 선물하기 전에 여사님이 백화점의 퍼스널 쇼퍼에게 직접 부탁해 시곗줄을 교체해 달라고 했답니다. 원래 모델은 소가죽 시곗줄이었는데 악어가죽으로 바꾸셨다고 하시더군요."

천 팀장이 주머니에서 명함을 꺼내 건넸다.

"명함을 주시면서 직접 통화해 보라고 하셔서 제가 문의를 해봤는데 여사님의 말씀이 맞았습니다. 쇼퍼가 정확하게 악어가죽으로 교체했답니다."

"나중에 샛별이가 교체했을 가능성은……"

"여사님이 직접 교체하셨다는 것까지 쇼퍼에게 확인했습니다. 게다가 명품이라 시곗줄만 30만 원 정도라고 합니다. 샛별이가 굳이 교체할 이유는 없었겠죠."

"그러니까 누군가 샛별이 아닌 다른 사람이 그 시계를 넣어뒀다……"

"……"

대답하지 않았지만 보안팀장 역시 같은 생각이기에 자신에게 이

사실을 전했을 것이다.

"카메라나 귀걸이는 그분이 선물하신 게 맞답니까?"

"그건 제가 조사할 수 있는 영역이 아니라서요."

"그렇군요."

박 형사는 잠시 생각에 잠겼다.

누군가 다른 사람이 넣어둔 것이라면 목적이 무엇일까?

그 이유를 따져보기 전에 누가 숙소에 들어왔었는지를 확인해야 할 것이다.

"그럼 도난 신고가 접수된 이후에 숙소를 드나든 사람들이 누군지 알 수 있을까요?"

"제가 지난 며칠간의 CCTV를 확인해 보려고 했는데, 녹화기록이 없었습니다."

"기록이 없다구요? 왜죠?"

"숙소동 관리실 직원에 따르면 고장이 나서 교체할 예정이었다고 합니다."

"언제부터 기록이 안 된 건가요?"

"지난 달부터였답니다."

"그 숙소는 계속 비어 있었나요?"

"아닙니다. 샛별이 후임으로 온 임준서라는 간호조무사가 사용하고 있었습니다."

"그 직원은 어떤 사람인가요?"

"이제 스무 살이고, 샛별이와 고등학교 동창입니다. 종산메디컬센터에 같이 입사했고, 아까 영정사진을 들고 왔더군요."

천 팀장이 참석자들이 모여 있는 데크 쪽을 바라보며 말했다.

"아, 생각났어요. 샛별이와 보육원에서 같이 자랐다는 남자애."

영결식장에서 영정사진을 들어줄 정도로 친한 벗이 자신의 친구를 절도범으로 모는 그런 일을 하지는 않았을 것이다.

"그런데, CCTV가 고장났는데 그렇게 오랫동안 방치하나요?"

"담당자 말로는 입주민들을 위한 시설 관리가 우선이기 때문에 미뤄졌다는 하던데, 그게……."

보안팀장이 묘하게 말끝을 흐렸다.

"흠……."

박 형사는 자신도 모르는 새 한숨이 새어 나왔다. 벌써 CCTV까지 확인한 걸로 보아 보안팀장은 이 사건에 대해 큰 의혹을 갖고 있는 것이 분명했다. 그렇다면 뭔가 더 알아낸 것이 있을지도 모를 일이다. 박 형사는 보다 직접적으로 캐물어야겠다고 생각했다.

"누가 그랬다고 생각하세요?"

급작스러운 질문에 보안팀장이 잠시 그를 쳐다보더니 이내 사람들 쪽으로 시선을 돌리며 말했다.

"글쎄요. 잘 모르겠습니다. 그보다 저는 왜 그랬는지가 더 궁금합니다."

왜 그랬는지를 따져봐야 누가 그랬는지 유추할 수 있지 않느냐는 뜻이었다.

이제부터는 당신이 알아보아야 할 일이라는 의미이기도 했다.

우선은 임준서와 카메라를 발견한 컨시어지팀을 만나보는 것이 순서였다.

"컨시어지 팀장님, 오늘 출근하셨나요? 만나뵐 수 있을까요?"

"여기에 참석하셨습니다. 조의 표하고 싶다고 일찍 오셨어요. 앉아서 기다리시죠."

보안팀장이 사람들이 앉아 있는 쪽을 가리켰다.

***

같은 시각, 본관 3층 총무팀장의 사무실에서는 장광무 팀장이 두 대의 대형 모니터를 응시한 채 통화 중이었다.

한 개의 모니터에는 원주희 이사장이 보고 있는 '치유의 숲'의 영결식 장면이 출력되고 있었고, 다른 모니터는 VIP병실의 원 회장과 원주희 이사장의 모습을 보여주고 있었다.

총무팀장의 방은 방재실에서도 접근할 수 없도록 따로 저장된다는 VIP병동의 CCTV기록을 바로 확인할 수 있는 유일한 장소이기도 했다.

한껏 의자에 몸을 기댄 자세였지만 장 팀장의 어투는 매우 공손했다.

"마무리 잘 해주실 것으로 알고 있겠습니다. 네, 조만간 필드로 모시겠습니다."

통화를 마친 장 팀장의 얼굴에 조금 전과는 완전히 다른 조소가 스쳤다.

스마트폰을 툭 책상 위로 던진 그는 리모콘을 집어들고는 16개의 CCTV화면을 하나하나 확대해보았다.

잠시 모니터를 살펴보던 장 팀장이 의자에서 몸을 일으켰다.

확대한 화면 속에는 보안팀장과 나란히 서서 대화 중인 박 형사의 모습이 보였다.

모니터를 응시하는 그의 눈이 매섭게 빛났다.

담당 형사가 유샛별의 영결식에 참석한 것도 모자라 사건에 지나치게 관심을 보이는 보안팀장과 붙어 있는 모습은 장 팀장을 불안하게 만들었다.

장 팀장은 다시 스마트폰을 집어들고는 어딘가로 문자를 보내기 시작했다.

***

현수의 조사를 끝으로 헌화가 시작됐다.

사람들이 천천히 자리에서 일어섰다. 많은 사람들이 동시에 움직였지만 그들의 동작은 서로의 슬픔 혹은 비통함을 방해하지 않으려는 듯 조용하고 조심스러웠다.

현악 6중주의 연주 또한 상투적이지 않았다. 첼로의 음색은 음침하지 않았으며 비올라는 청승스럽지 않았다. 바이올린 또한 저 혼자 튀는 법이 없었다.

음향을 조절하기 어려운 야외였음에도 음색이 조화를 이뤘다. 마치 오늘을 위해 오래전부터 준비한 연주 같았다.

그렇게 모든 사람들이 샛별이의 영결식을 완벽하게 만들어 주었다.

마지막 추모객의 헌화가 끝나고 사람들이 자리에서 일어나 리무진 옆으로 줄을 서기 시작했다. 기사와 영정사진을 든 준서가 리무진에 올랐다.

잠시 연주를 멈췄던 연주자들이 마지막 배웅을 위해 다시 연주를 시작하려는 순간, 여러 종류의 휴대전화 문자 수신 알림이 적막을 깼다.

진동으로 전환해놓는 것을 깜빡 잊은 사람들이 서둘러 휴대전화를 꺼내자 알림소리는 마치 돌림노래처럼 퍼져나가기 시작했다. 겨울옷과 가방 속에서 들려오는 진동음도 요란했다.

박 형사를 제외한 영결식장의 거의 모든 조문객이 휴대전화를 꺼냈다.

이어 가장 먼저 문자메시지를 확인한 몇몇 소녀들이 비명을 지르며 주저앉았고, 어른들 사이에서도 탄식이 터졌다. 모두들 웅성대기 시작했다.

박 형사의 곁에 있던 보안팀장 역시 휴대전화를 꺼내 문자메시지를 확인했다. 그는 알 수 없는 표정으로 박 형사에게 휴대전화 화면을 보여주었다.

문자메시지의 발신인은 유샛별이었으며 메시지 창에는 여덟 글자가 또렷하게 새겨져 있었다.

‘나는 죽지 않았어요’

3장

만월
Full moon

18

늦은 밤, 박 형사는 지역형사팀 사무실에 홀로 앉아 있었다.

법원의 영장을 발부받아 이동통신사에 신청한 샛별이의 '통신사실 확인자료'는 빨라야 내일이나 도착할 것이다.

이 시간에 할 수 있는 조사가 딱히 있는 건 아니었지만 박 형사는 퇴근을 할 수가 없었다.

'나는 죽지 않았어요.'

무슨 뜻일까?

샛별이가 자살하지 않았다는 의미일까? 아니면 샛별이의 죽음을 슬퍼하지 말라는 위로의 메시지일까?

"나는……, 죽지……, 않았어요……."

박 형사는 몇 번이나 나지막히 소리내어 되뇌었다.

보낸 사람의 입장이 돼 보려 했으나 여덟 음절의 이 짧은 문장만으로는 아무것도 떠올릴 수 없었다.

'사라진 휴대전화, 어색한 사체의 위치, 이상한 타이밍의 도난신고와 도난 물품의 발견……. 미심쩍은 일들에 대해서 더 파고들지 않은 것이 실책이었을까?'

자책감이 깊은 생각을 방해했다. 하지만 그렇다고 해서 수사의 동력이 될 만한, 타살을 의심할 수 있는 정황이 뚜렷하게 드러난 것도 아니었으니 어차피 크게 다른 결과를 얻을 수도 없었을 것이다.

그저 이제부터라도 최선을 다하는 수밖에 없었다. 그는 처음부터 다시 시작하자고 스스로를 다독였다.

박 형사가 사건 발생 당시 발부받은 샛별이의 통신기록을 다시 꺼내놓고, 참고인 조사를 복기하고 있을 때 보육원, 화장터, 봉안당으로 이어지는 장례 일정을 모두 마친 현수가 사무실로 들어왔다.

"집에 가서 쉬지 뭐하러 왔어?"

"보육원은 원장님과 선생님들, 그리고 샛별이와 친했던 동생들까지 전부 열여섯 명이 문자를 받았어요."

"그건 통신기록 받으면 다 알 수 있는 거고."

"신청하셨어요?"

"당연히 했지요, 신 순경님. 내가 그것도 안 했을까 봐?"

"누가 보냈을까요?"

"샛별이 휴대전화를 가지고 있는 사람이 보냈겠지."

심각한 속마음과는 달리 박 형사의 입에서 실없는 대답이 튀어나왔다. 현수노 낭황한 기색이었다.

"그것도 통신기록이 나와야 추적을 시작할 수 있는 거니까……."

팔짱을 낀 채 회전의자에 눕다시피 기대앉은 박 형사가 허공을 바라보며 대답했다.

현수는 그의 느긋한 태도가 답답했다.

"발신자가 그 시각에 로열타운 안에 있었던 게 아닐까요? 영결식이 그때 진행된다는 걸 알고 보낸 것 같아요."

"그렇지? 누가 봐도 이건 발신자가 깜짝이벤트를 한 거지?"

박 형사가 현수를 쳐다보며 말했다.

이벤트라는 표현은 거북했지만 좀 전과는 달리 예리해진 박 형사의 눈초리에 현수는 자신도 모르게 마른침을 삼키고는 그를 응시했다.

"사건이 발생한 지 2주가 됐어. 그 당시에 휴대전화를 발견했든 얼마 전에 발견했든 경찰한테 알리지 않고. 굳이 영결식이 진행되는 시각에 맞춰서 문자를 보낸 거야."

박 형사가 현수에게뿐 아니라 자신에게 설명하듯 천천히 말했다.

"보낸 사람 입장이 돼 봐. '누굴까?' 대신 '왜 이런 깜짝쇼를 했을까?' 질문을 해보라고."

"……."

생각에 잠긴 현수의 얼굴이 일그러졌다.

"그렇게 인상써봐야 생각 안 나. 오늘은 용량 초과. 퇴근하자고."

박 형사가 책상 위를 정리하며 말했다.

"내일 오전에 영결식장 CCTV부터 확인할 거야. 입주민들이 야외 요가수업을 하는 곳이라 CCTV가 꽤 많더라고. 담당자가 출근하면 바로 녹화 뜬다고 했으니까 그것부터 받아서 확인하자고."

"제가 받아오겠습니다."

"그래. 일찍 출근하지 말고 9시 30분에 로열타운으로 곧장 가서 받아가지고 와."

"네. 보안팀장님께 연락드리면 되겠죠?"

"아차!"

순간, 그때까지 현수에게 샛별이의 숙소에서 여러 대의 카메라가 발견됐다는 사실을 이야기하지 않은 것이 떠올랐다. 장례식이 끝나면 천천히 이야기할 참이었다.

"데려다 줄게."

"괜찮습니다."

"할 얘기가 있어서 그래."

***

밤 10시 45분.

검은 코트차림의 준서가 여덟 자리의 비밀번호를 눌러 숙소의 문을 열었다.

원래대로라면 VIP병동의 야간 당직을 서야 할 시간이었지만 이브닝 근무자의 배려로 근무를 쉴 수 있게 됐다.

현관에 들어섰지만 보일러를 켜두지 않은 숙소는 을씨년스러웠다.

새벽부터 영정사진을 들고 다닌 데다 봉안담 안장 후에 보육원까지 들른 터라 몸은 천근만근이었지만 준서는 겨우 구두만 벗어놓은 채 문 앞에 그대로 웅크려 앉았다. 현관불이 꺼지면서 창밖의 만월 빛이 선명하게 스며들었다. 푸르고 여린 빛은 지금 준서에게 더욱 시리게만 느껴졌다.

코트 안주머니에서 진동이 울렸다. 전화를 꺼내 발신자를 확인했지만 준서는 받지 않았다. 한참 후에야 진동이 멈췄다.

준서는 천천히 휴대전화의 문자메시지 창을 열어 거짓말 같은 문자를 다시 확인했다.

'나는 죽지 않았어요.'

샛별이의 전화번호가 선명했다.

준서는 두 눈을 질끈 감았다. 가슴이 답답해 터질 것만 같았다. 눈물을 흘리지 못하는 게 이유였다.

엄마가 떠난 그날부터 준서는 울지 않았다.

울음소리를 내는 순간, 엄마가 떠난 것이 기정사실이 될 것만 같았다. 그리고, 내내 울음을 참다가 아예 우는 법을 잊어버렸다.

어차피 엄마가 돌아오지 않을 것을 그때 알았다면 목놓아 울 수 있었을 것이다. 그랬다면 눈물을 잃어버린 인간도 되지 않았을 것이다.

답답함에 숨을 몰아쉬던 준서는 벌떡 일어나 벽장을 열었다. 방의 수인은 바뀌었지만 벽장은 여전히 샛별이의 벽장이었다.

준서는 가지런히 걸려 있는 샛별이의 옷과 물건들을 담아 쌓아놓은 상자, 캐리어 사이를 비집고 벽장 안으로 들어갔다. 그리고는 구석에 몸을 한껏 구부리고 앉았다.

얼마 지나지 않아 과호흡이 조금 진정됐다. 그는 스스로 벽장 문을 닫았다.

그리고, 십수 년 만에 울음을 터트렸다. 하지만 그 소리는 작고 미미해서 겨우 어린 고양이의 신음소리에 불과했다.

***

이른 아침부터 겨울비가 내렸다. 눈이 되지 못한 비는 눈보다 더 시렸다.

현수는 우비를 입고 긴 우산까지 챙겨 집을 나섰다.

로열타운의 경계가 되는 담장을 따라 정문까지 걸어 올라가자 벌써 기다리고 서 있는 보안팀장이 보였다.

"담당 직원이 아홉 시 반에 출근한다고 합니다. 출근하는 대로 서둘러 달라고 당부는 했는데, 시간이 좀 걸릴 것 같습니다."

천 팀장은 현수를 일반세대 거주자들을 위한 쇼핑몰 건물로 안내했다.

조용한 건물 밖과 달리 쇼핑몰에는 미용실과 애견샵, 편의점과 서

점, 영화관, 여러 종류의 카페테리아와 식당들, 큰 규모의 마켓에 이르기까지 많은 가게들이 자리잡고 있었다. 말 그대로 로열타운 담장 밖을 나가지 않아도 의식주부터 쇼핑, 취미생활까지 모든 것을 해결할 수 있다는 것을 실감할 수 있었다.

두 사람이 들어간 카페테리아는 외벽 창으로 로열타운의 아름다운 조경을 감상할 수 있는 곳이었다.

천 팀장이 브런치를 주문하러 간 사이 여전히 내리고 있는 비가 운치를 더해주는 창밖 풍경을 보던 현수는 언젠가 민지가 들려준 이야기를 떠올렸다.

"언니, 난 나중에 꼭 로열타운에서 살 거야."

"서울에서 살아보고 싶지 않아?"

"서울은 집도 비싸고, 나가봐야 나쁜 사람들이 우리 같은 고아들한테 사기치려고 접근한대."

"누가 그래?"

"병원 선생님들이……. 보육원 쌤들도 그랬고."

겁이 많은 민지다웠다.

"우리 병원에서 열심히 일하다 보면 샛별이처럼 본관 병동에서도 일할 수 있고, 본관 식원이 되면 숙소도 주니까 집세도 하나도 안 들잖아. 그러면 월급 거의 저축할 수 있을 거고, 월급도 오르니까 서른 살만 돼도 2억 가까이 모을 수 있어."

"와아! 2억이면 진짜 부잔데?"

"로열타운 일반세대만 살아도 진짜 좋겠다. 엄청 깨끗하고, 쇼핑몰도 너무 좋고, 스포츠센터도 얼마나 좋다구. 셔틀버스타면 서울도 금방 갈 수 있고. 진짜 짱인데!"

자신이 자란 곳을 떠나고 싶어하는 게 대부분 고아들의 바람이지만 안정된 일자리와 안락한 생활환경이 주어진다면 굳이 익숙한 곳을 떠나려 하지는 않으리라.

바로 그 익숙함과 가족 같은 보육원 사람들이 여기 종산에 있기 때문에 현수 자신이 당연하다는 듯 돌아온 것처럼.

"우리 병원 애들은 다 그래. 여기서 안 나간다고. 준서도 절대 절대 안 나간대. 여기서 산대. 그런데 왜 샛별이만 여길 떠나려고 하는지 진짜 모르겠어."

진심으로 속상하다는 듯 민지가 미간을 잔뜩 찌푸렸다.

"월급 차이가 나기는 하지만, 간호대 가면 학비도 많이 들고, 생활비도 너무 많이 들잖아. 돈도 하나도 못 모을 텐데. 그리고 객지에서 얼마나 고생이냐구. 아플 때 돌봐줄 사람도 없고."

"샛별이는 왜 꼭 간호대를 가고 싶대?"

"몰라. 대답 안 해. 그냥 웃기만 해. 우리가 자길 얼마나 사랑하는데……."

'누구나 좋아하는 이 곳을 샛별이는 왜 떠나고 싶어 했을까?'

샛별이의 마음을 헤아려보려 했지만 현수로서는 알 길이 없었다. 그렇게 창밖을 내다보고 있을 때, 천 팀장이 따뜻한 코코아 두 잔과 속이

꽉 찬 파니니 두 개가 담긴 쟁반을 들고 와 테이블 위에 올려놓았다.

"좋아하실지는 잘 모르겠습니다."

"감사합니다."

아침식사를 하지 못한 두 사람은 잠시 말없이 허기를 채웠다.

현수가 접시를 비우자 그제야 천 팀장이 말문을 열었다.

"퍼스널 쇼퍼가 기억하고 있는 것은 물론이고, 당시 청구기록과 영수증까지 갖고 있다고 하니까 정말 여사님이 샛별이에게 선물한 시계가 아닐 가능성이 높습니다."

"만일 샛별이 아닌 다른 사람이 그 물건들을 침대 아래에 넣었다면, 누굴까요?"

현수의 직설적인 질문에 천 팀장은 적잖이 당황했다.

이 사건과 관련된 의문점이나 의혹을 품게 한 인물들이 분명히 있지만 별다른 증거도 없이 형사에게 그것들을 이야기할 수는 없는 일이었다. 그것들을 떠벌린다는 것은 한 개인으로서도 경솔한 태도일 뿐 아니라 로열타운의 직원으로서도 부적절한 처사였다. 심지어 자신은 보안팀장이었다.

"글쎄요. 다만 저도 혹시나 해서 CCTV를 살펴봤는데 하필 지난달부터 숙소동 2층의 CCTV가 고장이 났답니다."

"네, 박 경위님께 들었습니다. 그런데 어떻게 두 달 가까이 CCTV를 안 고친 거죠?"

"일부분만 고장이 나기도 했고, 아무래도 입주민들에 대한 서비스를 최우선으로 하다 보니까 설비팀에서 숙소동의 수리에는 소홀했던 것 같습니다."

"팀장님께서도 분명 다른 사람이 넣어놨다고 생각하시는 거죠?"

"……"

"곤란한 질문을 드려…… 죄송합니다."

천 팀장이 휴대전화 메시지를 들여다보며 말했다.

"CCTV 영상 복사가 끝났답니다."

두 사람이 본관 건물 앞에 도착했을 때, 건장한 체구에 순하고 우직해 보이는 한 남자가 다가왔다.

"방재실 황일근 주임입니다."

수면 부족인지 빨갛게 충혈된 눈이 웃는 인상과 어울리지 않는 남자는 현수에게 꾸벅 인사를 하고는 usb를 내밀었다.

"어제 오전 아홉 시부터 오후 한 시까지, 치유의 숲에 설치된 CCTV 여섯 대 녹화분량입니다."

***

천 팀장은 현수를 배웅하고 본관 지하 1층 방재실로 돌아왔다.

어제 영결식에 참석했던, 아니 참석이라기보단 북동쪽 진입로에서 영결식장을 바라보고 서 있던 인물의 정체를 확인해 볼 참이었다.

먼 발치였지만 고급스런 옷차림에 로열타운에서도 눈에 띌 수밖에 없는 30대 후반의 남성인 그 남자는 원세권 회장의 아들, 원우진과 무척 닮은 꼴이었다.

원우진은 원주희 이사장과 이복 남매지간으로, 마약사범으로 집행유예를 받고 프리미엄 세대에서 은둔생활을 하고 있었다.

천 팀장이 샛별이의 필름통에서 LSD를 발견했을 때 그를 떠올린 것도 당연히 그의 전적을 알기 때문이었다. 하지만, 그는 본관에는 아예 발걸음을 하지 않는 인물이었으며 필요한 일은 개인비서와 수행기사를 통해 해결할 뿐, 직원들과의 접촉이 전혀 없었다. 조 간호사를 통해 알아본 결과 의료진으로서 샛별이가 그와 접촉한 적도 없었다.

그런 그가 검은색 코트 차림으로 어제 바로 그 시각에 굳이 걸어서 치유의 숲까지 오른 것은 그저 우연이었을까?

샛별이의 명예를 위해 LSD를 감췄으나 원우진이 샛별이의 영결식에 등장한 이상 마약에 대해서 모른 척 넘길 수는 없는 일이었다. 그렇다고 무턱대고 박 형사와 신 순경에게 LSD에 대해 알릴 수도 없었다.

천 팀장은 자신이 할 수 있는 한 최선을 다해 원우진과 샛별이의 접점을 조사하기로 결심했다. 우선 그가 정말 샛별이의 영결식에 참석했는지 확인해 둘 필요가 있었다.

천 팀장은 공용컴퓨터 앞에 앉아 아이디와 비밀번호를 입력했다. 하지만 평소와 달리 팝업창과 함께 '사용불가' 메시지가 떴다. 몇 번이나 반복해 시도해 보았지만 마찬가지였다.

***

"어제 얘기했잖아. 지금은 휴대전화의 행방에 집중할 때라고."

usb의 CCTV 녹화분량을 보고 있던 박 형사가 퉁명스럽게 말했다.

"하필이면 지난달부터 CCTV가 고장 나 있었다는 게 이상하잖아요."

"있잖아, 하필이면 그날, 하필이면 그 시간에, 하필이면 딱 그 장소에서, 하필이면 그 사람만! 그런 경우가 의외로 흔해요."

박 형사가 답답하다는 듯이 곁눈으로 쳐다보며 말했다.

"시곗줄이 달라진 게 아무리 이상하고 찜찜하더라도 죽은 사람 핸드폰으로 '나 안 죽었어요' 문자 온 것보다 이상한 건 아니잖아? 그러니까 휴대전화에 집중하자고!"

그때 박 형사의 휴대전화에서 이메일 수신 알림음이 울렸다.

"통신사실 확인 자료 도착했어. 토스할 테니까 우선 다운 받아."

"네."

현수가 모니터 앞으로 바짝 의자를 당겼다.

박 형사가 손으로 모니터를 짚어가며 살펴보았다.

"11월 15일은 봤고, 계속 아무것도 없고. 기지국 접속기록도 없고."

박 형사가 모니터를 응시하다 프린트 버튼을 눌렀다.

"방전됐거나 꺼져 있었다는 얘기지? 그러다가 사흘 전에 휴대전화를 한 번 켰고."

"기지국 범위는……."

"로열타운이야. 이틀 전에 한 번, 전날 한 번 켰는데 SNS 접속기록은 없고."

"단체문자 같아요!"

"맞아. 동시에 음…… 예순다섯 명한테 보냈어."

"단체문자, 동시에 보냈다면……."

"전화번호부에 저장된 번호를 쭉 선택했을 거라는 얘기가 되지. 그런데 예순다섯 개면 전화번호부에 있는 모든 사람에게 문자를 보낸 건가?"

"글쎄요. 그보다는 더 저장돼 있지 않을까요?"

"영결식에 참석한 사람이 몇 명이었지? 상조 직원이나 나 같은 사람 제외하고."

"쉰, 쉰두 명요."

"우선 엑셀로 리스트 만들고, 지난번에 받은 통신기록하고 대조해서 중복되지 않는 번호 목록부터 뽑아줘. '통신자료제공' 요청이 제일 시급하니까."

"통신자료요?"

"그래, 지난번에 확인한 통신기록으로 개인정보 확인된 사람 말고, 이번에 문자 받은 쉰두 명 중에 개인정보 확인 안 된 번호가 있을 거 아냐! 지금 일일이 전화해서 '누구세요? 샛별이랑 어떤 관계시죠?' 이러고 물어볼 거야? 답답하기는."

"네, 알겠습니다."

19

사건 발생 직후 조사한 샛별이의 최근 6개월간의 통신기록 명단에 없었던 인물 중에서 문자메시지를 받은 인원은 10여 명이었고, 그들에 대한 통신자료 확인 결과 대부분이 로열타운 본관의 임직원들이었다.

박 형사는 맨 먼저 총무팀장을 방문했다. 그에 대한 조사뿐 아니라 다른 직원들과 신속하게 면담을 하기 위해서는 총무팀장의 협조가 필요했다.

박 형사와 현수가 사무실에 도착하자 총무팀장은 느긋하게 두 사람을 맞이했다.

"전화드린 대로 문자메시지에 관해서 여쭤보러 왔습니다."

"네. 따뜻한 차 한잔 먼저 드시지요."

그가 준비된 찻잔에 뜨거운 녹차를 따랐다.

"그런 장난을 쳤다는 게 참……. 그게 고인에게 할 짓입니까? 추모객들은 또 얼마나들 놀랐겠어요."

"영결식에 참석하지 않으셨던 걸로 알고 있는데. 다른 추모객들이 문자를 받은 건 어떻게 아십니까?"

박 형사의 질문에 장 팀장이 눈을 치켜뜨고 잠깐 쏘아보다 이내 미소를 지으며 대답했다.

"총무팀장이 로열타운 담장 안에서 벌어진 일을 모를 리가 있겠습니까. 영결식에 참석했던 간호팀장에게 보고 받았습니다. 거기서 그런 소동이 있었다구요. 그리고, 이사장님께서도 문자를 받으시고는 저한테 어떻게 된 일이냐고 연락하시기도 했구요."

"유샛별 씨가 생전에 총무팀장님과 통화한 적이 있나요?"

"없습니다."

"통화한 적이 없는데 전화번호는 저장돼 있었나요?"

"당연히 저장돼 있습니다. 회장님을 가까이서 모시는 의료진인데 비상연락망을 갖춰야 하지 않겠습니까?"

"혹시 문자를 보낸 걸로 짐작가는 사람이 있을까요?"

"없습니다."

"이사상님은 언제쯤 뵐 수 있을까요?"

"서울 본사에 급한 업무가 있어서 수요일 저녁에나 오실 겁니다. 이런 이야기라면 전화로 해도 될 것 같은데요. 약속을 잡아드릴까요?"

"네, 그럼 가능한 빠른 시간 내로 전화 부탁드리겠습니다."

"다시 한번 부탁드립니다만……."

부탁하는 태도와는 거리가 먼 차가운 음성으로 장 팀장이 덧붙였다.

"소란스럽지 않게 수사를 마무리해 주시기 바랍니다. 로열타운에 계속해서 이런 불미스러운 일이 벌어져서야 되겠습니까?"

"노력하겠습니다."

일어서서 나가던 박 형사가 갑자기 생각났다는 듯 돌아서며 말했다.

"아! 원제니씨는 주소지가 이사장님과 같은 서울로 돼 있던데 로열타운에는 자주 방문하시나요?"

장 팀장의 표정이 순간 무섭게 굳었다.

"네. 요양을 위해서 자주 방문합니다."

"지금 여기 있으면 오늘 만날 수 있을까요?"

"아니요, 지금은 아마 서울 자택에 있을 겁니다."

"그럼, 전화 약속을 잡고 서울 자택으로 찾아가면 될까요?"

"아, 아마 수요일에 이사장님과 함께 이리로 올 겁니다. 프리미엄 세대에서 며칠씩 머무니까…… 서울까지 가실 것 없이 여기서 만날 수 있도록 시간 잡아보겠습니다."

"그래주시면 정말 감사한 일이죠."

박 형사와 신 순경이 일어서서 나가자 그들의 뒷모습을 쏘아보던 장 팀장은 잔뜩 인상을 찌푸린 채 휴대전화의 버튼을 눌렀다.

잠시 후, 상대방이 전화를 받았는지 총무팀장이 송화기에 대고 낮은 목소리로 말했다.

"제니도 문자메시지를 받은 모양입니다."

***

"아직, 잠들어 있습니다."

30대 후반의 신경정신과 전문의 양해인은 본관 진료실이 아닌, 로열타운 프리미엄 세대 302호의 응접실에서 원주희 이사장의 전화를 받았다.

홀 한가운데에서는 열여덟 살의 제니가 안락의자에 비스듬히 기대앉아 양해인의 거짓말에 피식 웃으며 엄지손가락을 치켜올렸다.

"네, 알겠습니다."

한참 동안 상대방의 이야기를 듣던 양해인이 전화를 끊자 제니가 놀리듯 물었다.

"잘 감시하래요?"

양해인이 피식 웃으며 제니 옆에 있는 의자에 앉았다.

"쌤은 할 일 없어요?"

"지금 일하고 있잖아."

"심심하지도 않아요?"

"뭐가?"

"이렇게 나만 감시하고 있는 거."

양해인은 제니 쪽으로 몸을 바짝 기울였다.

"그 문자, 너도 받았지?"

제니는 눈도 깜짝 않고 되물었다.

"무슨 문자?"

"나는, 죽지, 않았어요."

"뭐래."

어이없다는 듯 제니가 코웃음을 치자 양해인은 웃음기를 거두었다.

"지금 본관에 경찰들이 와 있거든?"

제니의 얼굴에서도 웃음기가 사라졌다.

"경찰이 너도 만나고 싶어 하는 걸 보니까 문자받은 건 확실하고."

"알면서 왜 물어봐요?"

"오늘과 내일은 문밖에 나가면 안 되고, 수요일쯤 경찰과 면담해야 할 거야."

제니가 짐짓 진지한 얼굴로 물었다.

"어떻게 말해야 하는데요?"

"공손하고 예의바르게."

"그게 아니라 뭘 말해야 하냐구요."

"네가 알고 있는 걸 말하면 돼."

"정말 그래도 돼요?"

"다만, 네가 지금 집행유예 중이라는 걸 고려해서 경찰의 관심을 받지 않도록 얘기하면 좋겠지?"

"난 또……. 쌤이 시나리오 써주면 되겠네."

"그래. 그러니까 이제 나한테 솔직하게 얘기해봐. 난 언제나 네 편이잖아?"

제니가 스툴에서 발을 내리고 몸을 일으켜 세우며 진지한 얼굴로 말했다.

"쌤, 나도 언제나 쌤 편 할 테니까 나한테 솔직하게 얘기해봐요."

양해인이 눈을 동그랗게 뜨자 제니가 빙글거리며 물었다.

"쌤은 이사장 편이에요? 아님 외삼촌 편이에요? 이사장 편이었다가 외삼촌 편이 된 거예요? 아니면 외삼촌 편이었다가 이사장 편이된 거예요?"

"……."

"그것도 아니면 왔다, 갔다?"

"나는 내 도움이 필요한 사람한테 최선을 다하는 거야."

"도움이 필요한 사람한테 최선을 다하는 게 아니라 이용가치가 있는 사람한테 붙는 거 아니구요? 왔다, 갔다, 왔다, 갔다."

제니가 손가락을 이쪽저쪽으로 까딱이며 말했다.

제니는 자신과 원주희 이사장, 그리고 자신과 원우진의 관계를 다 알고 있다는 것을 감추지 않았다. 양해인의 얼굴이 속내를 들킨 아이처럼 붉어졌다.

"나는 쌤이 외삼촌 편이었으면 좋겠는데……. 그래야 쌤이 내 편이라는 걸 믿을 수 있으니까."

***

    본관 지하 1층의 수장고 사무실은 실내였음에도 불구하고 서늘했다. 높은 층고에 노출 콘크리트의 차가운 질감이 그대로 느껴지는 것 같았다.

    구석에 있는 책상과 사무실 한가운데 의자 몇 개와 덩그러니 놓여 있는 테이블이 자아내는 분위기가 여느 사무실과는 달랐다.

    "추우시겠지만 마땅한 곳이 여기밖에 없어서요."

    시서경 과장이 지친 얼굴로 의자를 가리켰다.

    "음료 반입도 안 되는 곳이라 대접할 게 없네요."

    "괜찮습니다."

    박 형사와 현수는 시 과장이 가리키는 의자에 나란히 앉았다.

    박 형사의 눈에 비친 시 과장은 샛별이가 훔친 카메라의 목록을 조목조목 짚어대던 본관 회의실에서의 꼿꼿함과는 사뭇 달라보였다. 팔에 때 묻은 토시를 끼고, 대충 묶어 흘러내린 머리카락을 연신 쓸어넘기는 지친 직장인의 모습이었다.

    "유샛별 씨 문자를 받으셨길래 몇 가지 여쭤보려고 왔습니다."

    "네."

    "어제는 어디에 계셨나요?"

    "여기 있었습니다."

    "휴일인데 출근하셨나요?"

"인턴이나 외주업체 직원은 휴일에 일 안 하니까요. 제가 이 수장고의 유일한 정식 직원이라서 바쁠 때는 저 혼자서라도 휴일 없이 일합니다."

"유샛별 씨와는 특별한 친분이 있었나요?"

"친분이라면…… 몇 번 대화를 나눴고, 샛별이가 제 사진을 찍어준 적이 있습니다. 참, 여기 놀러온 적도 있네요."

"여길요?"

"네, 호기심 많은 아이였어요. 미술관 수장고에서 일한다고 하면 사람들은 뭐 근사한 일쯤 하는 줄 알잖아요. 샛별이도 관심을 보이길래 제가 막노동이라는걸 보여줬죠. 음…… 작은 소품들 촬영할 때 작품 촬영에 대해서 물어보기도 했구요."

"유샛별 씨가 사적인 이야기도 하던가요?"

"제가 사적인 이야기를 물어보는 타입이 아니라서 특별히 개인적인 이야기를 나눈 기억은 없습니다."

"문자를 받았을 때 어떤 생각이 들었나요? 그 순간 떠오르는 생각이 있었을 텐데요."

"솔직히 처음엔 너무 섬뜩했죠. 그런데 가만 생각해보니까 너무 슬프고 안됐더라구요. 왠지 샛별이의 영혼이 좋은 곳으로 가지 못한 건 아닐까. 그런 생각이 들었습니다."

"혹시 누가 보냈을지는 생각해 보셨나요?"

"글쎄요. 저로서는 전혀 짐작가는 사람은 없습니다."

"그렇군요. 시서경 과장님이 생각하는 유샛별 씨는 어떤 사람이었나요?"

"예쁘고 맑은 소녀였죠. 반듯하고, 예의바르고, 영리하고."

피곤에 절어 있던 그녀의 눈망울이 어느새 반짝였다. 시서경 과장은 최선을 다해 샛별이를 떠올리려는 듯 허공을 쳐다보며 이야기를 이어갔다.

"샛별이 사진을 보면, 예술적 감성도 타고났다고 생각했어요. 저도 미술공부는 좀 한 사람이라 그 정도 안목은 있으니까요. 사진작가가 돼도 좋겠다는 이야기를 해준 적도 있었죠. 전문가가 될 수는 없다 하더라도 사진을 놓지는 말라고 얘기해줬어요. 무엇보다…… 샛별이는 누구에게나 호감을 주는 사랑스런 아이였어요."

진심일까? 아니면 예술가 특유의 감상에 사로잡혀 좋은 이야기만을 늘어놓는 걸까?

박 형사는 회의실에서 누구보다도 냉정해보였던 시서경 과장의 샛별에 대한 후한 평가가 어딘지 앞뒤가 맞지 않는다는 생각이 들었다.

"반듯하고, 예의바르고…… 그런 아이가 값비싼 남의 물건을, 자신에게 잘 해줬던 회장님의 귀중품을 훔쳤을까요?"

그녀는 박 형사를 물끄러미 쳐다보았다.

"누구나…… 실수는 하는 거니까요."

*＊＊

종산메디컬센터 의료진 중에 문자메시지를 받은 사람은 모두 열여섯 명, 샛별이의 종산보건고 출신 입사 동기들과 영결식에 참석한 사람을 제외하면 여섯 명이었다.

주미혜 간호팀장은 센터 2층의 사용하지 않는 구석방으로 박 형사와 현수를 안내했다.

"근무 교대시간이라 이브닝 근무자들부터 면담을 빨리 끝내주세요. 오전 근무자들도 퇴근을 못 하고 기다리고 있어요."

샛별이의 문자를 받은 간호사들은 입을 모아 생전의 샛별이의 행실에 대해 칭찬했고, 샛별이의 죽음을 진심으로 안타까워했다. 하지만 문자와 관련해 특이한 증언은 없었다.

마지막 간호사가 방을 나가자 간호팀장은 기다렸다는 듯 방 안으로 들어왔다.

"서둘러 주셔서 감사합니다."

"간호팀장님께도 여쭙고 싶은데요."

"네?"

"팀장님도 문자를 받으셨으니까요."

"말씀하시죠."

"문자를 받았을 때 어떤 느낌이 들었나요? 모두가 똑같은 생각을 하는 건 아니니까요. 다른 분들께도 같은 질문을 드렸습니다."

"누가 이런 장난을 하지? 그런 생각이 들더군요."

"장난이라고 생각하셨다면 왜 그런 장난을 할까요?"

"단순한 거죠. 사람들을 깜짝 놀라게 하고 싶은, 요즘 아이들 뭐 그런 심리 있잖아요? 아무 이유 없이 사람들을 괴롭히고 싶어서 혹은 그저 관심받고 싶어서 엉뚱한 일 벌이는, 그런 심리 아닐까요?"

"성인이 아닌, 아이가 보냈을 거라고 생각하시는군요?"

그녀의 당황한 표정이 역력했다.

"그렇게 느꼈다는 겁니다."

"팀장님이 보시기에 유샛별 씨의 평판은 어땠나요?"

"일머리가 좋은 아이였고, 나이답지 않게 어른스러운 면도 있고, 성실한 직원이었습니다. 다들 예뻐하는 것 같았어요. 물론 시샘은 받았지만."

"시샘요?"

"간호사들이야 그런 생각 안 하지만, 회장님께서 워낙 특별히 예뻐하셨으니까 같이 입사한 또래들 사이에서는 그런 분위기가 있었을 겁니다."

간호팀장과의 면담을 마치고 계단을 걸어내려오면서 한마디도 없이 생각에 잠겼던 박 형사가 현관을 나서자 현수에게 물었다.

"만약에 네가 문자를 보낸 사람이라고 가정해 봐. 그럼 문자를 보낼 때 네 번호는 제외했을까?"

"……!"

박 형사가 답답하다는 듯이 다시 물었다.

"샛별이 전화를 손에 넣게 됐어. 패스워드나 잠금해제 패턴은 알고 있다고 쳐. 전화번호부를 보고 사람들에게 단체 문자를 보낼 거야.

그런데 만약에 너라면 네 번호를 넣을래? 뺄래?"

"저라면, 넣을 것 같은데요?"

"너라면 그렇겠지? 그럼 빼는 경우라면 어떤 사람일까?"

그때 민지의 다급한 목소리가 들렸다.

"언니!"

두 사람이 동시에 뒤를 돌아보자 민지가 달려왔다.

"언니, 샛별이에 관해서 특별한 게 있으면 뭐든 말하라고 했잖아. 저기 선생님이 샛별이에 대해서 말씀하실 게 있대. 아까는 간호팀장이 들을까 봐 말 못하셨다고."

민지가 가리키는 건물 옆 담쟁이 넝쿨 그늘 아래 좀 전에 면담을 했던 간호사가 서 있었다.

***

이브닝 근무를 해야 하는 민지는 병원으로 돌아가고 세 사람이 커피숍에 마주 앉았다.

"샛별이 친언니 같은 분이라고 들었어요."

"네. 저도 같은 보육원 출신이에요. 샛별이랑 민지, 제가 돌봤던 동생들이구요."

"아까 병원에서는 미안했어요, 말하기가 좀 불편해서."

"이해합니다. 어떤 얘기든 이제 편하게 말씀해 주세요."

"처음에 샛별이 그렇게 됐다는 이야기 들었을 때, 저도 다른 선생님들처럼 샛별이가 자살했을 리 없다고 생각했어요. 그런데 문득 그 일이 떠오르더라구요."

홍 간호사가 차를 한 모금 마시고는 한층 편해진 얼굴로 이야기를 시작했다.

"샛별이가 처음 현장실습 나왔을 때니까 아마 2년 전이었을 거예요. 어느 날 샛별이가 복통, 설사가 너무 심해서 제가 내과 선생님께 진료를 받게 하고 처방대로 약을 먹였어요. 그리고, 다음날 괜찮냐고 물어보니까 복통은 좀 나아졌는데 손과 발끝이 타는 것처럼 아프고, 허벅지랑 배에 발진이 올라왔다는 거예요. 그래서 배를 살펴봤더니 혈관각화종이 보이더라구요."

"혈관각화종이라는 게 정확히 어떤 거죠?"

"어른 손바닥만 하게 빨갛게 발진이 올라오는 건데 그게 루푸스 증상과 아주 비슷해요. 제가 루푸스 가족력이 있어서 워낙 그런 증상에 민감한 편인 데다 또, 대상포진도 걱정이 돼서 내과 선생님께 다시 의논을 드렸죠. 그런 병은 빨리 발견해야 악화되는 것을 막고 관리할 수 있으니까요."

"그럼, 루푸스였나요?"

"아니요. 그때는 선생님께서 검사할 것도 많고, 좀 지켜보자고 하셨어요. 그리고 나서 몇 달 후에, 그러니까 작년 여름에 샛별이한테 어떻게 됐느냐 물어보니까 내과 선생님께서 '파브리병(Fabry disease)'이라고 하셨다는 거예요."

"파브리병이라면……."

어디선가 들었던 병명이었다. 박 형사가 기억을 짜냈다.

원세권 회장이 앓고 있다는 병이었다. 인구 12만 명당 한 명꼴로 발생하는 희귀 유전성 대사질환이었다.

"그런데 샛별이가 바로 다음 날 저한테 와서는 진단 받은 걸 비밀로 해달라고 부탁하더라구요."

"비밀로 해야 할 이유가 있나요?"

"원칙적으로도 의료진이 환자의 병명을 제3자에게 발설할 수 없어요. 만약 샛별이 병을 떠벌리면 의료법상 비밀유지 위반에 해당하죠. 그런데 샛별이가 몇 번이나 반복해서 신신당부하는 게 좀 이상한 거예요. 아마 선생님이 말하지 말라고 한 것 같았어요."

"선생님이라면, 어떤 분인가요?"

"나윤석 과장님, 지금 본관에 계시는 회장님 주치의 선생님이요."

박 형사는 샛별이가 자신의 카메라를 훔친 데 대해 경멸의 조소를 지어보였던 나 과장의 얼굴을 떠올렸다.

"그 후로 나 과장님도 본관 병동으로 아예 옮겨 가셨고, 샛별이도 본관으로 가길래 저는 그저 잘됐다, 샛별이가 전문가인 나 과장님한테 관리 받을 수 있겠구나 생각했죠."

"나윤석 과장님은 원래 이 병원에 계속 계셨던 분인가요?"

"아니요. 이원대학병원 교수였는데 회장님께서 그 병원으로 진료

받으러 다니시다가 아예 우리 병원으로 스카웃 하셨어요. 3~4년쯤
전에요."

"혹시 샛별이가 '파브리병' 진단을 받은 게 샛별이의 죽음과 관련
이 있다고 생각하시나요?"

마음이 조급해진 현수가 직설적으로 물었다.

홍 간호사가 잠시 망설이다가 물을 한 모금 마시고는 다시 입을 열
었다.

"네, 관련이 있다고 생각해요. 처음에 샛별이가 자살했다는 소리를
들었을 때는 병이 빨리 진행돼 통증과 우울증이 심해져 자살의 원인
이 된 것은 아닐까 하는 생각이 들었는데……, 한 가지가 더 있어요."

현수가 간절한 눈빛으로 이야기를 재촉했다.

"제가 이런 말씀을 드려도 되나 많이 망설였어요. 그런데 뭐든 샛
별이에 대해 기억나는 게 있으면 말해달라는 민지 부탁도 있었고, 무
엇보다 샛별이 문자를 받고 나니까 제가 뭐라도 해야 한다는 생각이
들어 용기를 냈습니다. 물론, 이건 저의 지극히 개인적인 의견, 아니
상상일 뿐이에요."

"네, 뭐든 좋습니다. 편하게 말씀하세요."

"파브리병은 조기 진단해야 통증을 관리하고 병의 진행을 늦출 수
있는데, 증상이 전신에 걸쳐 워낙 다양하게 나타나다 보니 조기 진단
이 어렵다고 해요. 보통 10년에서 길게는 15년까지도 걸린다고 하더
라구요. 그래서 심장이나 신장이 망가진 다음에야 발견하게 되고, 파

브리병인 줄도 모른 채 단명하는 환자도 많다고 하구요. 그런데 어떻게 샛별이는 몇 달 만에 '파브리병' 진단을 받을 수 있었을까……. 물론 나 과장님이 전문가라서 파브리병의 가능성을 빨리 판단하셨을 수도 있었겠죠. 하지만, 혹시 나 과장님이 저와 같은 상상을 한 건 아닐까 하는 생각이 들었거든요."

"상상이라면……?"

망설여지는 듯 잠시 창밖을 내다보던 홍 간호사가 다시 말을 이었다.

"파브리병은 가족력이 있으면 유전자 검사를 통해 조기 진단할 수 있어요. 그리고, 부모에게서 자식으로 유전되는 양상을 보면, 아버지가 파브리병이면 딸은 100% 파브리병이라고 해요."

현수가 영문을 모르겠다는 표정으로 박 형사를 쳐다보았다.

"그러니까 나 과장님이 샛별이가 원 회장님의 친자일 수도 있다는 사실을 염두에 두고……."

홍 간호사가 고개를 끄덕였다.

"회장님께서 직접 샛별이를 본관 VIP병동의 전담 간호인력으로 지정하셨을 때 샛별이 동기들은 물론이고, 선배들도 다들 부러워했어요. 아니 정확히 말하면 시샘했죠. 본관 병동의 근무 환경이 여기 병원보다 월등하니까요. 그런데 저는 그때, 그런 생각이 들더라구요. 샛별이를 이렇게 특별하게 대하시는 이유가 있는 건 아닐까……?"

그녀가 현수와 박 형사를 번갈아 쳐다보았다.

"왠지 샛별이가 회장님과 닮았다는 생각을 했거든요. 성별이 다르지만 인상도 그렇고 피부, 골격이 비슷하다는 생각요. 솔직히 친딸인 원주희 이사장보다도 샛별이와 더 닮은 것 같지 않나요?"

"아!"

박 형사의 입에서 자신도 모르게 탄식이 흘러나왔다.

원 회장이 샛별이에게 보인 특별대우에 대해 대부분의 사람들이 갖고 있는 선입견은 '어린 소녀를 향한 늙은 남자의 그릇된 욕정'일 것이다. 현수를 의식해 드러내놓고 표현하지는 않았으나 자신 또한 갖고 있던 그 선입견이 다른 상상을 차단한 것이었다.

"물론 제 추측일 뿐이에요. 하지만 나 과장님도 저와 같은 상상을 했다면, 일단 유전자 진단 검사를 해봤을 것 같아요. 언제 발병할지 모르는 희귀 난치 질환이니까 샛별이를 위하는 일이기도 하구요."

"추측이라고 하시지만 확신이 있으신 것 같은데요?"

박 형사의 질문에 홍 간호사는 긍정도 부정도 아닌 묘한 미소를 지었다.

"굉장히 설득력 있게 들리구요."

"'나는 죽지 않았어요.' 누가 그런 문자를 보냈을까 생각해봤어요. 누군지는 모르지만, 저 같은 사람에게 보내는 메시지가 아닐까 하는 생각이 들더라구요. 사소한 일이라도 샛별이에 대해서 뭔가 알고 있는 사람들에게 용기를 내라는 메시지요."

홍 간호사가 홀가분하다는 듯 크게 숨을 내쉬었다.

파브리병은 X 유전자 열성으로 유전되는 질환으로 남녀 모두에서 발병할 수 있다. 어머니가 파브리병 환자일 경우 아들과 딸 모두에게 50% 확률로 유전될 수 있고, 아버지가 환자일 경우 아들은 영향을 받지 않으나 딸에게는 100% 확률로 유전된다. 파브리병은 임상 검사 소견을 바탕으로 진단하거나 가족력을 통해 진단할 수 있다. 특히 여성의 경우에는 가족력이 중요한 의미를 갖는다.

성장기의 대표적인 증상으로는 손발의 통증과 타는 듯한 느낌, 혈관각화종, 위경련, 무한증, 각막 혼탁 등이다. 진행성 질환으로 나이가 들수록 증상이 심각해지며 심장 및 신장기능 저하, 심장비대, 부정맥 등이 발생할 수 있고, 호흡곤란도 겪게 되며 뇌졸중 위험도 증가한다. 이런 증상들이 합병증을 일으키고, 심하면 조기 사망에 이르기도 한다. 파브리병 환자의 경우 정상인보다 20년 정도 수명이 단축되는 것으로 알려져 있다.

사무실에 돌아온 현수는 컴퓨터 모니터에 파브리병과 관련한 웹문서를 띄워놓은 채 멍하니 앉아 있었다.

"디카페인이야, 잠 못 잔다며."

사무실로 들어온 박 형사가 현수의 책상 위에 햄버거가 든 비닐백과 테이크아웃 커피잔을 올려놓았다.

"내일 오전에 만날 사람들이 본관 직원들, 이사장, 나윤석, 그리고 프리미엄 세대에 있다는 회장 가족들은……."

자리에 앉던 박 형사는 대답도 없이 멍한 채로 있는 현수를 보며 혀를 찼다.

"쯧쯧. 신 순경님. 빵이나 드세요."

"……."

"'왜 나한테 말하지 않았을까, 나는 샛별이에게 어떤 존재였을까' 뭐 그런 생각 하나?"

현수가 속내를 들킨 것이 멋쩍은지 가만히 비닐봉지에 손을 뻗었다.

"'친언니 같은 분이라면서요?' 다들 그렇게 말하잖아. 다른 사람들이 그렇게 말한다는 건 샛별이와 네가 그런 사이였다는 거야."

박 형사의 말에 울컥하는 심경을 감추려는 듯 현수가 입술을 꾹 다물고는 비닐봉지 속 햄버거를 꺼냈다. 하지만 저절로 붉어지는 눈시울을 감출 수는 없었다.

"섭섭해?"

박 형사가 현수를 힐끗 쳐다보며 물었다.

"……."

"그러는 너는 네 얘기 다 해? 왜 고아가 됐는지, 보육원에는 언제 어떻게 가게 됐는지, 태권도는 왜 했는지, 어쩌다 경찰이 됐는지 살면서 몇 사람한테나 얘기했는데? 샛별이한테는, 얘기했어?"

의외의 질문에 현수의 마음이 툭 내려앉았다.

그러고 보니 자신에 대해서 속속들이 알고 있는 사람은 없었다.

친하지 않아서, 믿지 않아서, 마음을 열지 않아서 말을 하지 않았던 건 아니었다.

보육원생들끼리는 상처를 건드리게 될까 봐 서로의 사정에 대해 묻지 않는 게 암묵적인 약속이었고, 대학 진학 후 세상에 나와서는 괜한 동정을 사게 될까 봐, 괜한 선입견을 심어주게 될까 봐 말하지 않았다.

현수가 고개를 들어 박 형사를 쳐다보았다.

"친한 사이라도 다 알 수는 없어. 당연히 모르는 게 있을 수 있다고……."

박 형사가 허공을 쳐다보며 혼잣말을 하듯 낮은 한숨을 내뱉었다.

***

3년 전, 서울 용산경찰서 형사3팀에 소속돼 있던 박 형사는 관내 유흥업소의 미성년자 출입, 마약 유통과 관련해 첩보를 받고 수사하던 중, 조직 내 몇몇 형사들과 유흥업소 간의 유착관계에 의혹을 갖게 됐고 이를 파헤치려고 했다. 그러나 박 형사의 의도를 알아챈 경찰서장이 그의 수사를 막기 위해 민원상담 부서로 쫓아냈고, 그는 계속해서 형사팀으로 복귀하기 위해 노력했으나 팀장들의 반대로 돌아가지 못했다.

그렇게 박 형사가 민원 부서에서 무기력하게 시간을 보내고 있을 때, 형사3팀에 남아 있던 후배 '강창수 순경'은 정보원들의 첩보를 받아 혼자서 내사를 계속했다. 그에게도 알리지 않은 채로.

그리고 2년 전 여름, 창수는 자살했다.

아니, '자살 당했다'는 표현이 꼭 들어맞는 죽음이었다.

창수는 서울에서 140여 킬로미터 떨어진 충북의 시골 마을 저수지에서 익사체로 발견됐다. 당연히 유서는 없었으며, 휴대전화은 사라졌다.

용산경찰서 서장과 선배 형사들은 사체 발견 즉시 창수의 죽음을 '자살'로 규정하고, 창수의 유족에게 부검을 하지 말자고 권했다. 유가족의 반발로 부검은 진행됐으나 경찰은 사라진 휴대전화를 찾으려 하지 않았으며 기본적인 통신수사도 하지 않았다. 창수가 정보원을 만나러 가는 길이었다는 것도 유가족에 의해 뒤늦게야 알게 됐다.

국과수의 부검결과는 '폐에서 플랑크톤이 발견된 점을 볼 때 익사의 가능성을 배제할 수 없다'였다. 하지만 위나 다른 장기에서는 발견되지 않고 오직 폐에서만 플랑크톤이 발견됐다는 것은 혈액순환이 멈춘 상태, 즉 이미 숨진 상태에서 물에 빠졌다는 것을 의미하는 것이었다. 더욱이 창수의 폐에서 검출된 플랑크톤은 바다에만 서식하는 종으로 담수인 시골마을 저수지에는 서식하지 않는 종이었다. 이는 창수가 사망한 곳이 저수지가 아닐 가능성이 크다는 의미였지만 창수의 선배이자 동료였던 형사들은 굳건하게 그의 '자살'을 주장했다. 결정적으로 '여자친구의 변심으로 자살했다'는 언론 보도를 내보내고 사건은 완전히 마무리됐다. 창수는 여자친구가 없었다.

여름휴가를 다녀오는 통에 이틀이 지나서야 후배의 죽음을 알게 된 박 형사가 할 수 있는 일은 없었다.

그의 폐에서 발견된 플랑크톤과 관련해 '목이 졸린 상태에서 횟집 수조에서 익사할 경우' 폐에서 플랑크톤이 발견될 수 있다는 점, 그리고 그것이 조직폭력배들이 사람을 해치는 흔한 방식이라는 것을 알아낸 것이 전부였다. 그것 또한 경찰과 조직폭력배 간 유착의 증거였으나 수사를 진행하지 않는 이상 증명할 방법이 없었으며, 결국 되돌릴 수 있는 것은 아무것도 없었다.

이후 창수의 유가족이 경찰에 끈질기게 재수사를 촉구했지만, 그럴 때마다 경찰은 '자살도 아니고, 타살의 증거도 없다'는 결론만 앵무새처럼 반복했다. 유가족은 자살이 아니라면 업무상 재해 판정을 받아 명예라도 회복할 수 있게 해달라고 애원했으나 창수의 선배들은 끝까지 그 호소를 외면했다. 그렇게 창수는 경찰 선배들의 탐욕에 짓밟혔다.

그 후로 박 형사는 깊은 우울증과 무기력에 시달렸다. 동료와 선배들을 마주치는 게 역겨웠으며 점점 사람이 무서워졌다. 그가 종산으로 온 것은 사표를 내지 않고 서울을 떠날 수 있는 가장 빠른 방법이었다.

창수의 죽음을 맞닥뜨린 순간 가장 먼저 든 생각은 자책이었다.

자신이 그 수사를 시작하지 않았다면 창수가 그 수사에 관심을 갖지 않았을 것이고, 그랬다면 이토록 억울한 죽음도 맞지 않았을 거라는 후회가 가슴을 후벼팠다.

그런데 어이없게도 뼈저린 후회의 감정은 이내 창수에 대한 원망으로 변했다.

'왜 나에게 아무런 말을 하지 않았을까.'

실없는 안부전화 외에 창수는 어떤 이야기도 하지 않았다. 혼자 몰래 진행하던 수사와 죽음에 관한 어떤 자료도, 실마리도 자신에게 남기지 않았다는 사실이 너무나 원망스러웠다.

그리고, 그 후로 오랫동안 그는 창수에게 질문을 던졌다.

'나는 너에게 어떤 사람이었을까?'

우울한 기억을 떨치려는 듯 박 형사가 요란스럽게 의자에서 몸을 일으키며 현수에게 말했다.

"샛별이가 원 회장의 친자라 하더라도 그것만으로 타살의 가능성을 의심할 수는 없어. 오히려 지병으로 인한 자살 동기가 강화되는 거지. 그러니까 지금 할 수 있는 가장 현실적인 수사는 샛별이의 휴대전화를 갖고 있는 사람을 찾는 거야. 아무래도 우리가 만난 적이 없는 사람일 가능성이 커. 만났다면 어떤 식으로든 우리한테 힌트를 줬을 테니까. 내일 만날 사람이 누구누구지?"

20

"사진 전시회를 열려고 해요."

문자 수신자 면담에 앞서 프리미엄 세대 103호에 방문한 박 형사와 현수에게 오드리 여사가 제안했다.

"샛별이한테 줬던 롤라이플렉스에 필름이 들어 있지 뭐예요? 다 쓴 필름이더라구요. 내가 인화를 맡기면서 생각해봤는데, 샛별이가 그렇게 사진을 많이 찍었는데 그냥 묻어두기 너무 아깝잖아요? 그래서 사진전을 열어줘야겠다 싶은 거예요."

"아마추언데 가능할까요?"

뜻밖의 제안에 현수가 얼떨떨한 표정으로 물었다.

"아마추어 작가는 전시회 하지 말란 법이 있어요? 큐레이터한테 알아봤는데 필름이나 스캔본만 있으면 얼마든지 고화질로 사진 뽑을 수 있답니다. 샛별이 유품, 현수 씨가 갖고 있죠?"

"네. 갖고 있긴 한데……."

현수가 박 형사를 쳐다보자 박 형사는 다시 천 팀장에게 물었다.

"샛별이 외할머니가 유품 처리를 로열타운 측에 일임했다고 하셨죠?"

"네. 맞습니다."

"절차상으로는 문제가……."

박 형사가 질문을 마치기도 전에 오드리 여사가 끼어들었다.

"법적인 건 내 변호사가 다 알아서 처리할 거예요. 외할머니가 딴 소리하면 돈으로 해결하면 되는 거고."

그녀는 그런 것쯤은 문제도 아니라는 듯 자신만만하게 말했다.

"그보다, 큐레이터 말로는 필름을 현상해서 노트북에 저장했을 거라던데 샛별이 노트북을 갖다 줄 수 있을까요? 빌려줄 수 없다면, 시간을 맞춰 전문가가 직접 가지러 올 수도 있고."

현수가 박 형사를 쳐다보자 박 형사가 긍정의 표시로 고개를 끄덕였다.

"노트북 오늘 중으로 갖다 드릴게요."

"오케이! 빨리 서두릅시다. 서두르면 다음 주 주말 안에는 전시회가 가능하답니다."

"그렇게 빨리요?"

"여기 본관 '칼리오페 살롱'에서 전시하고, 이어서 서울에서도 전시할 거예요. 초대장 배포하고, 언론사 기자들도 불러서 보도가 되게 하려면 홍보 시간이 촉박하긴 하겠지만 해 봐야죠."

"유샛별 씨의 사진전이라면 로열타운 측에서 대관을 해줄까요?"

원주희 이사장을 비롯해 본관 임직원들이 샛별이에게 보이는 불편한 감정을 누구보다 잘 알고 있는 박 형사가 걱정스런 표정으로 물었다.

"하도록 만들어야죠. 무슨 수를 써서라도!"

오드리 여사가 의미심장한 미소를 지으며 덧붙였다.

"신경쓰이게 하고 싶어요. 사람들에게…… 샛별이가 잊혀지지 않게."

***

프리미엄 세대 103호를 나선 천 팀장이 숙소동으로 향했다.

오드리 여사의 사진전 계획을 들었을 때, 샛별이의 유품이 들어 있던 쇼핑백 속에서 발견한 필름 한 통이 떠올랐다.

LSD가 담긴 필름통과 함께 있었던 필름이라 경찰에 말하지 못한 채 잊고 있었던 그 필름을 이제 와서 신현수 순경에게 전달하기에는 명분이 없었지만, 그렇다고 해서 그냥 모른 체 묻어두기에는 아까운 생각이 들었다. 일단 현상과 인화를 해 본 후 전달 여부를 결정해야 겠다고 마음먹었다.

종산 시내의 유일한 현상소인 행운사진관은 종산 버스터미널 근처의 오래된 상가 1층 구석에 있었다. 상가건물은 낡았지만 앤틱한 목조 외관의 사진관은 정갈한 멋을 풍겼다.

"어서오세요."

출입문 풍경이 울리자마자 단정하게 조끼 정장을 차려 입은 노인이 내실 쪽에서 환하게 웃으며 나왔다.

주물로 만든 고급스런 화목난로에서 퍼지는 온기에 절로 움츠렸던 어깨가 풀렸다. 전면 유리를 통해 보이는 난로 불꽃이 공기의 촉감을 부드럽게 하고 있었다. 여기에 클래식 기타의 선율과 모과 향기까지 더해져 마치 근사한 카페에 있다는 착각이 들었다.

"기온이 뚝 떨어졌네요. 커피 한잔 드시겠어요?"

노인은 벌써 믹스커피 봉지를 뜯으며 화목난로 위의 주전자로 다가갔다. 사람을 향한 온기가 절로 배어나는 노인의 친절을 거절할 이유가 없었다.

"네."

노인은 커피가 든 종이컵에 주전자의 물을 붓고 기다란 유리 머들러로 커피를 저어 그에게 건넸다.

"증명사진 찍으러 오셨어요?"

"이것 좀 부탁드리려고 하는데요."

천 팀장이 안주머니에서 필름통을 꺼내자 노인이 반색하며 말했다.

"어이쿠 반가워라. 현상 손님이 오셨네! 필름카메라 쓰세요?"

"제가 찍은 건 아니구요……."

"반가운 필름 손님이니까 잘 해드려야겠네. 현상, 스캔, 인화 다 됩니다."

노인이 필름을 받아들며 설명했다.

"혹시 이거 우리 집에서 산 필름 아니에요?"

필름을 살펴본 노인이 반갑다는 듯 웃으며 물었다.

"특별한 필름인가요?"

"아주 고급 필름이에요. 비싸기도 해서 웬만한 전문가 아니면 잘 안 쓰죠. 종산에는 이 필름 쓸 만한 손님이 없었는데 아주 재주있는 사진가가 왔길래 제가 냉큼 이 필름을 권한 적이 있어요. 이렇게 관용도가 좋은 고급 필름을 쓰면 노출 실수를 커버해주기 때문에 정말 아름다운 사진을 얻을 수가 있거든요."

노인이 메뉴판처럼 생긴 판넬을 테이블 위에 올려놓고 손가락으로 짚어가며 설명했다.

"가격표예요. 요즘은 보통 현상-스캔을 기본으로 하거든요? 옛날에는 왜 현상한 다음에 필름 보고 마음에 드는 것 체크해서 인화했잖아요? 그런데 요즘은 필름카메라도 바뀌었어요. 필름을 현상한 다음에 스캔을 거치면 디지털카메라로 찍은 것처럼 사진을 이미지로 얻어서 컴퓨터에서 바로 확인할 수 있어요. 이미지 파일 그대로 SNS에서 마음대로 쓰고, 또 종이사진으로 뽑고 싶으면 나중에 인화하면 됩니다."

"그럼 스캔한 파일을 보고 선택한 다음, 나중에 인화를 하더라도 커다란 사이즈로 사진을 뽑을 수 있을까요?"

"크게 뽑으려면 필름을 가지고 오셔서 확대 인화를 해야 하는

데……. 그럴 거라면 아예 처음부터 스캔 해상도를 고해상도나 TIFF 스캔, 아니면 가상드럼스캔으로 주문하셔야 해요. 그래야 고화질의 사진을 얻을 수 있습니다."

"가능한 고화질로, 큰 사이즈로 인화할 수 있도록 스캔해 주세요."

"네. 알겠습니다."

"시간은 얼마나 걸릴까요?"

"사흘이면 됩니다. 기본 스캔은 제가 바로 해드릴 수도 있는데 가상드럼스캔은 서울에 있는 제 아들 가게에서 해야 하거든요. 완성되는 대로 문자 드리면서 다운로드 방법 알려드릴 테니까 집에서 컴퓨터나 스마트폰으로 먼저 다운 받아보시구요. 필름은 시간나실 때 아무 때나 찾으러 오시거나 택배로 받으셔도 됩니다. 찾아가실 때까지 잘 보관할 테니까 편할 때 연락주세요."

노인이 명함에 주문내역을 적어 건네면서 말했다.

"참, 이거 한번 보실래요?"

노인은 태블릿 PC를 열어 저장돼 있는 사진 이미지를 하나씩 터치하며 그에게 보여주었다.

"이게 바로 이 필름으로 촬영해서 고화질로 스캔한 사진이에요."

노인이 천 팀장이 맡긴 필름을 가리켰다.

"풍경사진이 참 근사하죠?"

천 팀장의 눈앞에 익숙한 풍경들이 펼쳐졌다.

"라이카에 이 필름 조합이 참 좋더라구요. 우리 작가님이 워낙 감각이 뛰어나기도 하구요. 이 구도 좀 보세요. 빛은 훈련과 학습으로 발전시킬 수 있지만 구도는 타고나는 거 같아요. 이것 보세요. 타고 났죠? 솜씨가 아주 좋아요. 그리고, 이게 종이사진으로 인화를 하게 되면 컴퓨터로 보는 것과는 또 다른 사진이 된답니다. 소스가 필름이라서 디지털카메라로 찍은 것하고는 전혀 다른, 멋진 작품이 돼죠."

"여기가…… 로열타운인가요?"

"눈썰미가 좋으시네요. 맞아요. 이 사진 찍은 작가님이 로열타운에 근무하는 직원이에요. 이제 겨우 스무 살인 숙녀분인데 대단하죠?"

21

로열타운 프리미엄 세대 305호는 본관에서 가장 가까운 거리에 있는 세대로, 원주희 이사장이 가끔 로열타운에 머물 때 이용하는 숙소였으나 올 초부터는 그녀의 딸인 원제니가 거주 중이었다.

이제 막 서울에서 도착한 원주희가 코트 차림 그대로 305호 현관에 들어섰다. 뒤이어 제복을 입은 헬퍼가 곤혹스런 표정으로 그 뒤를 따라 들어왔다.

"열한 시까지는 깨우지 말라고 해서……."

복도를 앞서 걷던 원주희가 뒤를 돌아 헬퍼를 흘깃 쳐다보았다. 헬퍼가 얼른 그녀를 앞지르더니 오른쪽에 있는 양문형 도어를 열어젖혔다.

이제 막 오전 9시를 지난 아침이었지만 암막 블라인드를 내린 거실은 빛 한점 들어오지 않아 한밤중처럼 어두웠다. 원주희가 거실 안쪽으로 들어가자 헬퍼가 재빠르게 거실 전등 스위치를 올렸다.

거실 한복판에 놓인 거대한 소파에는 머리끝까지 구스 이불을 덮은 제니가 널브러져 있었다.

"얘는 왜 여기 이러고 있어?"

"방은 답답하다고 줄곧 여기서 잤어요."

"방이 답답해?"

원주희가 어처구니 없다는 듯 피식 웃으며 혼잣말을 했다. 그리고는 소파테이블 위에 놓여 있던 리모콘을 집어들고 버튼을 눌렀다. 180도로 펼쳐진 거실 창의 전동 블라인드가 일제히 낮은 기계음과 함께 올라갔다.

"일어나."

원주희가 리모콘을 소파 구석에 집어던지고는 모피 코트를 벗었다. 헬퍼가 다가와 코트를 받아들려고 했으나 그녀는 그대로 소파에 코트를 내던졌다.

"차 필요없어. 제니 정신차리게 얼음냉수 한잔 갖고 와."

원주희의 날선 목소리에 헬퍼는 재빨리 복도 쪽으로 사라졌다.

"제니, 일어나!"

제니가 꼼짝도 하지 않자 원주희가 구스 이불의 한쪽 끝을 잡아 힘껏 들어올렸다. 이불 아래 잠옷 차림으로 몸을 잔뜩 웅크리고 있는 제니가 보였다. 제니는 눈도 뜨지 못하고 인상을 찌푸리고 있었다. 원주희가 제니를 바라보는 방향의 소파에 비스듬히 기대 앉았다.

"니 방이 좁아서 여기 이러고 있어?"

그녀의 말투에는 조롱과 비아냥이 가득 남겨 있었다.

잠에서 깬 제니가 한숨을 쉬며 몸을 일으키다가 머리가 아픈지 풀썩 다시 주저앉아 양손으로 관자놀이를 눌렀다.

"너 오늘 경찰하고 면담 있다며? 열한 시라던데, 눈꼽은 떼고 있어야지."

"으으……."

제니가 소파 등받이에 상반신을 기대며 양팔을 머리 위에 얹고 기지개를 켜더니 짜증이 가득한 신음소리와 함께 얼굴을 잔뜩 찡그렸다.

"그러게 왜 쓸데없는 짓을 했어."

원주희가 갑자기 목소리를 낮췄다. 하지만 비아냥거리는 말투는 그대로였다. 눈을 감고 가만히 있던 제니가 코웃음 치며 대꾸했다.

"뭐래. 나 아니야."

"네가 한 짓이 아니라구?"

원주희가 어처구니 없다는 표정을 지었다. 제니는 계속 눈을 감고 관자놀이를 양손으로 누르기 시작했다.

"왜, 약에 취해서 기억이 나질 않아?"

'약'이라는 소리에 제니의 손이 잠시 멈칫했다.

"그날 밤 일도 약에 취해서 기억 못 한다며?"

표정을 들키지 않으려 제니는 여전히 눈을 감은 채였다. 하지만 '그날 밤'이라는 단어에 맥박이 빨라지기 시작했다.

"걔도 약했니? 그래서 휘익 뛰어내린 거 아니야?"

원주희가 빈정거렸다.

제니가 어처구니 없다는 듯 한숨을 내쉬었다. 그러고는 원주희를 노려보며 대답했다.

"약 안 했는데?"

"누구? 걔? 아니면 너?"

"둘 다."

"그래? 철 들었네. 하긴 이제 뒤 봐줄 빽도 없는데 철 들어야지. 집행유예가 무슨 뜻인지는 서 변호사한테 들었을 거고. 다시 약에 손대면, 이번에는 그냥 구치소 가야 한다?"

'구치소'라는 단어에 제니가 당황한 순간을 놓치지 않은 원주희가 낮지만 힘 있는 목소리로 제니를 협박했다.

"쓸데없는 짓 한 번만 더 하면…… 그땐 내가 직접 구치소에 보내줄게."

제니가 원주희를 노려보았다.

"거기 아주 비좁대. 방에서도 못 자는 애가 구치소에서는 어떻게 지내려고 그래? 이제 할아버지는 아무것도 해줄 수가 없는데……."

원주희가 음충맞게 빙글거렸다.

***

"본관 근무자니까 당연히 제 번호를 갖고 있었겠죠? 그리고 전에 얘기했던 것처럼 카메라 때문에 문자를 주고 받은 적이 있습니다."

박 형사와 신현수가 본관 3층 회의실에서 나윤석 과장과 면담 중이었다.

"유샛별 씨가 선생님께 진료를 받은 적이 있습니까?"

박 형사의 질문에 나윤석 과장은 거리낌 없이 대답했다.

"진료를 받은 적이 있습니다."

"어떤 질환이었나요?"

"위경련과 잦은 설사, 통증 그런 증상이었습니다. 뭐, 특별한 건 없었습니다."

홍 간호사의 이야기와는 완전히 달랐다. 박 형사는 본능적으로 그가 거짓말을 하고 있음을 감지했다. 이럴 때에는 직설적인 질문이 결정적인 역할을 하기도 한다.

"유샛별 씨가 파브리병 진단을 받은 적이 있었습니까?"

박 형사의 질문에 나 과장이 당황한 듯 안경테를 한번 치켜올리더니 금방 여유로운 표정을 되찾았다.

"파브리병 진단이라뇨?"

"나윤석 과장님께서 유샛별 씨에게 파브리병 진단을 내린 적이 있는가 묻는 겁니다."

나 과장이 미소까지 띈 얼굴로 박 형사에게 시선을 고정시켰다.

"없습니다."

"유샛별 씨의 진료기록을 보여주실 수 있습니까?"

"의료진이 환자의 진료기록을 타인에게 제공할 수 없다는 것쯤은 잘 알고 계실 텐데요?"

"협조가 가능한지 여쭤본 겁니다."

"그건 협조가 아니라 의료법 위반이죠, 범법행위입니다."

"알겠습니다."

"그럼 이만 나가봐도 될까요?"

나 과장이 일어서며 한눈에도 최고급으로 보이는 블레이저의 단추를 채웠다.

"한 가지만 더 질문하겠습니다."

그가 옷 매무새를 만지면서 그러라는 듯 고개를 끄덕였다.

"스무 살의 여성이 파브리병 진단을 받았다면, 어느 정도의 충격일까요?"

"글쎄요. 어떤 증상을 앓고 있었는가, 어떤 의사를 만나는가에 따라서 아주 달라질 수 있기 때문에 뭐라 말씀드리기가 어렵군요."

"선생님이라면 환자들에게 어떻게 설명하시겠습니까?"

"유전질환이기 때문에 완치는 바랄 수 없지만, 충분히 관리할 수 있는 병이라고 얘기해주고 있습니다, 환자들에게."

"환자들에게 파브리병 진단이 극심한 우울증의 원인이 될 수 있을까요?"

"그럴 수도 있고, 아닐 수도 있겠죠? 사람마다 심리적 회복 탄력성은 천차만별이니까요."

"자살을 생각할 정도로 충격을 받을 수도 있을까요?"

박 형사는 비슷한 질문을 집요하게 반복했다. 샛별이의 죽음이 자살일 수도 있지 않겠냐는 유도 질문을 통해 샛별이와 '파브리병'의 연관성에 관한 작은 실마리라도 흘리길 기대했지만 나 과장은 끝까지 능글맞은 미소로 대답했다.

"그럴 수도 있고, 아닐 수도 있겠죠?"

***

박 형사와 신현수는 총무팀 직원의 안내를 받아 정신과 양해인 전문의의 진료실로 이동했다. 샛별이의 문자메시지를 수신한 제니, 그리고 원우진과의 면담은 주치의의 입회하에 진행하겠다는 것이 로열타운 측의 입장이었다. 당사자들의 선택이라고 하니 딱히 거절할 명분은 없었다.

양해인의 진료실은 보통의 병원 진료실과는 달리 클래시컬한 소파와 집기들로 꾸며져 있었다. 진료보다는 상담을 위해 마련된 공간인 것 같았다.

"유샛별 씨가 이메일로 사진을 보내준 적이 있습니다. 휴대전화로 전송받은 사진이 마음에 들어서 인화하고 싶다고 했더니 고화질 스캔본을 이메일로 보내줬습니다. 그래서 몇 번 대화를 나눈 게 전붑니다."

양해인 역시 생전의 샛별이와 별다른 사적 교류가 없었다.

그녀가 답변을 마치자 진료실의 문이 열리고, 총무팀 직원의 안내를 받은 제니가 들어섰다.

터틀넥 니트에 구스다운 점퍼, 통이 넓은 조거바지까지 펑퍼짐하게 차려 입었지만 마른 몸매는 감추어지지 않았다. 165센티미터 정도의 작지 않은 키였지만 너무 말라 왜소해 보일 지경이었다. 양해인이 일어서고, 제니를 자신이 앉았던 소파에 앉혔다. 현수가 질문을 시작했다.

"원제니 씨?"

"네."

"나이가 어떻게 돼죠?"

"열여덟 살입니다. 미국에서 유학 중인데 건강상의 이유로 한국에 머무르고 있습니다."

양해인이 대신 대답하자 제니가 어이없다는 듯 양해인을 흘끔 노려보더니 직접 대답했다.

"열여덟 살요."

"며칠 전에 샛별이의 문자메시지를 받았죠?"

"네."

"샛별이와 잘 아는 사이였나요?"

현수의 질문에 잠시 생각하던 제니가 이내 별 것 없다는 듯 대답했다.

"조금?"

박 형사와 현수의 시선에서는 보이지 않았으나 두 사람의 뒤에 서 있는 양해인은 제니를 마치 감시하듯 지켜보고 있었다.

"샛별이와 언제 처음 알게 됐어요?"

"1년 전, 방학 때요."

"어떤 사이였는지 설명해 줄래요?"

"뉴욕에 가보고 싶다길래 뉴욕이야기 해줬어요."

양해인이 다시 끼어들었다.

"제니는 뉴욕에서 고등학교를 다녔어요."

"뉴욕 'South of Houston(Soho)'도 궁금해하고, 비비안 마이어가 뉴욕에 살았잖아요. 그래서 뉴욕 가보고 싶다고 했거든요."

"샛별이와 몇 번이나 대화를 나눴나요?"

"음…… 세 번? 네 번?"

서너 번 정도 대화를 나눈 사이라면 그다지 깊이 아는 사이는 아니었을 것이다. 현수가 실망한 그 순간, 박 형사가 끼어들었다.

"샛별이 휴대전화가 어떤 기종이었는지, 무슨 색이었는지 기억나요?"

박 형사의 갑작스러운 질문에 제니는 물론, 현수와 양해인까지 모두들 당황한 표정이 역력했다.

"……모르……겠는데요."

"전화번호는 왜 주고 받았죠?"

"사진 보내준다고 해서요."

"원제니 씨는 샛별이를 어떻게 불렀어요?"

"……언니."

"샛별이 언니가 죽었다는 건 언제 알았어요?"

"며칠 후에 들었어요."

"누구한테 들었죠?"

"그게……."

대답을 마치기가 무섭게 몰아치는 박 형사의 질문에 이번에는 제니의 시선이 저절로 양해인에게 향했다.

"제가 이야기했어요."

양해인이 나섰다.

"왜 이야기하셨죠? 제니 씨는 로열타운 직원도 아니고, 서너 번밖에 본 적이 없다면서요?"

"그 다음 날, 제니가 상담진료를 위해 여기 방문했을 때 우연히 직원들끼리 얘기하는 걸 듣게 됐고, 궁금해하길래 제가 자세히 이야기해줬어요. 아는 사람이니까요."

박 형사가 양해인의 진술이 맞느냐고 묻는 듯 제니를 쳐다보았다.

"네."

"샛별이 언니와 서너 번 대화를 했다고 했는데, 가장 최근에 만난 건 언제였어요?"

"한 달 전…… 모르겠어요. 기억이 잘…….."

"샛별이 언니가 사망하기 전에 뭐 이상하다고 느낀 점 없었나요? 우울해 한다든지, 걱정이 있다든지…… 좀 특이하게 느껴진 게 있었나요?"

"왜 이렇게 다그치시는 거죠? 겨우 몇 번 만난 사인데 제니가 그런 걸 어떻게 알겠어요?"

양해인이 황급히 끼어들었다. 박 형사가 알았다는 듯 양해인에게 고개를 끄덕여 보였다. 박 형사는 다시 제니를 쳐다보며 느긋하게 물었다.

"한 달 전에 만났을 때 어떤 이야기를 나눴나요? 천천히, 충분히 생각하고 대답해도 돼요."

잠시 현수를 쳐다보던 제니가 천천히 대답했다.

"사진 잘 찍고 싶다는 얘기…… 했어요."

"그 얘기뿐이었나요?"

"네."

양해인이 다시 끼어들었다.

"이 정도면 충분히 대화를 나누신 것 같은데요?"

박 형사가 어쩐 일인지 제니에게서 눈을 떼지 않고 마치 노려보듯 쳐다보았다. 그 시선을 피하기 위해 제니는 자기도 모르게 현수에게 시선을 돌렸다. 하지만 실망한 듯 멍하니 허공을 응시하는 현수의 슬픈 눈빛을 본 제니는 이내 고개를 떨구었다.

"한 가지만 더 물어볼게요. 샛별이와 처음 만난 게 1년 전이라고 했는데 왜, 어떻게 만나게 된 건지, 그리고 그때는 어떤 이야기를 했는지 말해 줄래요?"

"……할아버지 보러……."

의외의 질문에 잠시 머뭇거리는 제니의 대답을 막으려는 듯 양해인이 나섰다.

"제니가 방학이면 서울 본가 대신 여기 와 있었어요. 외할아버지가 여기 계시니까 본관에 들를 일도 많았고, 그때 샛별이가 여기서 실습 중이었구요."

박 형사가 제니를 또 다시 뚫어져라 쳐다보았다. 제니는 잠시 마주 보다가 한숨을 내쉬었다.

"제니는 몸이 허약해서 요양 중이에요. 이만 끝내주셨으면 합니다."

박 형사가 현수에게 손을 내밀며 나지막한 목소리로 말했다.

"명함."

"시간 내줘서 고마워요. 여기 이 여자 경찰분은 죽은 샛별이와 아주 친한 사이였어요. 같은 보육원에서 자란 언니예요."

현수가 명함을 건네자 박 형사가 받아서는 제니에게 내밀었다.

"뭐든 샛별이와 관련해서 생각나는 일이 있거나 하고 싶은 이야기가 있으면 이 분한테 전화해 줄래요? 샛별이 친언니라고 생각하고."

"신현수예요. 핸드폰으로 해도 돼요. 밤이든 새벽이든 상관없어요."

현수가 얼른 덧붙였다. 양해인이 다시 나서려 하는 순간, 제니가 금세 명함을 받아 보고는 이내 주머니에 넣었다.

박 형사가 일어서면서 마치 별 것 아니라는 듯 툭 제니에게 질문을 던졌다.

"'나는 죽지 않았어요.' 이 문자 말인데요. 누가 보냈다고 생각해요?"

"형사님! 제니는 미성년자예요. 이런 질문은……."

"미성년자인 것과 이 질문이 무슨 상관이 있죠? 미성년자라도 그런 상상은 해볼 수 있지 않나요? 어른들과는 다르게 아이들의 시각에서는 그 문자를 어떻게 생각하는지 궁금해서요."

그때, 점퍼에 손을 넣고 소파에 기대앉아 생각에 잠긴 듯 허공을 응시하던 제니의 입에서 뜻밖의 대답이 흘러나왔다.

"샛별이 언니가…… 보낸 것 같아요."

제니를 뚫어져라 처다보던 박 형사의 얼굴에 옅은 미소가 번졌다.

***

천 팀장은 본관 로비의 엘리베이터 앞에 서 있었다. 3층에서 박 형사와 면담 중인 원 회장의 아들, 원우진이 곧 이 엘리베이터를 타고 내려올 시간이었다. 그 역시 샛별이의 문자를 받은 사람 중 한 명이었다.

잠시 후 1층에 선 엘리베이터에서 원우진이 내리자 천 팀장은 그의 뒤를 따라갔다. 샛별이의 영결식장에 나타났을 때의 그 차림 그대로였다. 검은 모직 반코트에 머플러까지 두른 그의 모습은 클래시컬한 멋을 풍겼지만 30대 후반의 나이에는 걸맞지 않아 보였다.

본관을 나선 원우진은 잠시 발걸음을 멈추더니 프리미엄 세대와 반대 방향에 조성돼 있는 잣나무숲으로 발걸음을 돌렸다. 산책을 할 모양이었다. 본관에서 100여 미터쯤 지나 잣나무 숲 초입에 다다랐을 때 뒤를 조용히 따르던 천 팀장이 그를 불러세웠다.

"원우진 씨."

인기척을 전혀 느끼지 못했는지 그가 깜짝 놀란 얼굴로 돌아보았다.

"저는 로열타운 보안팀장입니다."

천 팀장이 본관 출입카드를 보여주며 신분을 밝혔다.

"뵌 적 있습니다."

그가 금세 차분한 어조로 대답했다. 뚜렷한 이목구비는 전형적인 미남형이었으며 구 팀장의 전언대로 예의바른 귀공자의 모습 그대로였다. 유행과는 상관없는 7대3 가르마의 클래식 커트와 지나치게 하얀 피부는 어딘지 답답하고 무기력해 보였으나 그 어디에서도 '마약 사범'의 어두운 이미지는 찾아볼 수 없었다.

"이런 질문 죄송합니다만, 죽은 유샛별 씨와 평소에 자주 연락을 하셨나요?"

원우진의 얼굴에 경계의 기색이 역력했다.

"…… 방금 만나뵌 형사님께 모두 말씀드렸는데…… 보안팀장님께 따로 말씀드려야 할 이유가 있을까요?"

천 팀장은 잠시 망설이나 이내 결심한 듯 그에게 질문을 던졌다.

"단도직입적으로 말씀드리겠습니다. 샛별이가 마약 심부름을 했나요?"

원우진의 표정이 굳어졌다. 희다못해 푸른 빛마저 돌던 얼굴은 더욱 파래졌다.

"다른 건 관심 없습니다. 다만, 샛별이가 마약과 연관돼 있었는지 그것만 알고 싶습니다. 저한테 어떤 대답을 하시더라도 선생님께 피해가 가는 일은 없을 겁니다."

"왜 그런 질문을 저한테 하시는지는 잘 알고 있습니다. 하지만 저와는 상관없는 일입니다."

하얀 얼굴에 비치는 쓸쓸한 미소가 그의 말이 거짓이 아님을 증명하는 것 같았다.

"샛별이가 마약을 가지고 있었나요?"

이번에는 그가 천 팀장에게 되물었다.

"혹시 종이로 된 마약이었습니까?"

마약의 형태를 구체적으로 지목하는 그의 질문에 일순 당황했으나 천 팀장은 그에게서 어떤 실마리라도 얻어내기 위해 이내 마음을 가라앉히고 대답했다.

"그렇습니다."

"약쟁이들은 익숙한 것만 손댑니다. 모든 약이 다 취향은 아니니까요. 마리화나 정도라면 모를까……. 믿을 만한 딜러를 찾는 게 쉬운 일도 아니구요. LSD라면 제 조카, 제니의 물건일 수도 있겠네요."

천 팀장이 놀란 표정으로 쳐다보자 그가 피식 웃으며 덧붙였다.

"저는 코카인이었습니다. LSD는 손댄 적 없어요."

천 팀장은 그제서야 샛별이의 필름통에서 나온 마약이 원우진이 아닌, 원제니와 관련된 것임을 깨달았다.

"설령 샛별이가 LSD를 가지고 있었다고 하더라도 그것은 전혀 그 아이의 의지가 아니었을 겁니다. 아마도 샛별이는 그게 위험한 물건인지도 몰랐겠죠. 제니가 처음에 그랬던 것처럼……."

"그게 무슨 뜻인가요?"

"처음 시작은 '머리가 좋아지는 약'이었을 겁니다. '애더럴'이라고, 애들 성적 올리겠다고 극성스런 부모들이 나서서 직구하던 약이죠. 거기서 처음 약물의 위력을 경험한 아이들이 유학을 떠난 후 그곳에서 마약에 손을 대는 겁니다. 마리화나부터 시작해서 각성제인지 마약인지 구분도 못 하고, 점점 강력한 유혹의 늪으로 빠져드는 거죠. 부잣집 아이들일수록 더 쉽게 마약을 구할 수 있어서 훨씬 위험해요."

애더럴이라면 세간을 떠들썩하게 했던 유명 가수의 밀반입 사건으로 천 팀장 역시 익히 알고 있던 약물이었다.

"애더럴도 금지약물 아닌가요? 그걸 부모들이 구해준다구요?"

"각성효과가 대단해서 실제 시험에서 꽤 효과를 본다고들 해요. 대부분의 부모들은 성적을 올리기 위해서였겠죠."

원우진이 입가에 조소를 머금고는 천천히 덧붙였다.

"누군가처럼 가족의, 자식의 인생을 망치기 위해 일부러 구해주기도 하구요."

이해할 수 없는 원우진의 말에 천 팀장이 미간을 찌푸렸다.

"자식의 인생을 망친다는 게 무슨……."

원우진은 그의 질문에는 대답하지 않은 채 크게 한숨을 내쉬었다.

"샛별이가 가지고 있었다는 그 약…… 그냥 묻어두시면 안 될까요? 부탁입니다."

음성은 가늘게 떨리고 있었고, 표정에서는 진심이 묻어났다.

"아까 말씀드린 것처럼 그 약을 갖고 있었다 하더라도 그것은 샛별이 책임이 아닙니다. 제니도 마찬가지구요. 제니, 치료받고 있어요. 이겨낼 겁니다. 다시 한번 말씀드리지만 그 아이들은 피해잡니다."

고개를 숙인 후 돌아서서 걸어가는 그를 천 팀장의 목소리가 붙잡았다.

"아이들이 정말 피해자라고 생각하신다면, 지금이라도 원우진 씨가 도와줄 수 있을 텐데요."

걸음을 멈춘 원우진은 뒤를 돌아보지 않은 채 대답했다.

"저한테는 그럴 만한 능력이 없습니다. 제가 나설수록…… 사람들이 다치더라구요."

***

"제니가 샛별이와 서너 번밖에 만나지 않았다는 건 거짓말이야."

본관을 벗어나 승용차를 주차해놓은 스포츠센터로 걸어가면서 박형사가 말했다.

"거짓말이라구요?"

"겨우 서너 번 만난 사이에 뉴욕이 어떻고, 비비안 마이어를 좋아하네 그런 대화를 한다고 생각해? 무슨 사진동호회 회원들이 만났어? 비비안 마이어가 BTS야? 누구나 이름만 대면 알 만한 대중스타가 아니잖아. 너는 겨우 서너 번 만난 사람한테 너의 취향에 대해 시시콜콜 늘어놓니?"

박 형사가 확신에 찬 듯 빙글거리며 말했다.

"제니가 뉴욕에서 살았으니까……."

"뉴요커면 비비안 마이어를 다 알아? 그것도 이제 겨우 고등학생인 유학생이? 취향에 대해서 이야기를 나눌 정도라면 꽤 친밀하거나 자주 만났다는 거야."

일리 있는 추리였다.

"그런데 왜 별로 친하지 않은 것처럼 말했을까요?"

"샛별이에 대해서 아는 척하지 말라는 지시를 받았거나, 아니면 스스로 그럴 만한 이유가 있어서겠지."

"문자를 샛별이가 보낸 것 같다고 한 건 무슨 뜻일까요?"

"장난이 아니라는 뜻."

"네?"

"샛별이가 죽었다는 걸 분명히 알고 있으면서 그 문자를 샛별이가 보냈다고 하는 건, 그 문자가 다른 사람들의 생각처럼 누군가의 장난이 아니라, 아주 중요한 의미를 갖고 있다는 것을 아는 거야. 그 아이가."

"경위님은 제니가 문자를 보낸 사람이라고 생각하시는 거죠?"

"느낌은…… 그래."

"외부활동을 전혀 하지 않는 것 같은데 어떻게 조사하죠?"

"일단 원제니 주변 사람들을 먼저 탐문하고, 샛별이와의 접점을 찾아봐야지."

"민지랑 병원 사람들한테 물어보면 뭔가 알고 있지 않을까요?"

"원제니에 대해서는 내가 알아볼게. 그보다 네가 할 일이 있어."

박 형사의 표정이 사뭇 진지해졌다.

"샛별이 외할머니를 찾아가서 샛별이의 유전병에 대해 알고 있었는지 물어봐. 그리고 샛별이의 생모와 생부에 대한 것도."

"샛별이 외할머니가 솔직하게 이야기해 줄까요?"

"술술 털어놓지야 않겠지. 그렇다고 아무것도 안 할래? 샛별이가 원 회장의 혼외자일 가능성에 대해 알아볼 방법이 지금으로서는 그것밖에 없잖아. 관련된 사람들을 파고들 수 있는 작은 실마리라도 찾아야 해. 어떻게든 외할머니의 마음을 움직여 보라구."

4장

월식

Lunar eclipse

22

11월의 마지막 날 오후, 민지는 종산시내 경양식집 세실의 가장 인기 있는 창가 자리에 앉아 올해 들어 처음 내리는 눈을 바라보고 있었다.

'딸랑딸랑'

출입문의 풍경이 울리더니 카멜색 더플코트를 입은 샛별이가 들어섰다.

"샛별아! 첫눈이야, 첫눈!"

민지가 환하게 웃으며 샛별이를 향해 손을 흔들었다.

"응, 첫눈이야."

소리를 내지 않고도 환한 미소와 손짓, 발짓으로 종종거리며 좋아하는 소녀들의 모습에서 '까르르' 소리가 들리는 듯했다. 사장님이 김이 오르는 물컵을 가져다주었다.

"안녕하세요."

샛별이와 민지가 동시에 인사를 하고는 그것조차 재미있다는 듯 서로 마주 보며 이번에는 진짜 '까르르' 웃음 소리를 냈다.

"아유, 은쟁반에 옥구슬이 구르네."

"그게 뭐예요?"

"응, 공주님들 웃음소리가 너무너무 예쁘다는 뜻. 뭘로 줄까? 치즈 돈까스랑 옛날돈까스?"

사장님은 이미 두 아이의 취향을 알고 있다는 듯 민지와 샛별이를 차례로 가리켰다.

"네!"

두 소녀가 이번에도 동시에 대답하고는 또 웃었다. 사장님이 못 말린다는 표정을 지어보이고는 주방 쪽으로 사라졌다.

"준서는 조금 늦는대. 먼저 먹으래."

"30분만 있으면 사수자리에 신월이 떠올라."

샛별이가 더플코트를 벗어 개켜놓으며 말했다.

"벌써 달님이 뜨면 신월기도는 어떻게 해? 달님이 안 보이잖아."

"이따가 집에 가서 하면 되지. 보이드 타임은 새벽 1시부터니까 그 전에만 하면 돼."

"지난번 양자리에 만월이 떴을 때 샛별이 네가 알려준 대로 기도했는데 보름달님이 기도 들어주셨다?"

민지가 기도를 하듯 두 손을 모았다.

"'손 쌤한테 이제 그만 혼나고 칭찬받게 해주세요.' 그랬더니 진짜 손 쌤한테 칭찬받았어. 나, 실습점수 되게 잘 나올 것 같애."

"그것 봐. 긍정적으로 생각하고, 기도하고 노력하면 이루어진다니까?"

"오늘은 어떤 기도를 해야 하는 거야?"

"오늘은 신월님이 모험심과 도전을 상징하는 사수자리에서 떠오르거든?"

"그러니까, 지난번처럼 어떻게 기도해야 하는지 알려줘."

"음, 저는 오늘부터 늦게 자는 습관을 고치고, 일찍 일어나겠습니다."

"으으, 그게 모험심이랑 도전이랑 무슨 상관이야. 다른 거 없어?"

민지가 얼굴을 찌푸리자 샛별이는 그런 민지가 귀엽다는 듯 활짝 웃었다.

"사수자리에 뜨는 신월님께 드리는 기도의 주제는……."

"잠깐, 잠깐!"

민지가 테이블 위에 펼쳐 놓은 노트를 가슴 앞으로 당기며 펜을 집어들었다. 민지가 메모를 시작하자 샛별이가 천천히 키워드를 불러주었다.

"확대, 발전, 기회, 성공, 희망, 해외, 전시, 출판, 그리고 '나는 소망이 이루어진다는 것을 믿습니다' 그런 거래."

"샛별이 넌 어떻게 기도할 건데? 예를 들어줘."

"음…… 사람들 얼굴을 사진으로 잘 찍고, 그들이 내가 찍어준 사진을 보며 아주 행복해하기를 기도합니다."

"그것보다 '사진 전시회를 열게 해주세요.' 그렇게 해 봐. 이번 기도 주제가 출판, 전시회라며?"

메모를 보며 민지가 말했다.

"나 같은 애가 무슨 사진 전시회를 해!"

샛별이의 눈이 동그래졌다.

"'저는 소망이 이루어진다는 것을 믿습니다!' 이렇게 긍정적인 마음으로 기도해야 한다며!"

"에이, 그래도 그건 좀 그렇지. 전시회라니……."

"내가 샛별이 너 대신 기도해줄게. 내가 대신 기도하고 선물해주면 되지."

"피이."

샛별이 어이없다는 듯 웃어보이고는 가방 속에서 카메라를 꺼냈다. 메모를 들여다보던 민지가 자못 심각한 표정이 돼서는 샛별이에게 물었다.

"그런데 샛별아! 기도 주제가 성공, 가능성, 희망이니까 '누구누구 앞에서 긴장하지 않고 자연스럽게, 귀엽게 행동하게 해주세요.' 뭐 이런 것도 될까?"

"그럼! 해도 되지."

대답을 하고서는 카메라를 만지작거리던 샛별이가 뒤늦게서야 눈치챘다는 듯 빙그레 웃으며 질문을 던졌다.

"너 좋아하는 사람 생겼구나?"

"아니야. 그냥 사람들 앞에서 긴장하는 내가 너무 바보 같아서 그래."

"아닌 것 같은데?"

"진짜야!"

두 소녀가 또 마주 보고 웃을 때, 출입문에 매달린 풍경이 울리며 준서가 들어섰다.

***

민지는 종산시내 경양식집 세실의 가장 인기 있는 창가 자리에 앉아 올해 들어 처음 내리는 눈을 바라보고 있었다.

'딸랑딸랑'

출입문에 매달린 풍경이 울리더니 검정색 더플코트를 입은 준서가 들어섰다.

사장님이 김이 오르는 물컵을 가져다주었다.

"안녕하세요."

"치즈 돈까스, 그리고 옛날 돈까스?"

사장님이 민지와 준서를 차례로 가리키며 물었다.

"네."

사장님이 쟁반을 들고 가고, 준서가 코트를 벗어 개키는 동안 두 아이는 말이 없었다.

준서가 찻잔을 두 손으로 감싸들고 따뜻한 물을 한 모금 마시자 그제서야 민지가 물었다.

"너는 알고 있었어? 샛별이가 아프다는 거?"

준서가 고개를 숙인 채 가로저었다.

"좀 위로가 되네……."

민지는 자신만 몰랐던 것은 아니라는 사실에 샛별이에 대한 서운함이 조금은 누그러졌다.

"현수 누나한테도 얘기 안 한 거야?"

"응. 언니도 전혀 몰랐대. 샛별이가 너한테 말 안 했으면 아무에게도 말하지 않았다는 거겠지."

민지의 말에 준서가 씁쓸하게 미소짓더니 창밖으로 시선을 던지며 대꾸했다.

"샛별이에 대해서 너나 현수 누나가 모르는 건, 나도 몰라."

준서의 시선을 따라 민지도 창밖을 보았지만 딱히 눈 내리는 풍경을 보기 위한 것은 아니었다.

"넌 소울메이트였잖아."

민지의 물음에 준서가 이번에도 허탈한 미소로 대답했다.

"소울메이트는 무슨……, 그러는 넌 베스트프렌드였잖아."

준서의 대꾸에 이번에는 민지가 피식 웃었다.

"소울메이트도 베스트프렌드도 다 우리끼리 얘긴 거지? 우리만 그렇게 생각했던 거지?"

민지는 준서에게 투정이라도 부리듯 샛별이에 대한 서운함을 내뱉었다.

"응. 그런 것 같아."

어른스러운 준서도 섭섭한 마음은 어쩔 수 없는 모양이었다. 예상과 다른 준서의 대답에 민지의 가슴속에서 알 수 없는 서러움이 폭발했다. 울컥 눈물이 솟을 것 같았지만 울음을 터뜨리고 나면 멈출 자신이 없었다.

시도 때도 없이 울던 민지에게 샛별이는 울음을 그치는 법을 알려주었다.

'눈을 크게 뜨고, 휘파람을 부는 것처럼 입을 오므린 다음 후우, 하고 숨을 내쉬는 거야.'

민지는 샛별이가 가르쳐 준 대로 눈을 크게 뜬 다음 '후우' 한숨을 몰아쉬고는 짐짓 아무렇지 않은 체하며 말했다.

"현수 언니가 다른 사람들이 알게 되면 홍 간호사님이 난처해지니까 아무한테도 이야기하지 말래. 샛별이 병 말야."

"내가 얘기할 데가 어디 있어."

"아무튼."

그때 사장님이 스프 접시를 쟁반에 담아 들고 와서는 두 사람 앞에 놓아주며 아는 체를 했다.

"매번 같이 오던 친구는 안 보이네? 근무하나보구나."

당황한 민지가 어정쩡하게 입을 벌린 채 미소로 얼버무렸다. 준서는 수저와 포크를 챙겨 냅킨 위에 올리며 애꿏은 입술만 깨물었다.

"병원은 3교대 근무라 같이 밥 먹기도 힘들지? 만나면 잠깐 여기

들르라고 해. 내가 뭐 줄게 있어서."

"……네."

사장님이 쟁반을 들고 주방쪽으로 사라지고 나서야 민지와 준서는 고개를 떨궜다.

샛별이가 세상을 떠난 걸 주변 사람들이 모두 알게 될 때까지 얼마나 많은 질문을 받게 될까. 생이별이나 사별을 경험해 본 고아라고 해서 이별이 수월한 것은 아니기에, 이별이 반복된다고 해서 덜 아픈 것은 아니기에, 샛별이의 안부를 묻는 질문들이 이어질 때마다 민지는 그녀의 부재를 되새겨야 한다는 사실이 말할 수 없이 버겁게 느껴졌다.

"샛별이 얘기를…… 전해야 할까?"

식어가는 수프 접시를 물끄러미 바라보던 민지가 물었다.

"아니. 하지 말자."

준서가 숟가락을 집어들며 대답했다.

샛별이의 부재를 일일이 알리지 않아도 사람들은 자연스럽게 알게 될 것이고, 그렇게 샛별이는 사람들에게서 천천히 잊혀질 것이다.

민지도 그 편이 덜 고통스럽다는 것에 동의하는 듯 고개를 끄덕이고는 숟가락을 집어들었다. 준서가 민지의 접시에 소금과 후추를 조금씩 뿌려주었다.

"현수 언니가 네 숙소에 남아 있는 샛별이 옷이랑 짐, 곧 치울 거래. 너무 바빠서 좀 늦는다고. 너 불편할까 봐 걱정하던데?"

"아니야. 천천히 해도 돼. 벽장이 두 개라 샛별이 짐은 한쪽에 모아

됐어. 난 벽장 하나만 써도 돼."

"그 문자메시지 때문에 바쁜가 봐."

수프를 뜨던 준서의 손이 멈칫했다.

"메시지 보낸 사람 누굴까?"

"글쎄……."

"샛별이 휴대전화를 갖고 있는 거겠지? 넌 짐작 가는 데 없어?"

준서는 말없이 접시에 담긴 수프를 떠먹기 시작했다.

***

천 팀장은 본관 지하 1층 보안팀 사무실에서 낡은 업무용 데스크톱 앞에 앉아 생각에 잠겨 있었다.

원우진은 원주희 이사장의 이복동생으로 그녀와 원 회장의 유산을 두고 경쟁하는 입장이었지만, 유능한 전문 유학생의 도움을 받아 미국 대학 졸업장이나 겨우 딴 원주희와는 그 수준부터가 달랐다. 원우진은 미국에서도 세 손가락 안에 꼽히는 명문 MBA 출신으로 원 회장의 기대와 신임을 받고 있었다. 따라서 원 회장의 후계자는 원우진이어야 마땅했고, 원주희는 보잘 것 없는 콩고물에도 감사해야 할 처지였다.

그러나 3년 전 가을, 미국 출장을 마치고 인천공항으로 입국하다 마약 밀반입 행위가 적발돼 구속되면서 원 회장에게 큰 실망을 안겼고, 재판 결과 징역 2년 6개월에 집행유예 4년이 확정됐다. 그 직후,

중독 치료와 세간의 이복을 피하기 위해 회사를 휴직하면서 원우진은 원주희에게 후계자 주도권을 빼앗기게 되었다.

그가 구속되던 당시, 세간에는 그 사건이 원주희의 계략이었다는 소문이 돌았다. 학업과 출장으로 시도 때도 없이 미국과 한국을 오가던 원우진이 꼭 그 시점에 맞춰 마약을 소지하고 있을 것이라는 사실은 최측근이 아니면 알 수 없는 일이었고, 사전에 누군가 그의 행적과 마약소지 사실을 세관에 제보했을 것이라는 소문이 중론이었다.

물론 공항 세관측에서 항공 화물을 스캔하던 중 우연히 적발했을 가능성도 있으나 소문이 도는 데에는 다 이유가 있는 법이었다. 원주희의 탐욕스럽고 교활한 성격은 그 가능성을 충분히 뒷받침하고도 남았다. 심지어 로열타운 직원들 사이에서는 원우진이 애초에 마약에 손을 댄 것도 원주희의 설계였다는 소문까지 돌았다.

만일 그게 사실이라면 그는 확실한 피해자이며, 당연히 피해의식을 느낄 만했다. 하지만 조카인 제니가 피해자라는 원우진의 말은 무슨 뜻일까.

이복동생인 그의 인생을 무너뜨리기 위해서는 그럴 수도 있다지만 자신의 딸을 그렇게까지 할 만한 이유가 있을까?

게다가 원우진은 샛별이가 LSD와 관련이 있음을 이미 알고 있는 듯했고, 샛별이 또한 피해자라고 단언했다. 그의 말대로라면 샛별이의 필름통에서 발견된 마약은 제니와 샛별이의 연결고리일 것이며, 제니와 샛별이가 모두 '피해자'라면 가해자는 당연히 원주희를 가리켰다.

'대체 원주희가 제니와 샛별이에게 무슨 짓을 했다는 걸까……?'

오랫동안 한 자세로 생각에 잠긴 통에 뻣뻣하게 경직된 어깨와 얼굴의 근육을 풀기 위해 천 팀장은 양손으로 얼굴을 힘껏 부볐다. 그리고는 의자를 당겨 책상에 바짝 다가갔다. 컴퓨터의 모니터에는 'LSD'에 관한 웹문서 페이지가 띄워져 있었다.

LSD의 약물 기전이나 화학식 등이 가득 담긴 문서들을 훑어보던 그의 눈에 복용 후의 신체 반응과 'LSD' 고유의 특징에 관한 설명이 들어왔다. 그가 찾고 있던 내용이었다.

> 향정신성의약품의 일종인 'LSD(리세르그산 디에틸아미드)'는 극미량으로도 엄청난 환각효과가 있다. 약물에 대한 의존성은 크지 않지만 환각에 빠져들면 정신적 의존이 커지기 때문에 위험성이 크다. 뇌를 엄청나게 자극하기 때문에 약쟁이들도 함부로 하지 않는다.
>
> ……
>
> 환각효과가 극심하다 보면 행동 통제가 안 되고, 자해나 자살을 시도할 수 있으며 뛰쳐나가 위험한 짓을 할 수도, 당할 수도 있기 때문에 여럿이 모여서 복용하되 한 두 명은 약을 하지 않고 복용자의 상태를 지켜본다. 또한 배드 트립(LSD 등에 의한 악몽 같은 환각 체험)을 경험하게 될 경우 현실로 끌어내 줄 사람이 필요하기 때문에 반드시 약을 하지 않고 지켜보는 조력자가 필요하다. 그래서 LSD를 '환각제의 끝판왕'이라 부르는 것이다.

그의 시선이 '조력자'에서 멈췄다.

'배드 트립'에 빠졌을 때 현실로 끌어내 줄 사람, 샛별이는 제니의 조력자 역할을 했을지도 모른다. 그렇다면 샛별이의 죄책감이나 외로움, 죽음에 관한 가장 많은 정보와 단서를 갖고 있는 사람은 아마도 제니일 것이다. 어쩌면 샛별이의 휴대전화를 가지고 있는 이도, 사람들에게 문자메시지를 발송한 것도 제니일 가능성이 컸다.

천 팀장은 마음이 급해졌다.

혹여라도 샛별이가 억울한 누명을 쓰게 될까 봐 묻어두었던, 샛별이의 필름통 속 LSD와 그것이 아마도 제니와 연관이 있을 거라는 사실, 그리고 원우진에게 들은 이야기와 자신의 예측들을 신현수에게 전해야 했다.

LSD에 대해 박 형사에게 알릴 것인가의 여부는 그녀가 판단할 일이었다. 그리고 원주희와의 관련성 같은 나머지 퍼즐 또한 그들의 몫이었다.

신현수에게 연락하기 위해 휴대전화를 들었을 때 마침 밤 10시 40분에 맞춰놓은 알람이 울렸다. 본관을 돌아봐야 할 시간인 데다 전화를 하기에도 너무 늦은 시간이었다. 더욱이 전화로 할 이야기가 아니었다.

그는 내일 오전, 경찰서 부근으로 찾아가겠다는 메시지를 현수에게 보내기 위해 문자메시지 창을 열었다. 그때, 미처 읽지 않은 문자메시지가 보였다. 무음으로 해둔 터라 인지하지 못했던 모양이었다. 발신자는 샛별이의 필름을 맡겼던 '행운사진관'이었다.

'아래 링크를 열고 가장 첫 번째 파일을 클릭하신 후 비밀번호를

입력하시면 다운 받으실 수 있습니다. 이메일로도 링크와 비밀번호를 보내드렸습니다.'

천 팀장은 메시지 내용 대로 링크에 접속해 이미지를 다운 받았다. 첫 번째 사진이 화면에 떠올랐다. 사진은 놀랍게도 샛별이가 '찍은' 사진이 아니라 샛별이가 '찍힌' 사진이었다.

전면이 유리 통창으로 된 건물 안쪽에서 유리창에 바짝 붙어서는 창밖을 바라보며 두 팔을 벌린 채 활짝 웃는 샛별이의 모습을 제니로 추정되는 여자아이가 유리 통창 바깥쪽에서 카메라로 촬영하는 모습이 담겨 있었다. 그러니까, 사진을 찍고 찍히는 두 소녀의 모습을 누군가 또 다른 카메라로 촬영한 사진이었다.

천 팀장은 사진 속 장소를 가늠하기 위해 액정 위에 두 손가락을 얹고는 줌인과 줌아웃을 반복했다.

뒷모습뿐인, 제니로 보이는 소녀는 하얀 털 소재의 후드재킷 차림이었고 샛별이는 초록색 가디건을 입고 있는 것으로 보아 최근 사진인 것 같았다. 촬영 시간은 노을질 무렵이었으며 통창 안쪽에 있는, 샛별이 등 너머로 흐릿하게 보이는 형체는 원 회장의 침상인 듯했다.

노을이 만들어낸 근사한 풍경 때문에 첫눈에는 낯설었지만 사진 속 그곳은 분명 본관 5층 원 회장의 병실 바깥쪽 테라스, 샛별이가 투신한 것으로 추정되는 바로 그 장소였다!

사진을 찬찬히 들여다보던 천 팀장은 이제서야 테라스를 향한 병실의 외벽이 '하프 미러'로 만들어져 있다는 것을 깨달았다. 하프 미러는 낮이면 내부에서 바깥 풍경을 볼 수 있지만 바깥쪽에서는 안이 보이지 않은 채 유리창이 거울 역할을 하고, 밤이 되면서 내부에 불을 밝히면 역으로 안에서는 바깥 풍경이 보이지 않고 외부에서는 안쪽이 들여다보이는 유리 마감재였다. 새가 날아와 부딪치는 등의 자연교란을 방지하기 위해 평소에는 슬라이드 형태로 작동하는 세로 문살 패널로 통창을 가려두었기 때문에 천 팀장으로서는 처음보는 광경일 수밖에 없었던 것이었다.

하지만 두 소녀는 하프 미러가 만들어내는 특별한 광경을 이미 잘 알고 있다는 듯 그 공간과 시간을 즐기고 있었다. 낮과 밤에는 한 방향으로만 볼 수 있지만, 노을이 지는 그 순간에는 안팎이 비슷한 명암을 가져 동시에 서로를 들여다 볼 수 있었다. 샛별이와 제니는 그 순간을 기다렸다가 세로 문살 패널을 열어 젖히고는 서로의 모습을 사진에 담은 것이다.

사진은 많은 정보를 담고 있었다.

비록 제니의 표정은 보이지 않았지만 샛별이의 환한 미소로 미루어 짐작건대 두 소녀는 아주 친밀한 사이였을 것이다. 또한, 테라스를 마음대로 드나들며 원하는 시간에 맞춰 슬라이드 패널을 작동시키고는 사진을 찍으며 놀 만큼 그들에게는 그 장소가 익숙했을 것이다. 그리고 이 사진을 찍은 사람 역시 소녀들과 함께 거리낌 없이 이 공간을 드나들었을 것이다.

원 회장이 쓰러지기 전에는 그의 허락 없이 누구도 출입할 수 없었딘 곳이었고, 그가 쓰러지고 난 후에도 주기적으로 청소를 하는 컨시어지팀 외에는 출입하는 사람이 없었던 테라스에 소녀들과 함께 있었던 그는 누구일까? 샛별이가 직접 구매한 필름을 장착한 샛별이의 카메라로 이 사진을 촬영한 그 사람은 과연 누구일까?

사진을 자세히 들여다보자 우측 구석으로 통창에 어른거리는 그 사람의 실루엣이 보였다. 사진을 찍는 포즈인지라 당연히 얼굴을 가리고 있었고, 실루엣마저 누구인지 알아보기 어려웠지만 머리 부분이 동그란 것으로 보아 비니 같은 모자를 쓰고 있다는 것은 분명해 보였다.

천 팀장은 다시 컴퓨터 앞에 앉아 이메일을 열고는 전체 파일을 다운 받기 시작했다. 혹시 다른 사진들 속에서 그 사람의 정체를 확인할 수 있을지도 모를 일이었다.

***

12월이니 밤시간의 혹독한 추위는 당연했지만, 오후부터 영하로 곤두박질 친 기온은 세상을 완전히 얼려버릴 듯한 기세였다.

현수는 서울 강북의 한 빌라 앞에서 두 시간 째 샛별이 외할머니의 귀가를 기다리고 있었다. 다행히 빌라 앞에는 편의점이 있었고, 편의점 사장님 덕분에 두 시간 동안 추위와 사투해야 하는 고난은 피할 수 있었다.

손목 시계를 보니 밤 10시 45분. 시간이 없다며 약속을 잡아주지도 않고, 밤 열한 시에나 집에 돌아온다며 전화를 끊어버린 샛별이 외할머니는 아직 귀가 전이었다. 유족 조서에 적힌 집주소가 없었다면 그나마 이렇게 집 앞에서 기다릴 수도 없었을 것이다.

하필 휴대전화의 배터리가 방전돼 어렵게 구한 일회용 충전기로 충전 중인 휴대전화는 꺼둔 상태였기에 괜스레 초조함이 더해졌다.

그때, 골목 끝에서 올라오는 택시 한 대가 보였다. 택시는 빌라 앞에 멈췄다. 의자에서 일어난 현수는 얼른 커피잔을 쓰레기통에 버리고는 편의점 문을 박차고 뛰쳐나갔다.

택시에서 내린 사람은 예상대로 샛별이 외할머니였다.

"전화드렸던 신현숩니다."

빌라 공동현관에 키를 갖다 대는 그녀에게 현수가 말을 건넸다.

돌아서서 현수의 얼굴을 확인한 그녀가 귀찮다는 표정을 감추지 않은 채 대꾸했다.

"정말 끈질기네요."

"잠깐이면 됩니다. 큰길로 조금만 나가면 24시간 카페가 있던데요. 그쪽으로……."

현수의 말이 끝나기도 전에 그녀가 현관문을 열어젖히며 말했다.

"들어오세요."

"괜찮은데……."

"내가 피곤해서 그래요. 여자분이고 경찰인 것 아니까 들어오세요."

그녀가 잠시 안방에 들어간 사이 거실에 앉아 있던 현수의 마음이 더 복잡해졌다. 평범한 신축 빌라로 보이는 외관에 비해 내부는 상당히 고급스러웠다.

편의점 사장님과 대화를 나눌 때, 3층에 거주하는 할머니를 만나러 왔다고 하자 3층 거주자가 빌라 주인이라고 했을 때만 해도 오해거나 착각일 거라고 생각했으나 집안의 집기들을 보니 빌라 한 채쯤 소유할 법한 재력이 맞는 듯했다.

"뭐 더 조사할 게 남았나요?"

그녀가 방에서 나와 소파에 앉으며 다짜고짜 물었다.

"샛별이 영결식 날, 샛별이가 보낸 문자가 도착했어요."

"샛별이가 보낸 문자라니, 그게 무슨……."

그녀가 충격을 받은 듯 놀란 표정으로 눈을 크게 뜨더니 되물었다.

"그 일로 추가 조사를 하고 있습니다."

"나는…… 못 받았어요."

"네, 알고 있습니다. 수신자 목록에 없으시더라구요."

"누가 장난한 건가요?"

"아직은 밝혀진 게 없습니다. 그보다 샛별이에게 지병이 있었던 거 알고 계셨나요?"

"지병요?"

"네. 유전병을 앓고 있었던 것 같아서요. 혹시 샛별이 아버지에게 유전병이 있었나요?"

"그걸 내가 어떻게 알겠어요."

"샛별이 어머니는 언제쯤 돌아가셨나요?"

"샛별이 세 살 때요."

"어머니는 지병이 없었나요?"

"없었어요."

"그럼 돌아가신 이유는요?"

"그게 지금, 중요한 건가요?"

"샛별이에게는 중요한 일일 수도 있어요. 아시는 걸 솔직하게 말씀해 주셨으면 해요."

샛별이의 문자 이야기에 당황했던 표정은 사라지고, 그녀의 얼굴에 조금씩 능청스런 미소가 번졌다. 현수는 속내를 가늠할 수 없는 그녀의 표정에 오싹함마저 느꼈다.

"내가 알고 있는 것만으로는 신현수 씨가 궁금해 하는 걸 다 해소시켜 줄 수는 없을 것 같은데……. 개인적으로 궁금한 거예요? 아니면 경찰로서 궁금한 거예요?"

"당연히 경찰로서 궁금한 겁니다."

"그럼 뭐 더더욱이나 나보다는 그쪽한테 들어야겠네."

"그쪽요?"

"샛별이랑 같은 보육원 출신이라고 했죠?"

"네."

"그럼, 그 여자한테 물어보세요. 보육원 지 원장 말예요, 지영옥 원장."

그녀의 입에서 뜻밖의 이름이 튀어나왔다.

"원장님한테 물어보라는 게 무슨 뜻이죠?"

"샛별이 아버지가 누군지, 샛별이 아버지한테 어떤 유전병이 있었는지, 샛별이 엄마가 왜 죽었는지, 샛별이는 왜 보육원에서 자랐는지, 샛별이는 왜 조무사가 됐고 로열타운에 들어왔는지. 그 사람은 다 알죠, 그것뿐인가요?"

"잠깐만요. 가족도 아닌 지 원장님이 어떻게 샛별이 부모님에 대해서 더 잘 안다는 거죠?"

"나보다 훨씬 더 많이 알고 있죠. 아마 신현수 씨가 궁금해 하는 것보다 훨씬 더 많은 비밀을 알고 있을걸요? 비밀을 만드는 데 가담하기도 했고, 아니, 가담이 아니라 본인이 직접 일을 꾸민 것도 있죠."

"자꾸 무슨 말씀을 하시는 거예요?"

"지 원장한테 직접 들으세요."

믿을 수 없는 이야기에 미간을 잔뜩 찡그린 채 얼어붙어 있는 현수를 향해 그녀가 못을 박듯 말했다.

"많이 놀랐나 본데 내가 샛별이도 없는 마당에 이제 와서 뭐하러 거짓말을 하겠어요. 지 원장이 보육원 하면서 좋은 일 많이 했다고들 하던데 사람이 살면서 좋은 일만 할 수 있나요? 보육원 살림답시고 젖먹이들 데려다 돈벌이도 하고, 자기 잇속도 챙기고, 다 그런 거죠. 모른다고 발뺌하면 내가 그러더라고 하세요. 당신이 모든 것을 알고 있다는 걸, 내가 알고 있다고."

23

밤 11시 40분.

본관 5층 병동을 마지막으로 순찰을 마치고 내려오던 천 팀장은 계단 통로에 설치된 CCTV를 쳐다보다 걸음을 멈췄다. 잠시 생각에 잠겼던 그는 곧장 지하 1층으로 내려가지 않고 1층 로비로 나와 서쪽 출입구를 향했다. 그 앞에 멈춰 선 그는 등 뒤쪽 천장의 CCTV를 쳐다보며 생각의 실마리를 이어보았다.

잠시 후, 그의 입에서 탄식인지 한숨인지 모를 신음이 새어나왔다.

조 간호사의 요청으로 샛별이의 행방을 찾던 그 날 아침에 확인한 CCTV 속 여성이, 샛별이의 시신이 발견된 이후 재차 확인한 CCTV 에서 사라진 이유를 이제야 알 것 같았다.

그날 아침에 본 CCTV 속 '코트를 입은 뒷모습의 여성'은 샛별이가 아니라 제니였던 것이다! 헤어스타일이나 체구, 키가 비슷하고 그 이른 시간에 정문이 아닌 서쪽 출구를 이용할 사람은 샛별이밖에 없다고 생각한 탓에 그 뒷모습이 제니라고는 상상하지 못했던 것이다.

샛별이의 전화기를 갖고 있는 사람이 보낸 '나는 죽지 않았어요.'라는 문자 또한 발신자의 입장을 상상해 보면 '샛별이의 죽음에 대해 본인 역시 잘 모르지만 문제를 일으키고 싶은 마음, 누군가 갖고 있는 비밀이 파헤쳐지기를 바라는 의도'일 것이다. 그렇다면 그 역시 제니일 가능성이 가장 높아 보였다.

문제는 제니가 찍힌 CCTV 기록이 이틀 후, 아무 흔적도 없는 화면으로 달라져 있었다는 점이다. 그것은 그 사이 누군가 제니의 모습을 지웠다는 것을 의미했고, 만일 그게 사실이라면 그날 밤, 그러니까 샛별이가 죽음을 맞은 시간에 제니가 프리미엄 세대, 자신의 거주지가 아닌 본관 5층에 있었다는 뜻이며 제니가 샛별이의 죽음에 관한 어떤 중요한 정보 –휴대전화를 포함해– 를 갖고 있을 수도 있다는 의미였다.

그렇다면 CCTV를 조작한 사람은 누구일까?

분명 샛별이의 죽음에 제니가 연관된 것을 감추려는 의도였을 것이다. 그것이 제니를 보호하기 위해서가 아니라 제니로 인해 사건의 숨겨진 비밀이 드러나는 것을 막으려는 의도일 가능성이 컸다.

게다가 CCTV가 조작됐다면 본관의 CCTV 기록은 전혀 믿을 것이 못 되며 총무팀장이 직접 경찰에 전달했다는, 샛별이가 새벽에 테라스로 나가는 장면이 찍혔다는 CCTV 영상 또한 조작됐을 가능성이 있었다.

우선은 방재실의 CCTV 영상들을 다시 확인하고, 박 형사에게 알려야 했다. 천 팀장이 지하 1층 방재실로 황급히 달려갔다.

"팀장님이 이 시간에 웬일이세요?"

방재실에 들어서자 입사 3년 차인 석 대리가 긴 의자에 누워 있다 벌떡 일어났다.

"아, 제가 좀 피곤해서……."

"그냥 쉬어요. CCTV 확인해 볼 게 있어서 잠깐 들렀어. 이 PC 사용해도 될까?"

천 팀장이 문가에 있는 공용 PC를 가리켰다. 그러자 석 대리가 자신의 책상을 정돈하며 의자를 가리켰다.

"아뇨, 제 것 쓰세요. 보안프로그램 문제 때문에 컴퓨터 세 대만 관리자 아이디로 접속하게 했거든요. 접속돼 있어요. 이걸로 쓰세요."

얼마 전 원우진의 영결식 참석 여부를 확인하려 했을 때 접속 불가였던 이유를 이제야 알 것 같았다.

"그럼 일반 직원들 아이디로는 접근을 못 한다는 건가?"

"네. 지금 인력도 없는데 문제 생길 때마다 수리할 수가 없어서 세 대만 사용하고 있어요."

그가 손가락으로 차례대로 컴퓨터를 가리키며 대답했다.

"안색이 안 좋은데 당직을 바꾸지 그랬어?"

"아시잖아요, 저희 팀 인력 없어서 교대근무도 겨우 하고 있어요.

참, 황 주임님은 아래 휴게실에서 잠깐 쉬다 오시겠다고 하셨어요.
황 주임님도 사흘 연속으로 주야 당직 중이거든요."

"고생들이 많네. 알았어. 좀 쉬어요."

천 팀장은 로그인 돼 있는 석 대리의 컴퓨터로 CCTV 녹화분을 검색하기 시작했다. 샛별이가 사라진 날 아침의 본관 1층 CCTV를 다시 돌려보기 위해 날짜를 클릭했지만 어떤 시간대의 영상도 남아 있지 않았다. 다시 시도했지만 파일은 텅 비어 있었다. CCTV보관 기일은 최소한 2개월이었다.

"석 대리! CCTV는 60일 보관이 원칙 아닌가? 한 달 전 영상이 남아 있지 않은데 어떻게 된 거지?"

"아, 그게."

그가 긴 의자에서 다시 일어나 천 팀장에게 다가왔다.

"이번 달부터는 그대로 보실 수 있구요. 그 이전 영상은 얼마 전에 보안프로그램 다시 깐다고 다 지웠어요. 물론 백업은 해뒀어요. 한 달 전 거 찾으시는 거예요?"

석 대리가 선 채로 마우스를 움직여 백업 폴더를 열었다. 백업 폴더에도 암호가 걸려 있었다.

"여기서 날짜 장소 찾아보시면 돼요."

엄청난 분량이었지만 건물, 층, 구역, 장소, 시간별로 잘 분류돼 있었다.

"고마워."

해당 날짜의 폴더를 열고 해당 구역의 새벽 5시 시간대 파일을 클릭하려는 순간, 같은 이름의 파일이 나란히 있는 것을 발견했다. 자세히 살펴보니 파일명의 시작이 같을 뿐 마지막 한 글자만 다르게 붙인 파일이었다. 순간, 그는 조작된 영상이 나란히 저장돼 있음을 직감했다. 첫 번째 파일에서는 역시나 누구도 나타나지 않았다. 하지만 두 번째 영상은 그가 사건 당일에 봤던 그 영상이었다. 코트를 입은 제니의 뒷모습이 선명하게 나타났다. 어떤 이유에서 조작된 영상까지 남겨놓았는지는 알 수 없으나 지금 중요한 것은 영상을 복사하는 일이었다.

파일을 이메일로 보내기 위해 인터넷을 열었으나 인터넷 접속이 되지 않았다. 업무시간에만 인터넷을 연결하는 모양이었다.

그때, 모니터 옆 문구류를 담아놓는 바구니 속에 손가락만 한 usb 대여섯 개가 보였다. 다행히 석 대리는 완전히 등을 돌리고 앉아 휴대전화로 드라마를 보고 있었다.

천 팀장은 usb 한 개를 집어 몰래 본체 단자에 연결했다. 운 좋게도 보안프로그램이 깔린 컴퓨터에서도 사용할 수 있도록 등록이 돼 있는 usb였다. 백업된 영상파일은 용량을 압축했는지 금세 usb로 옮겨졌다.

그는 백업 파일의 '본관' 폴더에서 다른 파일들과는 달리 장소와 구역을 알 수 없는 'R'과 'S'로 표기된 폴더를 발견하고는 그 중 'S'를 열어보았다. 폴더 속 파일 중 하나를 누르자 5층 VIP 병동에서 테라스로 가는 복도가 등장했다. 방재팀이 아닌, 총무팀에서 관리하는 CCTV의 영상이었다! 혹시 이 폴더 속 영상들 중 그날의 진짜 기록이 들어있을지도 모른다고 생각하자 그의 마음이 급해졌다.

천 팀장은 얼른 파일을 닫고는 'R'과 'S' 폴더의 파일을 usb로 옮겼다. 파일 이동을 알리는 바가 검게 채워지는 데에는 3분 여밖에 걸리지 않았지만 그에게는 세 시간보다 길게 느껴졌다.

다행히 석 대리는 아무것도 눈치채지 못했고, 천 팀장은 usb를 뽑아 주머니에 넣고는 방재팀 사무실을 나섰다.

보안팀 사무실에 들러 개인용 노트북을 챙긴 후 사무실을 나서던 천 팀장은 복도를 울리는 기계소음에 깜짝 놀랐다. 지하 2층과 지하 1층은 수장고가 있는 공간이어서 24시간 방재, 항온, 방습 시스템이 작동되지만 이 정도의 소음이 발생하진 않는다.

천 팀장은 소음이 들려오는 복도 반대편으로 걸어갔다. 가까워지는 걸음만큼 커지던 소음은 점점 잦아드는 듯했지만 완전히 멈춘 것은 아니었다.

그는 보안팀장으로서 그냥 지나칠 수 없다는 생각에 계단을 내려갔다. 소리의 진원지는 지하 2층 전기실 옆의 10여 평 정도 되는 창고였다. 닫힌 문틈으로 희미하게 빛이 새나오고 있었다.

숨을 고른 천 팀장은 문고리를 돌려 문을 열었다. 크고 작은 스탠드들이 밝히고 있는 창고 안에는 커다란 기계 덩어리들이 번쩍거리며 요란한 소리를 내고 있었다. 예상치 못한 광경에 잠시 어리둥절했으나 그는 이내 그 기계들이 가상화폐 채굴기임을 알아챘다. 외부로 난 창 앞에 대형 환풍기까지 설치한 것을 보니 꽤 공들여 마련한 설비인 것 같았다.

그때, 기계들 사이에서 누군가 몸을 일으켰다. 내부를 살피기 위해 한걸음 창고 안으로 들어서던 천 팀장은 숨을 새도 없이 그와 얼굴이 마주쳤다. 스탠드 불빛의 각도 때문에 그와 상대방은 서로를 한눈에 알아보았다. 그는 방재실 직원 황일근 주임이었다.

"이게 다 뭐지?"

황 주임은 아주 잠깐 놀란 표정이었지만 헛기침을 하더니 피식 웃었다. 그 잠깐 동안에 어떻게 대답을 할 것인지 호흡을 고르는 것 같았다.

"이게 가상화폐 채굴기라는 건데요. 팀장님도 아시죠? 전에 여기서 일하던 노 주임 대박나서 나간 거. 이게 그거 채굴하는 거예요."

"이게 왜 여기 설치돼 있는지 묻는 거잖아 지금."

"집에 설치하면 전기료 많이 들잖아요."

우직하고 순박했던 얼굴은 사라지고, 말투 또한 전혀 다른 사람인 것마냥 불량스러웠다.

"이건 엄연한 도둑질이야!"

"이거 오십 대 돌려 봐야 전기료 한 달에 삼사 백밖에 안 나와요. 로열타운에서는 티도 안 나는 돈이죠."

그는 뻔뻔함을 감추지 않았다.

"천 팀장님도 여기 머슴질 하느라 고생이 많으신데 입 다물어주시면 제가 다섯 대쯤 지분 드릴게요."

황 주임이 그를 놀리듯 말했다.

"그럴 생각 없어."

"그럼, 입 다무세요."

"뭐?"

"입 다무시라구요. 제가 입 다무시라고 할 때에는 다 그럴 만한 이유가 있지 않을까요?"

능글거리던 그의 표정이 무섭게 변했다.

"한 달 안에 여기 있는 것들 조용히 치우면 영원히 묻어두지."

"저기, 천 팀장님. 이거 부탁하는 거 아니고, 경고하는 거거든요? 팀장님이 여기 온 거, 내가 모르는 척 눈감아 줄 테니까 입 다무세요. 상황 복잡하게 만들지 마시구요."

황 주임은 아무 일도 없었다는 듯 느긋한 얼굴을 하며 창고 밖으로 나갔다.

말 그대로 적반하장이었다.

그의 자신감은 분명 이유가 있을 것이다. 오십 대나 되는 가상화폐 채굴기의 운용이 드러나도 두려울 게 없다는 저 자신감은 총무팀장 정도의 믿는 구석이 있어야 가능한 것이었다. 그리고 그것은 그 존재에게 그에 상응하는 댓가를 치르고 있다는 의미일 것이다. 아까 자신에게 제안했던 가상화폐의 일성 지분이라든지 혹은 CCTV 조작 같은.

천 팀장은 본관을 나와 숙소동으로 향하며 갑자기 지독한 오한을 느꼈다. 한 사람의 순박했던 얼굴이 순식간에 탐욕으로 일그러지는 모습은 그에게 말로 표현하기 어려운 공포심을 안겨주었다.

몇 시간 사이에 감당하기 어려운 일들이 연달아 일어나 피로감이 이루 말할 수 없었지만 정신은 점점 또렷해졌다. 그는 빨리 숙소로 돌아가 다른 영상들을 확인하고, 날이 밝는 대로 박 형사에게 자신이 품고 있는 모든 의문과 증거들을 전달해야겠다고 마음먹었다.

24

아침부터 박 형사의 표정이 일그러져 있었다. 보안팀장이 찾아온다고 한 시각은 9시였고, 이제 30분이 지났을 뿐인데도 그는 어쩐 일인지 매우 초조한 기색이었다.

"아무래도 느낌이 좋지 않아. 왜 전화를 받지 않는 거지?"

"조 간호사님께 연락을 드려볼까요? 내선번호로 연락을 취해보거나……."

"아니야, 조금만 더 기다려 보자구."

말은 그렇게 하면서도 박 형사는 다시 손목시계를 들여다보았다.

"어제 서울 갔던 건 어떻게 됐어?"

"그게……."

현수는 지영옥 원장에게 따져물어야 하는 이 복잡한 상황을 박 형사에게 미리 알리고 싶지 않았다. 샛별이 외할머니의 이야기가 모두 맞는 건 아니라도, 최소한 샛별이에 대한 어떤 비밀을 시 원장이 알고 있을 거라는 생각에 그렇잖아도 오늘 저녁 보육원으로 찾아가 볼 생각이었다. 박 형사에게는 그 이후에 이야기를 하더라도 늦지 않을 것이다.

"그분은 샛별이에 대해서 더는 아는 게 없다고 하시더라구요."

박 형사가 한숨을 내쉬었다.

현재로서는 원우진과 원제니가 휴대전화를 갖고 있을 것으로 추정됐으나 두 사람에 대해서 더 조사할 방법이 없었다. 원우진의 마약관련 처벌 내용은 언론 보도만으로도 파악할 수 있었으나 두 사람 모두 미국 유학생활을 한 터라 친구관계든 사회생활이든 더 이상의 조사가 불가능했다. 이런 상황에서 오늘 새벽 천 팀장이 보낸 문자메시지는 분명 새로운 돌파구였다.

'제니와 CCTV에 대해서 중요한 정보가 있습니다. 아침 9시까지 제가 경찰서로 가겠습니다.'

새벽 1시 10분에 도착한 문자메시지를 새벽 2시 30분에야 확인했다. 뭔가 중요한 정보임을 예감하고는 바로 전화를 걸었으나 그 이후 지금까지 천 팀장은 전화를 받지 않는 상태였다.

박 형사는 천 팀장이 보낸 문자메시지를 다시 열어보았다. 그때 책상 위의 전화벨이 울렸다.

"박기훈입니다."

수화기 속 상대의 이야기를 듣는 그의 표정이 점점 어두워졌다. 현수는 천 팀장과 관련된 전화임을 직감했다. 박 형사가 한 손으로 책상 위의 자동차 키와 휴대전화를 챙기며 현수를 쳐다보았다.

"10분이면 도착합니다. 현장보존 잘하라고 해주세요."

박 형사가 수화기를 내려놓음과 동시에 두 사람은 사무실을 뛰쳐나갔다.

***

천 팀장의 시신은 숙소 침대 위에서 컨시어지팀 청소담당자에 의해 발견됐다.

"숙소동은 매주 목요일 아침에 청소를 해요. 보통 직원들이 8시면 아침식사를 하러 가거나 출근을 하기 때문에 벨을 누른 다음에 인기척이 없으면 숙소동 관리실에서 받아온 카드키로 문을 열어요. 오늘도 평소대로 안에서 기척이 없길래 바로 카드키로 문을 열었어요. 안에 이렇게 계시리라고는 전혀 생각도 못 했죠."

현관 입구에서 신발을 벗고 한 걸음 들어서야 비로소 방 안이 보이는 구조였지만 거의 정면으로 보이는 시신의 기괴한 모습에 놀란 청소남낭자는 그대로 뛰쳐나가 관리실에 신고를 했고, 이어 관리실 직원이 확인한 후 곧장 경찰에 신고를 했기에 현장은 잘 보존돼 있었다.

과학수사요원 두 사람이 현장 증거를 채취하고 촬영을 하는 동안, 박 형사는 시신의 상태를 살펴보았다.

속옷만 걸친 시신은 두 팔이 무릎 뒤쪽에서 완강기에 사용되는 밧줄로 매듭지어 있었고, 얼굴에는 검은 비닐봉투가 씌워져 있었으며 목은 마찬가지로 완강기의 밧줄로 매듭지어진 채 침대헤드의 파이프 부분에 묶여 있었다. 묶인 팔 때문에 시신은 앉은 형태도 아니고, 완전히 누운 것도 아닌 어정쩡한 모습이었다. 박 형사는 무릎 뒤로 묶여 있는 손목의 매듭을 유심히 살펴 보았다.

"이상하죠?"

목 부분의 매듭과 등 부분의 시반을 살펴보며 사진을 촬영하던 과학수사요원이 박 형사에게 나지막히 속삭였다.

"이것도 묶여서 생긴 자국인가요?"

박 형사가 팔의 매듭자국 위쪽으로 보이는 보랏빛 기다란 멍을 가리켰다.

"네. 아주 세게 묶었다는 건데 자살이라면 팔을 여러 차례 복잡하게 감을 수야 있겠지만 굳이 피멍이 들도록 묶을 필요는 없죠. 쉽게 안 풀리는 게 목적이지 묶는 것 자체로 고통을 받을 필요는 없으니까."

"이 매듭은 스스로 묶을 수 있는 매듭인가요?"

"그건 정밀감식 하면 금방 나와요. 그보다 여기 시반 보세요. 자살이라면 허리 아래와 엉덩이 밑으로 쭈욱 시체얼룩이 생겨야 하는데 등쪽에 시반이 생겼잖아요."

"누운 상태에서 이미 사망한 거군요."

"그렇죠."

"타살이라면 목을 조르고……."

과학수사요원이 한쪽 팔을 들어올리고 다른 손으로 팔을 가슴 앞으로 잡아당겨 보였다.

"경동맥 압박?"

"맞아요. 설골도 부러진 것 같고, 주변에 출혈도 보이는 걸로 봐서는 양쪽 경동맥을 눌러서 피해자가 정신을 잃고 쓰러진 다음 일단 팔을 묶어 제압했을 겁니다. 그 다음에 피해자가 깨어나지 않았으면 그냥 죽도록 방치했을 테고, 아니면 작정하고 죽여야겠다 결심하고 다시 목을 졸랐을 거구요."

타살이라면 샛별이의 죽음과 연관이 있을 것이다. 천 팀장이 뭔가 의미 있는 정보를 경찰에 제공하려 한다는 것을 눈치챈 자가 그를 죽였을 것이다. 그렇지 않고서야 먼저 경찰서로 찾아오겠다고 연락한 그가 서너 시간 사이에 살해를 당할 이유가 없지 않은가.

"'자기색정사'로 위장하려고 노력 깨나 한 것 같은데, 어설폈네."

샛별이의 죽음을 해명하지 못한 것이 결국 또 한 사람의 생명을 잃게 한 것만 같아 박 형사는 마음이 착잡했다. 더욱이 흉한 모습으로 생을 마친 그의 마지막 모습이 애처로워 그는 고개를 숙이고 천천히 감정을 추스렸다.

"경위님!"

천 팀장의 소지품 등을 수색해 증거가 될 만한 것들을 챙기던 현수가 하얗게 질린 얼굴로 박 형사에게 다가왔다. 장갑을 낀 현수의 손에 필름통과 종이마약이 들려 있었다.

"이거 실습 때 본 적이 있는데."

종이마약을 노려보던 박 형사가 별일 아니라는 듯 피식 웃었다.

"잘 챙겨. 그건 부검에서 마약 성분이 검출되는지 보면 될 일이고."

"네."

"신현수! 잘 들어. 살인은 초기에 잡지 못하면 범인 못 잡아. 이건 살인사건이야."

***

장광무 총무팀장은 사무실 의자에 앉아 창밖을 보고 있었다. 사무실 한가운데에 자리한 접대용 소파에는 황 주임이 초조한 얼굴로 앉아 있었다.

"보험까지 들어놓고 날 협박했으면 일을 제대로 처리했어야지."

장 팀장이 느긋한 목소리로 조롱하듯 말하자 황 주임이 반박했다.

"무려 한 달치 CCTV 영상, 모두 복제본 만들어서 작업해 놨습니다. 포렌식 아무리 해봐야 시스템 에러 때문에 날짜가 몽땅 잘못 기록됐다! 중복됐다! 그렇게 주장하면 경찰은 제가 영상 바꾼 거 절대 알아챌 수가 없어요!"

"그나마 다행이네."

장 팀장이 의자를 돌려 책상 위에 팔을 얹고는 황 주임을 똑바로 쳐다보며 빈정거렸다.

"그런데 천 팀장 일은 어쩌나. 담당 형사가 아주 부지런한 모양이야. 부검도 긴급으로 신청했다는군. 하루 이틀이면 결과가 나온다는데 황 주임이 많이 어려워지겠어."

"팀장님! 남 일인 것처럼 말씀하시면 안 되죠."

"남 일이라고 생각 안 하니까!"

장 팀장이 무섭게 노려보며 큰 소리로 황 주임의 기세를 꺾었다.

"내가 이렇게 저 살 궁리로 날 피곤하게 만든 자네를 도와주고 있는 게 아닌가."

"그렇게 맥없이 숨통이 끊어질 줄 몰랐습니다."

황 주임이 고개를 떨구었다.

"그랬겠지. 그래서 내가 자네를 한 번 더 도와주려고 하는데."

황 주임이 얼른 고개를 들었다.

"코인 채굴기 다섯 대 정도 어디 구석에 설치한 다음 자수를 해. 채굴기 굴리느라 전기 몰래 쓰다가 천 팀장한테 들켰는데 상부에 보고한다고 해서 겁이 났다, 회사 짤리고 배상금 수천만 원 토해낼 게 무서워 제발 한 번만 봐달라고 했는데 천 팀장이 몰아붙여서 몸싸움이 일어났고, 실수로 죽였다."

"그걸 믿어줄까요?"

"경찰 따위가 믿고 말고가 뭐가 중요해. 법정에서 판사가 믿게 하는 게 중요하지. 변호사가 애쓰면 우발적인 범행에 과실치사 나올 수 있어. 그러면 길어야 10년이야."

"10년……."

황 주임이 막막한 듯 한숨을 토했다.

"홀어머니를 모시고 있다고 했지? 여기 일반세대에 입주하시고, 자네 나올 때까지 무상으로 지내시도록 해주지. 그리고, 지하실 채굴기 자네 지분이 지금 열 대쯤 되나?"

"네."

"지분 스무 대. 그것도 자네 들어가 있는 동안 위탁 운용해 주는 걸로. 수익금은 매달 입금해 주도록 하지."

"팀장님!"

황 주임이 믿기지 않는다는 표정으로 그를 쳐다보았다.

"변호사 제공, 일반세대 무상 거주 10년, 채굴기 스무 대. 그 정도면 자네가 천 팀장을 안고 가는 데 대한 보상으로 충분하지 않나?"

"그렇게만 해주신다면야……."

"단, 천 팀장 건이든 CCTV 건이든 더 이상 경찰에서 언급하지 않도록 깔끔하게 마무리해야 해. 그게 조건이야."

25

  사건이 일어난 지 24시간 만에 긴급 부검신청과 압수한 CCTV의 영상분석, 컴퓨터에 대한 디지털포렌식 신청 등의 업무를 일사천리로 처리한 박 형사는 현수와 함께 종산시에 이웃한 한주시 외곽의 한 전원주택으로 향했다. 그곳에서 만나기로 한 '양동식'이라는 인물은 천 팀장의 통신자료 조회결과 최근 6개월간의 통화기록에서 현 직장 동료가 아닌 사람 중 유일하게 연락한 인물로, 60대 중반의 은퇴한 경찰이자 천 팀장의 옛 직장 동료였으며, 천 팀장의 주변을 조사하는 데 있어서 꼭 만나봐야 할 참고인이었다.

  "로열타운이 멀지 않으니 1년에 두세 번은 만났지. 이쪽으로 들어와요."
  박 형사와 현수는 그를 따라 화목난로가 설치된 별채에 들어섰다.

난로의 온기 덕분에 온실에 들어온 것마냥 훈훈했다. 세 사람은 난롯가에 놓인 의자에 앉았다.

"로열타운에 대해서 살기 좋은 곳이라는 이야기는 간혹 했지만, 업무와 관련된 이야기는 전혀 하지 않았어요."

"최근에 만나신 건 언제였나요?"

"여름 휴가 때 고향에 다녀오다 들렀어요. 부모님 산소가 있어서 휴가 때마다 꼭 가거든요."

"뭐 특별한 점은 못 느끼셨나요?"

"은퇴하면 어디서 살아야 하나 뭐 그런 얘기도 하고, 그 친구도 나이를 먹은 건지 옛날 얘기를 하더라구요. 그 친구 경찰 인생 꼬이게 한 사건이라 서로 언급 안 했는데 이십몇 년 만에 처음으로."

"어떤 내용이었는지 말씀해주실 수 있나요?"

잠시 생각에 잠겼던 양동식이 천천히 말문을 열었다.

"천 형사가 경찰을 그만둔 건 뭘 잘못했거나 무능해서는 아니었어요. 그랬다면 보험회사에서 그렇게 인정받지 못했겠죠. 다만, 경찰로 살기에는 너무 감성적이랄까? 여리다고 해야 할까……. 그때가 내가 40대 중반이었으니까 그 친구는 30대 중후반이었을 거예요. 여기 한 주 시내에 살던, 일곱 살쯤 된 남자애가 급사했는데 몸에 상처가 너무 많더래요. 엄마 혼자 남매를 키우는 집 아이였는데 의사랑 형사 눈에 아무래도 학대가 의심된 거지. 애엄마는 애가 놀다가 넘어져 생긴 멍이라고 주장하고, 형사 입장에서는 께름직하니까 탐문하려고 죽은 애 집에 간 거예요. 그런데 걔 밑으로 대여섯 살 먹은 여동생이 혼자 있더래. 말 붙이고 좀 놀아주다 보니 발육상태도 형편없고 비쩍 말라서는 배고픈 것 같으니까 애를 데리고 가게에 가서 빵이랑 우유, 과자 같은 걸 한아름 사줬답니다. 그리고는 애를 안고 집으로 오는데 애가 경찰아저씨가 너무 고마웠는지 천 형사 귀에 대고는 그러더래 요. '아빠가 때렸어요.'"

"후우……."

들고 있던 박 형사가 한숨을 내쉬었고, 현수는 시선을 허공에 고정한 채 그의 이야기를 묵묵히 듣고 있었다.

"그런데 이상하잖아. 엄마는 분명히 혼자 애들 키우는 싱글맘이라는데 아빠가 어디에 있다는 걸까. 그래서 이웃들을 탐문했는데 누가 그러더래요. 몇 달 전부터 그 집에 드나드는 남자가 하나 있다고. 그래서 엄마가 다른 남자랑 동거를 했다는 걸 알게 됐고, 천 형사가 어렵게 증거 수집해서 그 남자를 잡아 넣었죠. 그런데 어이없게도 그엄마라는 사람이 억울하다면서 자살을 해버린 거예요. 그것도 그 어린 딸이 보는 데서."

"아니, 뭐가 억울하다는 거죠?"

"그야 모르죠. 그런데 이 엄마가 자살하고 나니까 여론이 이상하게 흐르는 거예요. 지금이야 아동학대에 대해서 인식도 잘돼 있고 민감하지만, 그때만 해도 경찰이 과했다, 강압수사했을 거다, 애엄마가 얼마나 억울하면 자살했겠느냐, 고아가 된 여자애는 어떡하나. 그렇게

들 비난을 하니까 천 형사가 너무 스트레스를 받아서 우울증이 온 거야. 그 와중에도 고아가 된 여자애를 도와주려고 수소문을 했는데 아마 입양보내야 하니까 기관에서 신분 세탁을 했나 봐요. 그래서 직접 도와주지는 못하게 됐는데도 마음의 짐을 덜어보겠다고 인근 보육원에 기부를 많이 했어요. 그랬더니 또 천 형사 와이프가 그게 못마땅하다고 어린 딸 앞세워 캐나다로 조기유학을 가 버렸네? 그러니 어떡해. 캐나다에 돈 보내야 하니까 몸도 마음도 못 추스르고 보험회사로 이직했지. 그렇게 인생이 꼬인 거예요. 그런데도 누구 원망 한번 안 하고 입에 담지도 않더니 처음으로 얘기하길래 내가 그랬죠. 그만큼 고생했으면 세상 원망해도 된다고. 그랬더니 아니, 자긴 다 상관없고, 오로지 그 고아가 된 아이가 어디선가 잘 살고 있었으면 좋겠다고 그러더라구요. 천 형사는 그런 사람이에요."

"그 여자아이가 살던 곳이 교동이었나요? 한주시 교동?"

가만히 듣고 있던 현수가 가냘프게 떨리는 음성으로 그에게 물었다.

"아마 그럴 거예요. 그걸 어떻게……."

두 사람이 현수를 돌아보자 그녀의 눈동자가 투명하게 빛나고 있었다.

***

차창으로 비현실적일 만큼 시린 노을빛이 쏟아져 들어왔다.

박 형사는 종산시 초입의 백운휴양림 자락에 있는 전망 데크 앞에 차를 세웠다. 데크 아래쪽으로 억새풀이 장관을 이루고 있었고 억새에 이는 바람소리가 서걱대며 사방에 울려퍼졌다. 그곳은 소리도 내지 않고 울고 있는 현수가 잠시 마음을 추스르기에 적합한 공간이었다. 현수가 조수석에서 내리자 박 형사는 사적인 통화를 핑계삼아 자리를 비워주었다.

보육원 서너 곳을 옮겨 다니는 동안 지워져버린 현수의 원래 이름은 '신지혜'였다.

'신지혜'라는 글자를 쓸 줄 몰랐다면 그 이름을 벌써 잊어버렸을지도 모른다. 하지만 겨우 두 살 위였던 오빠 준호가 스케치북에 적어준 이름의 모양이 아주 마음에 들었던 지혜는 수십 번을 반복해 '신지혜'라는 이름을 빈 종이마다 그려댔고, 그렇게 그 이름은 절대로 잊을 수 없는 기억이 됐다.

준호는 지혜에게 동화책을 읽어주었으며 태권도를 가르쳐 주었고, 전기밥솥에 밥만 지어놓을 뿐 항상 집을 비우는 엄마 대신 밥에 마가린과 간장을 넣어 비벼주었다. 김치를 물에 씻어 밥 위에 얹어주는 것도 오빠였으며, 지혜가 잠들 때까지 곁에서 등을 토닥여주는 것 또한 어린 오빠의 역할이었다.

그렇게 남매가 스스로 자라는 동안 엄마는 점점 위태로워졌다. 술을 마시고 새벽이 돼서야 들어오는 날이 잦아지더니 얼마 지나지 않아 낯선 남자를 집에 들였으며, 그 남자를 '아빠'라고 부르라고 강요했다. 어린 지혜는 '아빠'라는 단어를 서슴지 않고 입에 올렸지만, 준호는 끝끝내 그 말을 입밖으로 내지 않았다. 그후로 엄마와 새아빠에게 대들거나 반항하는 일은 없었지만, 준호는 침묵과 무표정으로 불편함을 내비쳤다. 그럴 때면 엄마와 새아빠는 버릇을 고쳐 놓는다며 몇 시간씩 벌을 세우다가 결국 날카로운 매질까지 이어졌다.

그렇게 얼마간 준호에게 향하던 매질이 지혜에게도 시작되던 그날, 준호는 지혜를 때리려는 새아빠의 매질을 막기 위해 그의 다리에 매달렸다가 몇 번이나 발길질을 당했고, 벽에 날아가 부딪힌 후 고꾸라지며 정신을 잃었다. 정신을 잃는다는 것이 무엇을 의미하는 것인지 알 리 없는 여섯 살 꼬마는 처음으로 자신보다 먼저 잠든 오빠에게 이불을 덮어주었고, 어린 오빠가 곁에서 죽어가는 것도 모른 채 아침을 맞았다. 그러고도 하루가 더 지난 다음에야 소녀는 더 이상 오빠를 볼 수 없다는 사실을 알게 되었다.

'신지혜! 아빠는 준호 오빠를 때린 적이 없어. 알지? 너 사람들한테 아빠가 준호 때렸다고 하면 엄마랑 아빠 잡혀 가. 그러면 너 고아되는 거야, 알았어?'

엄마는 그 말을 하지 말았어야 했다. 적어도 오빠에게 먼저 미안해했어야 했다. 어린 꼬맹이였지만, 엄마가 죽은 오빠에 대한 애틋함과 죄책감을 말하지 않는다는 사실은 지혜를 화나게 했다.

지혜가 경찰아저씨에게 진실을 이야기한 것은 맛있는 빵과 노란 우유, 달콤한 과자 때문이 아니었다. 경찰아저씨는 준호 오빠에 대해 물어봐주었다. 준호 오빠의 도복을 보고 태권도를 얼마나 잘했는지 궁금해 했으며, 얼마나 착한 아이였는지, 동생을 잘 돌본 멋진 아이였는지를 물어봤고, 오빠에 대한 지혜의 자랑에 감탄해 주었다. 또한 오빠를 그리워하는 지혜의 마음을 진심으로 위로해 주었다. 그런 경찰아저씨라면 준호 오빠에 대해 뭐든 이야기해도 될 것 같았다.

하지만, 그 이후 지혜의 삶은 지옥이 됐다. 지혜의 증언이 실마리가 돼 새아빠가 경찰에 잡혀가자 엄마는 지혜를 탓했고, 동네사람들이 손가락질하자 오히려 죽은 어린 아들을 원망했다. 술에 취해 살던 엄마는 결국 복수라도 하겠다는 것처럼 어린 딸이 보는 앞에서 목을 맸다.

눈을 감아도 생생하게 떠오르는 엄마의 주검은 현수의 눈물을 완전히 마르게 했다. 후회와 죄책감을 떠올리게 하는 엄마로부터 고통받지 않기 위해 현수는 울지 않기로 마음먹었고, 지난 20여 년간 어떤 고통이 있어도 결코 울지 않았다. 그것은 자신의 삶을 포기하지 않기 위한, 최소한의 방어기제였다.

그러나 자신의 증언이, 준호 오빠의 죽음을 지나치지 않고 마지막 관심을 보여준 따뜻한 경찰아저씨의 삶까지도 망쳐놓았다는 혹독한 진실에 현수는 터져나오는 눈물을 멈출 수가 없었다.

"내가 그 이야기를 하지 않았다면, 그분도 불행해지지 않았겠죠?"

그 사이 차로 돌아와 저녁놀을 바라보고 있는 박 형사에게 현수가 말했다.

"너는 본 대로 아는 대로 말했을 뿐이야. 똑똑한 아이였으니까. 그리고, 그게 진실이니까. 우리는 한치 앞도 예측할 수 없어. 그저 지금 할 수 있는 일, 해야 하는 일을 하는 것뿐이야. 너는 해야 할 이야기를 했고, 천 팀장님은 경찰로서 할 일을 했을 뿐이야. 그러니 자책하지 마."

말은 그렇게 했으나 현수의 자책과 후회의 감정을 모르는 바가 아니었다. 박 형사 자신도 지난 몇 년간 시달려왔던 감정이 아니었던가. 하지만 자책과 후회는 사람을 무기력하고 비관적으로 만들 뿐이었다.

천 팀장이 샛별이의 죽음에 의심의 끈을 놓지 않은 것은 형사 경력에서 얻은 특유의 직감 때문만은 아니었을 것이다. 이 세상에서 기댈 곳 없는 소녀에 대한 남다른 부채감과 애틋함 때문이었을 것이다. 그리고 바로 그 의심의 끈이 아마도 그를 죽음으로 몰아넣었을 것이다. 현수나 박 형사 자신이나 자책과 후회를 반복하지 않으려면 지금은 또렷한 이성과 악착 같은 끈기로 사건을 해결해야 할 때였다. 박 형사는 일부러 목소리에 힘을 주어 말했다.

"컴퓨터 포렌식이 끝날 때까지 마냥 기다릴 수는 없어. 내일 아침부터는 사망 추정 시각부터 거슬러서 팀장님과 접촉한 직원들 조사 시작할 거야."

"야간당직자들 명단 정리하겠습니다."

초겨울 바람에 눈물이 말랐는지 현수가 말간 얼굴로 차에 올라탔다.

***

다음날 오전 10시, 박 형사와 현수는 시내에 있는 행운사진관을 찾왔다. 천 팀장이 마지막으로 문자메시지를 보낸 곳이었다.

"어서오세요."

말쑥한 차림의 노인이 반가운 음성으로 맞았다.

"어제 전화드렸던 종산경찰서 박기훈입니다."

박 형사가 신분증을 내보이자 노인이 얼른 목에 건 돋보기 안경을 끼고 신분증을 확인했다.

"최근에 천중일 씨와 문자메시지를 주고 받으셨던데 어떤 내용이었나요?"

"며칠 전에 맡긴 필름의 현상, 스캔본 나왔다고 확인해 보라는 문자를 발송했어요. 그리고나서 밤에 문자가 왔더라구요. A2 사이즈로 최대한 고화질로 인화를 해달라는 주문이었어요. 서둘러 작업해서는 또 어제 문자를 보냈죠. 사진 나왔으니까 가져가시라고."

중요한 단서일지도 모른다는 직감에 박 형사와 현수의 시선이 마주쳤다.

"그 사진 좀 보여주시겠어요?"

노인이 걱정스런 표정으로 되물었다.

"그분께 미리 말씀은 드렸나요? 고객님 허락 없이는 아무래도……."

박 형사가 담담하게 사실을 전했다.

"돌아가셨습니다. 지금 조사 중입니다."

"아……."

탄식을 내뱉은 노인이 천천히 내실로 들어갔다가 이내 커다랗고 납작한 박스를 들고 나왔다.

뚜껑을 열자 반투명한 포장지가 사진을 덮고 있었다. 노인이 사진을 한 장씩 조심스럽게 꺼내 보였다. 문외한의 눈에도 근사해 보이는, 늦가을의 정취를 담은 풍경사진이었다.

"그분이 찍은 사진이라고 하던가요?"

"아니요. 다른 사람이 찍은 거라면서 필름을 주는데 아무래도 필름이 제가 판 필름인 것 같아서 이런저런 이야기를 하다 보니 유샛별 씨가 찍은 사진이더라구요."

'유샛별'이라는 이름에 두 사람의 시선이 노인에게 향했다.

"유샛별 씨가 우리집 단골이었거든요. 이 필름도 제가 유샛별 씨한테 권했던 고급 필름이에요. 그러니까 고객님이 맡기셨을 때 한눈에 알아봤죠. 전부 스물여덟 컷든데 다 잘 나왔어요. 그분이 전시회 얘기를 하셨는데 전시회라면 이 정도는 돼야겠다 싶어서 제가 무광화이트 독일페이퍼로 골랐습니다."

가로 60센티미터, 세로 40센티미터 정도 돼 보이는 큰 사이즈의 사진을 노인이 조심스레 넘기자 한 소녀를 정면으로 촬영한 사진이 보였다. 박 형사가 얼른 현수에게 손짓을 했다. 노인이 사진을 두 손으로 들어 선반 위 빈자리에 올려놓았다. 사진 속 모델은 원제니였다.

"이거 이사장 딸, 원제니 맞지?"

"네, 그런 것 같아요."

"이거야. 팀장님도 이 사진들을 보고 원세니가 관련이 있다고 추측한 거야."

그때, 휴대전화의 진동을 느낀 박 형사가 전화를 열어 수신된 문자를 확인했다.

"부검결과 나왔어. 일단 서로 들어가자고."

박 형사가 지갑에서 신용카드를 꺼내 노인에게 건넸다.

사무실에 도착한 박 형사는 KICS(형사사법포털)에 접속해 국과수에 긴급 요청한 1차 부검결과를 확인했다. 천 팀장의 사인은 '경부압박사(액사)'였으며 마약성분은 검출되지 않았다.

"뒤에서 기습적으로 조르면……."

박 형사가 전완근과 이두근을 삼각형 모양으로 만든 후 집게처럼 조이는 주짓수 기술, 리어 네이키드 초크(rear naked choke) 자세를 취해 보였다. 주짓수를 배운 적은 없지만 태권도 특기자인 현수 역시 잘 알고 있는 격투기 기술이었다. 청소년들이 흔히 '기절놀이'라고 부르는 기술이기도 했다.

"경동맥 두 개가 동시에 막히면 혈류가 사라지면서 뇌가 일시적으로 시동 꺼지듯 꺼지는 거야. 여기서 멈추지 않고 계속 눌러서 사망에 이르게 한 거지. 이건 명백한 타살이라는 뜻이야. 앉아서 당했든 서서 당했든 침입자에게 기습을 당한 거고, 무방비에서 당했다 하더라도 팀장님 몸집에 별 저항 흔적이 없는 걸 봐서 범인은 성인 남성이야."

"로열다운 직원들 대부분이 성인 남성이고, 경비팀과 보안팀은 모두 가능성이 있겠는데요?"

"아니, 방재실. CCTV 관리하는 팀 기억 안 나? 팀장님이 보낸 문자 메시지. '원제니와 CCTV에 관해 할 이야기가 있다', 그건 방재실에 관련된 비밀을 알고 있다는 뜻일 거야. 팀장님이 사망 직전 본관에서 마지막으로 대화를 나눈 사람들도 방재실 직원들이었어. 게다가 더 젊고 덩치도 좋았잖아. 그 사람들이 유력한 용의자야."

"방재실 직원은 네 명밖에 되지 않아요."

현수가 책상 위의 서류를 보며 대답했다.

"우선 그 사람들부터 소환하자고."

바로 그때, 사무실의 문이 열리고 동료 경찰이 한 남자를 데리고 들어왔다.

"박 경위님!"

경찰과 함께 나타난 남자는 천 팀장의 시신이 발견되던 날, 사망자의 행적 조사 중 본관에서 접촉한 것으로 파악돼 박 형사와 면담을 했던 황일근 주임이었다.

"로열타운 숙소동 변사사건, 자수하러 왔답니다."

동료 경찰의 말에 박 형사는 스프링이 튀어오르듯 자리에서 일어섰다.

180센티미터를 훌쩍 넘는 키에 덩치가 큰 황일근은 겁에 잔뜩 질린 표정으로 눈물을 글썽이고 있었다.

오후 내내 계속된 조사에서 황 주임은 '고의성이 없는', '과실 치사'를 강조했다. 가상화폐 채굴기가 발각돼 로열타운 측에 막대한 손해배상을 하고 해고될 것이 두려워 천 팀장에게 용서를 구하는 과정에서 그의 강경한 태도에 흥분해 우발적으로 목을 조른 것이라는 진술을 시작으로, 천 팀장의 숙소에 침입한 것 역시 숙소에 불이 켜져 있는데도 문을 열어주지 않기에 숙소동 관리실에서 마스터키를 가지고 왔다고 해명했다. '자기색정사'로 위장한 것 또한 샤워를 마치고 나온 천 팀장이 겉옷을 입지 않은 상태에서 사망하는 바람에 그렇게 보인 것뿐이라고 변명했다.

　철저하게 변호사의 조력을 받아 자수 시나리오를 준비한 것이 틀림없었다. 이렇게 작정하고 대비하는 살인자를 옭아매기 위해서는 치밀하고 철저한 수사가 필요했다. 당연히 수사력을 집중시켜야 했지만, 박 형사는 현수에게 원제니에 대한 수사를 지시했다.

　'천 팀장님이 남긴 메시지는 '원제니와 CCTV'야. 너는 원제니를 조사해 봐. 샛별이가 촬영한 사진을 가지고 압박을 해보라구.'

　현수는 사진이 들어 있는 상자를 들고 경찰서 주차장으로 나왔다.

　원제니의 전화기는 꺼져 있었고, 제니의 보호자 행세를 하는 주치의 양해인은 현수의 전화를 받지 않았다. 참고인 조사를 요청한다고 해서 연락조차 받지 않는 제니가 경찰서에 제 발로 찾아올 리 없으니 현수는 제니를 만날 방법을 강구해야 했다.

　마침 조 간호사로부터 로열타운 본관 1층 '살롱 칼리오페'에서 샛별이의 사진 전시회 준비가 시작됐다는 연락을 받은 현수는 제니와 접촉할 방법을 찾고, 행운사진관에서 받아 온 샛별이의 사진을 큐레이터에게 가져다주기 위해 로열타운으로 출발했다.

26

   본관 1층에 있는 '살롱 칼리오페'는 마치 덕수궁의 석조전 내부를 옮겨 놓은 듯한, 담백하면서도 기품이 넘치고 우아한 공간이었다. 미니 2층에 객석까지 갖춘 널찍한 공간은 실내악 연주나 체임버 오케스트라 정도의 공연도 충분히 가능한 규모였다.

   하지만 좀 더 현대적이고 사진 전시회에 어울리는 분위기를 만들기 위해서인지 내부에는 간이 전시대가 설치돼 있었고, 큐레이터로 보이는 사람이 조수들과 함께 사진 작품들을 배치하고 있었다.

   입구에서 몇 걸음 들어서자 관람이 시작되는 지점을 가리키는 표식이 시야에 들어오고 그 위쪽 구조물에는 샛별이의 사진과 함께 작가에 대한 소개가 적혀 있었다. 샛별이의 사진은 얼굴의 뒷배경이 넓게 보이는 것만 달라졌을 뿐, 영정사진으로 쓰였던 사진이었다. 영정사진이든 프로필 사진이든 사진 속 샛별이가 화사하게 웃고 있는 모습을 보니 현수의 얼굴에도 절로 미소가 지어졌다.

"오셨어요?"

뒤쪽에서 나타난 조 간호사가 현수를 큰 테이블과 디자인이 각기 다른 고급스런 의자들이 있는 좌측 공간으로 안내했다.

"여사님은 종일 여기서 지켜보시다가 좀 전에 자택으로 가셨어요. 그런데 보안팀장님 일은 어떻게……."

용의자가 자수를 했지만 아직 조사 중이라는 상황을 전할 수는 없었다.

"네, 수사 진행 중이에요. 그리고, 이거……."

현수가 들고 있던 상자의 뚜껑을 열어 사진을 꺼냈다.

"팀장님께서 시내 사진관에 필름을 한 통 맡겼는데 샛별이 작품인 것 같아요. 전시용 사이즈로 인화가 돼 있길래 가져왔어요. 그런데, 이 사진들 좀 봐주시겠어요?"

현수가 사진을 한 장씩 테이블 위에 펼쳐 놓다가 제니의 모습이 담긴 사진들을 집어 올렸다.

"이건, 이사장님 딸 제니 같은데? 샛별이가 찍었다구요?"

"네."

"애들이 어떻게 어울렸을까?"

조 간호사가 주변을 슬쩍 살펴보더니 낮은 목소리로 현수에게 속삭였다.

"제니, 미국에서 마약 들여오다 걸려서 집행유예 중이잖아요. 주치의 말고는 사람들하고 말도 안 섞고, 본관 몇 번 온 것 말고는 돌아다니지도 않아요."

"이 친구한테 연락할 방법이 없을까요? 물어볼 게 있는데 연락이 안 돼서요 전화기가 꺼져 있더라구요. 주치의도 전화를 안 받고……."

"제 생각에는 컨시어지 팀장님한테 말씀드려서 이사장님 세대 담당하는 직원한테 제니 일과나 동선을 알아내는 방법밖에는 없을 것 같은데요?"

"네, 고맙습니다."

"컨시어지 팀장님한테 부탁하기 곤란하면 오드리 여사님 통해서 부탁해 보세요. 두 분 아주 친해요."

조 간호사가 비밀스럽게 소곤거리자 현수도 소리 없이 고개를 끄덕였다.

사진을 한 장씩 넘겨보던 조 간호사가 맨 아래에 반투명 보호지와 겹쳐있던 사진을 테이블에 펼쳐 놓았다. 현수가 위에 붙어 있는 보호지를 떼내자 샛별이의 얼굴이 담긴 사진이 나타났다. 천 팀장이 스캔 파일 중 맨 처음 확인하고서 의문을 품었던 바로 그 사진이었다.

"어머, 이건 뭐야?"

현수도 사진을 유심히 들여다보았다.

"여기가 어디죠?"

"여기, 회장님 병실 바깥쪽 테라스 같아요. 안에서는 그저 반투명한 유린 줄만 알았는데 밖에서는 이렇게 보이는구나."

테라스에 서서 유리창 안쪽의 샛별이를 촬영하는 소녀는 제니 같았다.

"이 뒷모습, 제니 맞죠?"

"옷을 보니까 맞네요. 아까 정면 사진 있었잖아요. 둘이 정말 친하게 지낸 모양이네요."

사진을 들여다보던 현수는 순간, 이상한 기분이 들었다.

"이 사진은 누가 찍었을까요?"

"그러게요? 사진을 찍는 사람을 찍는 사람. 재밌는 발상이네요. 이쪽에서 이렇게 찍은 것 같은데, 누구지?"

조 간호사가 손가락으로 가리킨 부분에 반투명 유리창에 비친 실루엣이 보였다. 키는 정확히 가늠하기 어려웠지만 덩치가 아주 큰 편은 아닌 것 같았다. 머리 부분이 동글동글한 것으로 보아 비니를 쓰고 있는 듯했다.

"옷을 보니까 이거 아주 최근 사진이네……."

한 통의 필름에서 나온 이 스물여덟 장의 사진들은 분명 사진 속 실루엣의 인물이 촬영하는 카메라에서 나왔을 것이다. 그러니까 이 사진들은 샛별이가 촬영한 사진들이 아닐 수도 있었다. 하지만, 사진관의 노인은 분명 샛별이에게 판매한 필름이라고 하지 않았던가! 그렇다면 샛별이와 이 실루엣의 인물이 카메라를 공유했다는 의미가 된다.

순간! 기분나쁜 예감이 스쳤다. 현수가 갑자기 사진을 양손으로 집어들고는 입구 쪽으로 걸어갔다. 작가소개가 걸려 있는 구조물 쪽으로 다가가 샛별이의 사진을 올려다 보았다. 배경을 거의 잘랐던 영정 사진과 달리 노을빛이 감도는 푸른 하늘을 온전히 살린 샛별이의 사진과 손에 든 사진을 번갈아 살펴보았다. 두 개의 사진은 분명 달랐지만 옷과 빛, 샛별이의 시선, 사진의 질감이 너무나 비슷했다.

현수는 둔기로 머리를 맞은 것처럼 아득해졌다. 비니를 쓰고, 샛별이와 제니와 어울리며 샛별이와 카메라를 공유하는 사진 속 실루엣의 정체를 알 것 같았다!

'아니야, 아닐 거야.'

마음속으로는 그렇게 다짐해보지만 생각을 떨치기는 힘들었다. 갑자기 기진맥진해 그 자리에 주저앉고 싶었다. 그때, 작은 신호음과 함께 현수의 휴대전화가 진동했다. 주머니에서 휴대전화를 꺼낸 현수는 액정에 새겨진 발신인을 확인하고는 비명을 지를 뻔했다.

발신인은 유샛별이었다.

바들대며 떨리는 손에 겨우 힘을 주어 초록색 수신 버튼을 누르고는 귀에 갖다댔지만 상대는 말이 없었다. 뭐라 말을 해야 했지만 누군가 목을 졸라 성대를 틀어막은 것처럼 소리를 낼 수가 없었다. 잠시 후, 얕은 한숨과 함께 발신자가 먼저 입을 열었다.

"저 보이세요?"

여린 소녀의 목소리였다. 현수는 직감적으로 제니임을 알아차렸다. 고개를 들어 2층을 올려다보자 빛도 거의 없는 2층 구석에 전화기를 들고 서 있는 제니가 보였다.

***

1층에서 장식적인 요소로 보였던 2층은 오히려 1층 공간을 느긋하게 훔쳐보기 좋은 공간이었다. 낮은 천장이 아늑한 느낌을 주었으며 낮게 틀어놓은 음악은 1층보다 더 선명하고 입체적으로 들렸다. 제니와 현수는 1층에서 보이지 않도록 의자를 벽 쪽으로 바짝 붙인 채 나란히 앉았다.

"제 전화를 가져가버렸어요, 이사장이. 그래서 이 전화로 한 거예요."

현수가 쳐다보자 제니가 그 의미를 눈치채고는 얼른 덧붙였다.

"원주희 이사장요. 엄마라고 부르고 싶지 않아서요."

현수가 고개를 끄덕였다.

"고마워, 연락해줘서."

"겁났어요. 또 약한 거 들킬까 봐. 샛별이 언니 전화 갖고 있었던 거 말 못하겠더라구요. 약 한 번밖에 안 했어요. 제가 갖고 있었던 것도 아니구요. 비밀, 지켜줄 거죠?"

"그래, 알았어. 샛별이 전화는 어떻게 갖고 있게 된 거야?"

"언니랑 저랑 똑같은 폰을 쓰고 있었어요. 케이스도 똑같구요. 제가 선물했거든요. 그날, 누군가 언니 핸드폰을 제 핸드폰으로 착각하고 제 가방에 넣어 둔 모양이에요."

"그날이라면……."

"샛별 언니 죽은 날."

"거기 있었니? 본관 5층에?"

제니가 고개를 끄덕였다.

"정확히 말하면 5층 위에 있는 루프탑 층, 할아버지 집무실에 있었어요. 할아버지가 쓰러지시기 전에 샛별 언니와 제 지문을 등록해주셨거든요. 마음대로 놀러와도 된다고. 그곳엔 이사장밖에 올 사람이 없으니까 이사장이 서울에 있을 때는 우리 아지트였어요."

"우리라면……."

"샛별 언니, 저, 그리고 준서 오빠."

현수의 예감이 맞았다. 사진 속 실루엣은 준서였다.

"이사장이 그날 내가 약 한 걸 알았는지 저를 협박하더라구요. 조용히 집에 쳐박혀 있으라고. 의사가 주는 약 먹고 며칠 퍼져 있다가 샛별 언니 죽은 것도 한참 후에 알았어요. 언니 핸드폰은 그보다 더 늦게 발견했구요."

"샛별이 핸드폰을 가지고 있다고 경찰한테 빨리 말해주지 그랬어."

"얘기했잖아요. 이사장이 가만히 있으라고 협박했다고. 그 사람은 한다면 해요. 맘만 먹으면 저 감방에도 쳐넣을 수 있는 사람이에요."

"설마……."

제니가 얼굴을 찌푸렸다.

"그 사람은 뭐든 하는 사람이라구요. 지금은 할아버지 유언장 내용을 모르니까 날 놔두는 거지 앞으로 나한테 무슨 짓을 할지 몰라요."

현수가 이해하겠다는 듯 고개를 끄덕였다.

"용기 내줘서 고마워. 영결식장에서 문자메시지 보낸 것 말야."

"준서 오빠가 분명 뭔가 알고 있을 텐데 입 꾹 다무는 게 열받아서요. 전화도 메일도 전혀 받질 않아요. 준서 오빠가 그러면 안 되잖아요. 언니한테도 나한테도……."

눈시울이 붉어진 채 단호하게 말하는 제니의 표정에 현수는 한가닥 희망이 사라지는 것을 느꼈다.

"준서가 알고 있다는 게 정확히 무슨 뜻이야?"

"샛별 언니 그렇게 됐을 때, 준서 오빠는 약 안 하고 깨어 있었으니까 뭔가 봤을 거 아니에요!"

"잠깐, 너희는 루프탑에 있었다면서? 샛별이는 5층에 있었고……."

"핸드폰요, 이 핸드폰."

제니가 답답하다는 듯 말을 가로채며 샛별이의 휴대전화를 가리켰다.

"내 가방은 계속 루프탑에 있었어요. 그런데 어떻게 샛별 언니 핸드폰이 내 가방 안에 들어왔겠어요? 그건 샛별 언니가 내가 약에 취한 다음 루프탑에 왔다는 거잖아요."

자신의 마약복용 사실을 경찰인 현수에게 털어놓으면서까지 샛별이의 사건이 밝혀지길 원하는 제니가 거짓말을 지어낼 이유가 없었다. 이제 준서가 중요한 목격자 혹은 용의자라는 사실은 의심의 여지가 없었다. 서둘러 준서를 만나 무엇을 알고 있는지 확인해야 했다.

"궁금한 게 생기면 너한테 연락하고 싶은데 어떻게 하면 되지?"

"외삼촌한테 전화하시면 저한테 바로 알려주실 거예요. 이사장이 제가 외삼촌하고 노는 건 안 말리거든요. 약쟁이들끼리 논다고 좋아하죠."

"그래, 알았어. 다 얘기해줘서 고마워."

1층으로 내려가는 계단 입구에서 제니가 현수의 팔을 잡았다.

"외삼촌한테 들었어요. 보안팀장님이 돌아가셨다고. 사실은 며칠 전에 보안팀장님께 쪽지를 받았어요. 샛별 언니 휴대전화에 대해 아는 게 있으면 신현수 순경한테 말해달라고……. 제가 일찍 이야기했다면 그분이 안 돌아가셨을까요?"

죄책감에 시달렸던 모양이었다. 현수는 제니를 조용히 안아주었다.

"아니야. 이제라도 모두 말해줬으니까 괜찮아. 그분도 분명 고마워하실 거야."

***

저녁 8시 30분. 준서는 전화를 받지 않았다.

조 간호사에 따르면 지금은 준서가 출근 전, 숙소동에서 휴식을 취할 시간이었다. 현수는 본관을 나와 숙소동으로 향했다.

사실 현수는 준서에게 무엇부터 캐물어야 할지 막막했다. 더욱이 제니의 마지막 이야기가 현수를 더욱 두렵게 했다.

'오빠가 샛별 언니가 떠나는 건 상상만으로도 고통스럽다고 했어요. 언니는 뉴욕, 베를린, 스칸디나비아를 정말 가보고 싶어 했거든요. 당장 떠나겠다는 것도 아니고, 나중에 살아보고 싶다는 건데 왜 벌써부터 두려워하는 거냐고 오빠한테 물어봤더니 그러더라구요. '사람의 뇌는 이별을 죽음으로 받아들인다'고.'

신분증을 제시하고 숙소동 관리실을 통과한 현수는 2층으로 올라가 샛별이가 쓰던, 지금은 준서가 사용하는 방문 앞으로 다가갔다. 마른침을 삼키고 초인종을 눌렀으나 인기척이 없었다. 몇 번이나 더 눌렀지만 준서는 없는 것 같았다.

현수는 천 팀장의 허락을 받고 샛별이의 방에서 유품을 살펴보고 있을 때, 준서가 여덟 자리 비밀번호를 누르고 들어왔던 기억을 떠올렸다.

'샛별이와 준서가 입소한 날, 2008년 7월……'

여름이었던 것은 기억나지만 정확한 날짜가 기억나지 않았다. 잠시 고민하던 현수는 민지에게 전화를 걸었다.

"민지야, 준서가 전화를 안 받는데 혹시 어디 있는지 알아?"

"준서, 집에 다녀오는 날일걸? 출근할 시간 됐으니까 곧 올 거야."

"알았어. 그리고 혹시 샛별이랑 준서 보육원 입소한 날짜 알아? 2008년 여름에, 둘이 같은 날 입소했다던데."

"둘이 같이? 아닌데? 샛별이가 여름에 들어왔고, 준서는 그 해 겨울에 들어왔어. 샛별이가 아마 7월 18일 아니면 28일인가? 그럴 거야. 그런데 그건 왜?"

"어, 나중에 얘기해줄게. 있다가 집에서 봐."

전화를 끊고서 현수는 잠시 멍하니 서 있었다.

'대체 어디까지 속이고 있는 걸까?'

20080728. 여덟 개의 버튼을 누르자 문이 열렸다. 센서등이 켜졌지만 역시나 인기척은 없었다. 현수는 기억을 더듬어 스위치를 찾았다. 실내등이 켜지고 안쪽으로 들어선 순간, 현수의 눈앞에 믿을 수 없는 광경이 펼쳐졌다.

방 안의 모든 벽에는 수십 장은 돼보이는 크고 작은 사진들이 어지럽게 붙어 있었다. 풍경사진도 있었으나 침대 맞은편 가장 넓은 벽에는 온통 샛별이가 모델인 사진이었다. 흔히들 스냅사진이라고 부르는, 샛별이의 자연스러운 일상의 모습을 훔쳐보듯 찍은 사진이었다.

아찔한 현기증마저 느껴졌다. 현수는 털썩 침대에 주저앉았다.

망연자실 앉아서 벽에 붙은 사진들을 바라보던 현수는 갑자기 공포심을 느꼈다. 화사하게 웃고 있는 샛별이의 얼굴이 점점 자신을 원망하는 표정으로 변하는 듯했다. 공포에 질린 표정으로 보이기도 했다. 더 이상 마주 볼 수가 없었다.

현수는 자리에서 일어나 실내등을 꺼버리고는 침대 곁에 웅크리고 앉았다. 진공의 상태에 갇힌 것만 같았다.

얼마나 시간이 흘렀을까. 도어락 버튼을 누르는 소리가 들렸다. 입구의 센서등이 켜지고 준서가 들어서는 것이 느껴졌다. 현수의 신발을 발견한 걸까? 준서의 발걸음이 잠시 머뭇거리는 듯했다. 하지만 준서는 이내 현수 앞에 모습을 드러냈다.

"누나."

준서의 목소리는 의외로 차분했다.

"……이게 사랑이라고 생각해? 너에게는 이게 사랑인 거야?"

"……예뻐서. 샛별이가 예쁘게 나왔잖아."

사진 속 샛별이를 홀린 듯 쳐다보며 거침없이 진심을 내뱉는 준서의 태도에서는 고요하지만, 절대 포기하지 않겠다는 광기가 느껴졌다. 현수는 더 이상 준서의 심경에 공감해 줄 필요가 없다는 것을 깨달았다.

"이거 말고, 내가 더 알아야 할 비밀이 있지?"

"……."

"너, 그날 밤…… 샛별이와 같이 있었던 거야?"

샛별이의 사진을 물끄러미 보고 서 있던 준서가 그 자리에 조용히 주저앉았다.

5장

월훈

Moon halo

27

피의자의 인권보호를 위해 리모델링한 종산경찰서의 조사실은 베이지색과 레몬색으로 칠한 산뜻한 벽에 새 테이블과 푹신한 의자가 따뜻한 분위기를 더해주고 있었다. 하지만, 좁고 기다란 테이블을 사이에 두고 박 형사와 마주 앉은 준서의 얼굴은 얼어붙은 듯 경직돼 있었다.

자리에 앉아 잠시 준서를 쳐다보던 박 형사가 영상녹화 버튼을 눌렀다.

"그날, 무슨 일이 있었는지 얘기해 볼까?"

"……"

"11월 13일 금요일 오후부터…… 시작해 보자."

준서가 한기를 느꼈는지 어깨를 부르르 떨더니 말문을 열었다.

"금요일 오후 다섯 시에 제니와 같이 본관 5층으로 갔어요. 원래 그 시간에는 이브닝 간호사 선생님이 계시는데 그날은 선생님이 조퇴를 하셔서 샛별이가 일찍 출근하게 됐어요. 그래서 모처럼 노을을 찍고 놀기로 했어요."

"평소에도 본관에서 셋이 자주 만났니?"

"네."

"얼마나 자주 만났지?"

"한 달에 두세 번쯤, 금요일에요."

"특별히 금요일에 만난 이유라도 있니?"

"금요일엔 이사장님이 안 계셨거든요. 평소에는 가끔 이쪽으로 퇴근하시기도 하다가, 금요일엔 꼭 서울에 가셨어요. 그러면 그곳에 올 사람은 아무도 없어요."

"다른 사람들이 전혀 오지 않는다고?"

"네. 지문이 등록된 사람만 엘리베이터의 루프탑 층을 누를 수 있어요."

"지문이 등록된 사람이라면 누구누구지?"

"회장님, 이사장님, 제니, 그리고 샛별이요."

"이사장과 제니는 가족이니까 그랬을 테고, 샛별이는 왜 지문등록을 해줬을까? 들은 게 있어?"

"회장님이 집무실에 있는 카메라를 맘껏 쓰라고 해주셨대요."

박 형사가 천천히 고개를 끄덕였다.

"노을을 찍고 나서는 뭘 했지?"

"제니와 저는 루프탑으로 올라갔어요. 회장님 집무실에 올라가서 둘이 플레이스테이션 하다가 일곱 시에 샛별이가 잠깐 올라와서 레스토랑에서 사 온 피자를 같이 먹었어요."

"그리고는?"

박 형사가 다정한 음성으로 준서를 달래듯 말했다.

"샛별이는 야간근무하러 병실로 내려갔고, 제니랑 컴퓨터 게임하고 놀다가…… 제니에게 주사를 놓아줬어요."

"주사?"

"프로포폴요."

"LSD가 아니라 프로포폴이라고?"

"네."

"프로포폴은 왜 놓은 거야? 제니가 부탁했니?"

"아니요, 총무팀장님이 시켰어요."

"언제부터, 왜 그랬는지 얘기해 봐."

"8월달에 총무팀장님이 불렀어요. 제가 제니랑 루프탑에서 노는 거 알고 있다고. 병원에서 쫓아내야 하는데 용서받을 기회를 준다면서 제니가 루프탑에 갈 때마다 프로포폴 주사를 놓으라고 하셨어요."

"이유는?"

"제니의 지문이 필요하다고……."

"그게 무슨 뜻이지?"

"4층에 회장님의 비밀 수장고가 있는데 그 안에 있는 미술품들을 지하 수장고로 옮겨야 한다고 했어요. 4층은 루프탑에 있는 엘리베이터로만 갈 수 있고, 지문 등록된 사람만 엘리베이터를 작동시킬 수 있으니까 제니의 지문이 필요하다구요."

"그러니까 제니 모르게 지문을 찍기 위해서?"

준서가 고개를 끄덕였다.

"이사장도 모르게 했다는 거야?"

"네. 아무도 모르게요……. 제니가 잠들면 제가 제니를 업고 엘리베이터에 탄 다음 5층에서 기다리는 총무팀장님과 시서경 과장님과 함께 올라와요. 그리고 나서 4층을 오가는 전용 엘리베이터를 작동시켜서 비밀 수장고의 미술품들을 루프탑으로 가지고 올라온 다음 지하로 내려가는 거예요."

"총무팀장과 시서경 과장이 아무도 몰래 그런 짓을 했다?"

"회장님의 재산을 지키는 일이라고 했어요. 이사장님이나 주주들이 비밀 수장고의 미술품을 가져가면 회장님이 망하는 거라고 그랬어요. 회장님이 망하면 병원도, 로열타운도 망하고 문닫는 거라구요."

"언제부터, 몇 번이나 그 짓을 도왔지?"

"9월 말부터, 두 번요."

"병원에서 쫓겨나는 게 무서워서 그런 짓을 도운 거야?"

"저는 병원에서 쫓겨나면 죽어야 해요."

"그게 무슨 말도 안 되는 소리야!"

"저는 종산을 떠나지 않을 거예요. 병원에서 쫓겨나면 안 된다구요!"

박 형사는 잠시 질문을 멈추고 숨을 골랐다. 순간, 이성을 잃고 아이를 탓한 것은 큰 실수였다. 지금은 준서의 증언을 잠자코 들어야 할 시간이었다. 그가 자리에서 일어나 난방 시스템의 온도를 올리고는 다시 자리로 돌아왔다. 잠시 후 그가 다시 준서에게 질문을 시작했다.

"제니에게 약을 준 다음, 뭘 했지?"

"제 팔에 주사를 놓고, 잠들었어요."

"잠에서 깼을 때, 뭘 보게 됐어?"

"샛별이가 쓰러져 있었고, 사람들이 샛별이와 저를 둘러싸고 있었어요."

***

장광무 총무팀장은 마치 자기 사무실이라도 되는 양 꼿꼿한 자세와 여유로운 표정으로 조사실 의자에 앉아 있었다.

"비밀 수장고의 미술품을 빼돌린 게, 회장님의 재산을 지키기 위해서였다구요?"

"그건 그 아이 수준에 맞게 얘기해준 거고."

어처구니 없는 변명이었다.

"회장님이 깨어나지 않으면 어차피 주인 없는 물건입니다."

"주인이 왜 없어요. 원 회장이 깨어나더라도 그 미술품들은 원 회장의 소유가 아니라는 거 잘 알고 계실 텐데요? 회삿돈 횡령해서 사모은 미술품이라는 걸 알면, 수수들이 가만히 있을까요?"

황령, 밀매, 탈세와 무관한 떳떳한 컬렉션이라면 굳이 비밀 수장고에 숨겨두지는 않았을 것이란 생각에 넘겨짚어 한 이야기지만, 역시 그의 예상이 맞았는지 장광무의 눈빛이 매섭게 변했다.

"30년 동안 한결같이 원 회장의 수족으로 살았습니다. 30년 전에 그린 로열타운 청사진도 내 아이디어였어요, 그뿐인줄 알아요? 부지 매입부터 공무원들 구워삶는 일까지 궂은 일은 다 내가 했어요. 왜 했냐고? 로열타운 지분과 이사장 자리, 프리미엄 세대 영구 분양. 그 거 바라보고 참았습니다. 그런데 무능한 딸년한테 이사장 자리를 넘겨주더군요. 조금만 기다려 보라고 달래더니 어느 날 갑자기 쓰러져 식물인간이 돼 버렸구요. 그러니 어떡합니까? 내 몫 찾으려면 원 회장이 깔고 앉은 그림이라도 팔아야지."

"시서경 씨와 함께 빼돌렸다구요?"

"그 친구도 나같이 십수 년째 이사장한테 이용만 당한 친구죠. 보상을 받을 만한 사람이라 내가 제안했습니다."

"보상을 받을 만해서가 아니라 시서경 씨가 없으면 그림 처분이 아예 불가능해서가 아니구요?"

정곡을 찔렸는지 그의 표정이 일그러졌다.

"그날은 거기 왜 갔어요?"

"이사장이 호출했습니다. 급히 처리할 일이 생겼다고."

"몇 시였죠?"

"2시 반쯤 됐을 겁니다."

"도착했을 때 어떤 상황이었죠?"

"내가 갔을 땐 이미 숨이 끊어져 있었습니다."

"직접 확인했나요?"

"손을 댄 건 아니지만 그냥 보기에도 완전히 늘어져 있었습니다."

"뭘 어떻게 처리하라고 하던가요?"

"저한테 CCTV를 조작하라고 했습니다."

"댓가는요?"

"이사장이 주주들 몰래 그림을 팔아치우면, 지분을 받기로 했습니다."

"그렇게 공범이 된 거군요."

"공범은 아니죠, 나는 일개 조력자일 뿐입니다. 오너의 압력 때문에 CCTV를 조작한…….."

박 형사는 느물거리는 장광무에게 기습적으로 물었다.

"유샛별 씨, 누가 죽였어요?"

박 형사의 시선을 피하지 않고 뚫어져라 쳐다보던 장광무가 느긋한 목소리로 대답했다.

"나윤석이 그랬다고 하더군요. 이사장 말로는…….."

***

조사실에 앉아 있는 나윤석에게서 값비싼 수트를 입고 거들먹거리던 모습은 찾아볼 수 없었다. 팔짱을 긴 채 웅크러 앉은 모습이 초라해 보일 지경이었다.

"그건…… 정말 실수였어요. 이사장이 계단에 누가 있는 것 같다고 해서 문을 열었고, 계단 위로 올라가 보라고 해서 올라갔을 뿐입니다. 그 아이가 거기 숨어 있었을 줄 제가 알았겠어요? 그리고 내가 밀친 것도 아니고, 자기 스스로 문을 열고 도망치다 떨어진 겁니다."

"그러니까, 지금 그 나윤석 씨의 진술이 현장에 있었던 다른 사람들의 진술과는 완전히 다르다는 겁니다!"

박 형사는 '죄수의 딜레마(용의자의 딜레마)' 이론을 응용하기로 했다. 마침 종산경찰서에는 리모델링한 최신 조사실이 7개나 있었다. 각 조사실에는 임준서의 자백에 따라 체포한 장광무, 나윤석, 시서경, 원주희가 박 형사의 심문을 기다리고 있었다. 그들이 각자 자신의 죄과를 줄이기 위한 진술로 다른 용의자를 옭아매다 보면 서로가 서로에게 불리한 증언이 쏟아지게 되고, 결국 준서가 프로포폴 마취에서 깨어나기 직전의 진실도 금세 드러날 것이다. 나윤석은 벌써부터 조짐을 보이기 시작했다.

"처음부터 차근차근 얘기해 보시죠. 거긴 왜 올라갔습니까?"

"이사장이 4층 비밀 수장고에 있는 미술품을 빼돌리자고 했습니다. 얼마 전에 원 회장이 작성한 리스트를 발견했는데 규모가 엄청나다면서 원 회장이 사망하기 전에 지하 수장고로 옮긴 다음 시서경을 시켜서 밀매를 할 건데…… 저한테 도와달라고 했습니다."

"원 회장이 사망하기 전에 해야 하는 이유가 있을까요?"

"이사장이 초조해 했습니다. 원 회장이 올 봄에 유언장을 다시 작성했다고 하더라구요. 자신에게 돌아올 상속분이 아예 없을지도 모르는데 갑자기 원 회장이 사망이라도 하면 큰일 아니겠어요? 그러니원 회장이 숨겨둔 그림을 몰래 팔아 현금이라도 챙겨 두겠다는 계산이었겠죠."

"상속분이 아예 없을지도 모른다? 그게 무슨 뜻이죠?"

"친딸이 아니거든요."

이사장의 비밀을 폭로하면서 경직돼 있던 나윤석의 표정이 오히려 풀리는 것 같았다.

"그러니까 이사장은…… 파브리병이 아닌 모양이죠?"

나윤석이 피식 웃었다.

"맞아요. 원 회장이 가족의 유전자 검사를 지시했습니다. 자기처럼 고생하지 않으려면 조기에 발견해서 예방 관리를 해야 하니까. 그런데 유전자 검사를 했더니 원우진만 친자고, 원주희는 친딸이 아니었어요. 딸에게는 100% 파브리병이 유전되는데 원주희가 파브리병이 아니었다는 건, 친자가 아니라는 의미죠."

"그러면 원 회장이, 이사장이 친딸이 아니라는 사실을 알게 된 후에 유언장을 다시 작성했다……."

"글쎄요."

나윤석의 엉뚱한 대꾸에 박 형사가 미간을 찌푸렸다.

"내가 원 회장에게 그 사실을 보고하지 않았거든요. 원주희한테만 얘기하고."

"목적이 있었겠죠?"

"오너의 비밀 하나쯤은 쥐고 있어야 일이 좀 수월하잖아요. 비밀 지켜줄 테니 상생하자, 그렇게 제안했더니 좋아하더군요."

"그럼 이사장은 왜 불안해 한 거죠? 당신이 보고하지 않았는데?"

"내가 원 회장에게 알리지 않았다 하더라도, 어쨌든 자기가 친딸이 아니니까 불안한 거죠. 그리고 워낙 원 회장이 촉이 좋은 양반이니 이미 알고 있을지도 모를 일이었구요. 게다가 유샛별이 등장했잖아요. 샛별이가 나타났기 때문에 원 회장이 유언장을 다시 작성했다고 추측했어요, 원주희는."

"샛별이가 원 회장의 친자가 맞았군요."

나윤석이 고개를 끄덕였다.

"샛별이는 파브리병 환자였어요. 그런데 그게 흔한 병이 아니잖아요. 부녀지간이라고 상상해봤더니 그럴듯하길래 친자 검사를 했죠. 맞더라구요. 물론 그것도 원 회장에게는 말하지 않았습니다. 원주희한테만 얘기했죠, 공생관계니까."

나윤석은 공생관계라는 단어에 힘을 주어 얘기했다.

"그런데, 아무래도 원 회장이 샛별이한테 하는 걸 보니 불안한 거예요, 원주희 입장에서는. 원우진과 유산을 나눠 갖는 것도 끔찍한데 샛별이까지…… 어쩌면 유산이 몽땅 그 둘한테 갈 수도 있으니까요."

"원주희 이사장은…… 샛별이가 죽이고 싶을 만큼 미웠겠군요."

"죽이고 싶었던 게 아니라 그 여자가 죽인 겁니다. 샛별이가 물탱크로 가는 계단에서 루프탑 층 잔디 바닥으로 떨어졌을 때는 죽지 않았어요. 거긴 3미터도 안 된다니까요? 잠시 정신을 잃었던 거지 그땐 분명히 살아있었다구요."

나윤석이 다시 흥분하기 시작하자 박 형사는 차분한 어조로 그를 달래듯 말했다.

"다시, 그날로 돌아가 볼까요?"

***

박 형사가 조사실로 들어가자 시서경은 마치 모든 것을 털어놓기 위해 기다렸다는 듯, 그날 자신이 보고 들은 것을 차분하게 쏟아냈다.

"밤 열두 시에 원주희 이사장이 전화를 했어요. 새벽 1시 30분까지 지하 1층 수장고 사무실로 나와 기다리라구요. 숙소동 제 방에서 쉬다가 1시 조금 넘어 사무실로 나와 기다렸더니 이사장이 나윤석 과장님하고 오셨어요. 4층 비밀 수장고의 그림을 옮기자는 이야기였어요. 속으로 뜨끔했죠. 총무팀장님에게 연락을 해야 했지만, 틈이 없었어요. 그 사람들이 옆에 있으니까. 일단 시키는 대로 하고 총무팀장님에게는 일이 끝나면 의논해야겠다 생각하고 루프탑으로 올라갔어요."

"그게 몇 시쯤이었죠?"

"아마 1시 30분에서 35분경이었을 거예요. 제 사무실이 추워서 곧 장 올라갔으니까요. 회장님 집무실에 가서는 소파에 앉아 저한테 이 런저런 질문을 했어요. 4층 수장고에 있는 미술품의 규모를 파악하 는 데 시간이 얼마나 걸리는지, 밀매하는 루트 같은 것, 처분하는 방 법, 처분하는 데 걸리는 시간, 뭐 그런 것들요. 그리고, 이사장과 나 과장님이 그런 얘기도 했어요. 그림을 다 처분하고 나면 회장님 치료 를 중단하겠다구요."

그녀의 차분했던 목소리가 잠시 가늘게 떨렸다.

"사무실에서 가지고 간 무진동 카트를 챙겨들고 4층으로 내려가는 엘리베이터 쪽으로 가려는데 간이주방 아일랜드 테이블 옆에 피자박 스가 보였어요. 축축하게 소스가 묻어 있는 걸 보니 금요일 밤이란 게 생각났어요. 아차, 싶었죠. 혹시 준서와 제니가 있는 건 아닐까 싶었어 요. 이사장과 나 과장님 모르게 얼른 피자박스를 감추고, 엘리베이터로 가는데 핑크색 유니폼이 보였어요. 눈앞이 캄캄하더라구요. 누군가 있 구나. 생각해보니 거기 숨어 있을 만한 사람은 샛별이뿐이었어요. 샛별 이가 거기 드나든다는 걸, 준서에게 들어 알고 있었으니까요."

그녀의 손이 미세하게 떨리기 시작했다. 자신도 그걸 느꼈는지 그 녀가 두 손을 맞잡았다.

"거기서부터 정신을 차릴 수가 없었어요. 그래서, 4층에 도착했을 때 제가 그만 실수를 하고 말았어요."

"실수라뇨?"

"난 거기 처음 들어가보는 사람이잖아요. 그런데 나도 모르게 전등 스위치를 켠 거예요. 잠깐의 망설임도 없이."

"눈치챘군요, 이사장이."

"네. 그런데 이사장이 이상하게 가만히 있더라구요. 어쩔 수 없이 저도 모른 체하고는 작품을 세기 시작했어요. 나 과장님은 작품 수를 어림 셈하기 위해 사진을 찍었구요. 한 1분쯤 있었나? 이사장이 옷을 가지러 간다고 윗층으로 올라갔어요. 그런데 얼마 안 돼서 바로 내려오더니 소리를 지르는 거예요. 누가 숨어 있다고."

"샛별이가 들켰군요."

"네. 일단 카트를 4층에 두고 루프탑으로 올라가자 이사장이 비상구를 가리키며 누가 숨어 있어 문을 잠궜다면서 나 과장님과 저한테 잡아오라고 했어요."

"비상구라면 위층이나 아래층으로 이동할 수 있는 계단인가요?"

"아니요, 내려가는 계단은 없어요. 그게 루프탑 위에 있는 물탱크로 연결되는 통로예요. 시설관리하는 사람들만 아는 계단이죠. 계단을 몇 개 올라가서 문을 열면 외부사다리가 나오는데 그게 뒤로 돌아서서 직각으로 내려가야 하는 아주 작은 작업용 사다리예요. 그걸 모르는 사람이라면, 더욱이 어둠 속에서 문을 열었다면, 그대로 추락하게 돼죠."

"어디로 추락하는 거죠?"

"3미터 정도 되는 루프탑층 잔디 바닥에요. 계단을 내려가서 이사장을 따라 루프탑 뒤로 갔더니 샛별이가 정신을 잃은 채 누워 있었어요.”

“정신을 잃었다는 건, 그때 살아있다는 걸 확인했다는 건가요?”

“네. 나 과장님이 확인했어요. 너무 떨려서 어쩔 줄 모르고 있는데 갑자기 이사장이 소리를 질렀어요. ‘저 계집애 깨어나면 안 돼. 우리가 하는 얘기 다 들었어.’ 그리고는 죽여버리라는 거예요. 그 여자 한 번씩 그렇게 광기를 부리면 정말 진정시킬 방법이 없거든요.”

시서경이 온몸을 떨면서 두 손으로 양팔을 감싸 안았다. 극한 공포의 기억을 되짚어야 하는 고통 속에서도 그녀는 이야기를 멈추지 않았다.

“잠시 후에 원주희가 샛별이를 질질 끌고 난간 쪽으로 가더니 가림막 아래 그 작은 틈새로 아이를 밀어 떨어뜨렸어요.”

“두 번째 추락이군요.”

“네. 원주희가 루프탑으로 들어오라고 해서 따라 들어갔어요. 모두가 공범이라고, 같이 시체를 처리해야 한다더니 갑자기 제 뺨을 때리기 시작했어요. 비밀 수장고에 몇 번이나 들어갔냐고, 샛별이와 들어간 거 아니냐고. 그럼 네가 죽인 거라고 억지를 부렸어요.”

그녀는 모든 이야기를 반드시 쏟아내고 말겠다는 듯 온몸의 기운을 짜내고 있었다.

“심호흡 좀 해보세요.”

“저는, 괜찮습니다.”

시서경은 잠시 눈을 감고 마음을 진정시킨 뒤 다시 진술을 이어갔다.

"사실대로 털어놓았고, 총무팀장이 달려왔어요. 서로 약점을 잡은 두 사람이 머리를 맞대고 의논하는 모습이 끔찍했어요. 그런데 하필 그때 나 과장님이 화장실에 들어갔다가 열린 문틈으로 침실에 있는 준서와 제니를 발견한 거예요."

"준서는 깨어 있었나요?"

"아니요, 잠에 취한 것처럼 보였어요. 총무팀장이 준서를 이용하자고 제안했고, 나 과장이 옆에 있는 주사기를 확인하더니 곧 깨어날 거라고 했어요. 그리고, 두 사람이 준서를 들쳐업고 5층 테라스로 내려갔어요. 저는 원주희한테 끌려 내려갔구요. 찬 공기에 몇 번 뺨을 얻어맞은 준서가 곧 정신을 차렸고, 세 사람이 준서를 둘러싸고는 '네가 샛별이를 해쳤다'고 겁박했어요."

시서경이 다시 큰 숨을 몰아쉬었다. 그녀의 음성에 울음소리가 섞여들기 시작했다.

"얼마 있다가 샛별이를 던지라는 말이 들렸어요. 너무 무서워서 땅바닥에 엎드려 기도했어요. 악몽이길 바라면서요. 그런데 결국 샛별이 몸이 땅에 부딪히는 소리가 들렸어요."

시서경은 두 팔에 얼굴을 파묻고 오열하기 시작했다.

28

'유샛별 피살사건'에 대한 경찰 수사는 원주희와 나윤석에 대해 각각 살인, 상해치사, 장광무에 대해서는 특수상해교사, 임준서에 대해서 유기치사와 마약류관리법위반, 그리고 원주희와 장광무에 대해 횡령과 폭행, 협박, 마약류관리법위반 등의 혐의가 더해져 검찰에 송치하는 것으로 마무리됐다.

수사에서 배제된 채 강제 휴가를 보낸 현수는 휴가기간 마지막 날 사무실에 출근해 샛별이의 노트북과 카메라 등을 챙겼다. 박 형사는 현수를 휴게실로 데려갔다.

"장광무는 천 팀장님, 살인교사 혐의가 추가됐어."

"고생하셨어요. 엄벌탄원서는 수기로 작성해야겠죠?"

"아무래도……."

"매일 쓸 거예요. 검찰에도, 법원에도."

"장례식은?"

"친척분과 옛 동료분들이 함께 진행하셨고, 샛별이와 같은 봉안담에 모셨어요."

"……자주 찾아뵙자구."

"너무 많이 늦었지만, 이제부터 제가 보살펴드리려구요."

"그래, 그래야지."

"……."

"더 궁금한 건 없어?"

"제니는 기소되지 않겠죠?"

"본인이 자발적으로 한 일이 아니었으니까, 정상참작 되겠지."

"시서경 과장은요?"

"불송치결정."

"잘 됐군요."

"준서는……."

현수가 그의 말을 가로챘다.

"샛별이 침대에 카메라 넣어 도둑으로 몰았던 거 임준서 맞죠?"

"……."

"필름통에 종이마약 집어넣었던 것도 임준서였구요?"

"원주희가 제공했어, 장광무가 집어넣으라고 교사했고."

"샛별이를 친구라고 생각했다면 그런 짓까지는 안 했겠죠."

"……수세에 몰리면, 누구도 장담할 수 없어."

"그냥 친구가 아니라, 가장 좋아했던 친구예요."

"양해인 선생이 탄원서를 제출했어. 마약류에 중독된 과정에 대해서 적극적으로 탄원했더라고."

현수의 얼굴이 차갑게 굳었다.

"경위님, 저는 그 누구보다도 임준서를 용서할 수가 없어요."

현수의 심정을 모르는 바가 아니었던 박 형사는 아무 말 없이 고개만 주억거렸다.

"샛별이 전시회 가야 해서요. 먼저 퇴근하겠습니다."

현수가 목례를 하고는 총총히 사라졌다. 유리창문 틈으로 한겨울 매서운 바람이 고스란히 느껴졌다.

현수는 로열타운으로 가는 길에 지영옥 원장이 입원해 있는 종산 메디컬센터를 찾았다.

준서가 체포됐다는 소식을 듣고 충격으로 쓰러진 지 원장은 외과적 손상은 전혀 없었지만, 불안장애 증상을 보이며 말문을 닫아버렸다.

현수는 민지가 가르쳐 준 대로 지 원장의 병실을 찾았다. 널찍한 4인실엔 원장님을 제외하고 한 명의 환자가 더 입원 중이었고, 그마저도 자리를 비워 병실은 고즈넉했다.

안으로 들어서자 창가 의자에 앉아 창밖을 바라보고 있는 원장님의 뒷모습이 보였다. 현수는 잠시 그녀를 바라보다 조용히 다가갔다.

침상 주변은 어디 손 댈 곳 하나 없이 단정하게 정돈돼 있었다. 그녀다운 깔끔함이었다. 오렌지가 담긴 작은 바구니를 내려놓으며 현수가 낮은 목소리로 그녀를 불렀다.

"원장님, 현수예요."

그녀가 천천히 고개를 돌렸다. 현수를 알아본 듯 빙그레 미소를 지었다. 함구증이라는 말에 대답을 기대하지 않았지만 지 원장은 뜻밖에도 현수의 이름을 불렀다.

"현수야."

놀란 현수의 눈이 동그래졌다.

"괜찮으세요? 의사 선생님 부를까요?"

"아니야. 현수야. 나한테 물어볼 게 있다고 했지? 보육원에 들른다고 했잖아."

아주 느릿했지만 어눌하지도 않았고, 현수가 전화했던 것까지 정확히 기억하고 있었다.

"답해줄게. 더 늦기 전에 모두 얘기해 줄게."

현수는 그녀와 나란히 창밖을 보고 앉았다.

"나는 정말 아이들이 행복한 보육원을 만들고 싶었어. 그러기 위해서는 돈이 필요했지. 미혼모 시설을 찾아다니며 이제 막 태어난 아기들을 데려왔어. 해외입양이 돈이 되니까. 해외입양은 친모가 권리를 완전히 포기한, 어리고 건강한 아기가 우선이야. 그래야 나중에 귀찮은 일이 안 생기거든. 그러다 보니 세 돌만 지나도 국내입양은 말할 것도 없고, 해외입양도 시키기가 어려워져. 그래서 몇 달만 보살피다 바로 해외입양을 보낼 수 있는 아기들을 입소시키기 위해서 미혼모 시설을 찾아다닌 거야. 그게 큰 돈이 되니까."

해외입양으로 돈을 벌고, 입양 실적으로 더 많은 후원금과 지원금을 따내는 것도 지 원장의 '탁월한 수완' 중 하나였던 모양이었다.

"그러다 한주시에 있던 미혼모 시설에서 샛별이 엄마를 만났어. 서울의 한 대학병원 간호사였던 샛별이 친모는 미혼인 채 아이를 갖게 되자 병원을 그만두고, 사람들의 눈을 피해 한주에 들어온 거야. 샛별이란 이름도 친모가 지었어."

"그럼, 샛별이 외할머니는 어떻게 된 거예요?"

"그 여자는 외할머니가 아니라 미혼모 시설에서 출산을 도와주던 조산사였어. 샛별이와 혈연관계가 아니라, 입양한 거야."

"샛별이 엄마가 그분께 샛별이를 입양 보낸 건가요?"

"아니야. 그게 아니라⋯⋯."

혼란스러운 현수의 마음이 느껴졌는지 그녀의 말이 빨라졌다.

"샛별이 엄마는 산후 조리를 마치면 시설에서 나갈 계획이었어. 간호사니까 모아둔 돈도 있고, 재취업을 하면 혼자 아이를 키울 수 있으니까. 그런데 샛별이 낳고 한 달쯤 됐을 때 시설 근처에서 뺑소니 교통사고를 당했어. 이틀간 사경을 헤매다 사망했고, 샛별이는 내가 보육원으로 데리고 오게 됐지. 그리고⋯⋯ 며칠 후에 원세권 회장의 부인이 나를 찾아왔어."

"원 회장의 부인이라면, 원주희 이사장의 모친인가요?"

"맞아."

지 원장이 잠시 고개를 떨구었다. 하지만 이내 다시 마음을 다잡은 듯 이야기를 이어갔다.

"사실 뺑소니 사고가 났을 때 내가 근처에 있었어. 약국에서 나와 횡단보도를 건너던 샛별이 엄마를 치는 장면을 직접 보지는 못했지만, 사고 직후에 큰길로 사라지는 하얀색 일본산 고급승용차를 봤거든. 확실한 게 아니고 번호판도 보지 못했으니 경찰에 알릴 만한 상황이 아니었어. 그런데 원 회장 부인이 나를 찾아와서는 다짜고짜 협상을 하자고 하더라. 사고 당시 주변 CCTV를 확보해서 내가 자기 차를 봤을 거라고 생각하고 찾아온 거지."

"샛별이 친엄마를 차로 친 게 원 회장의 부인이었다는 거잖아요!"

그녀가 고개를 숙인 채 끄덕였다.

"게다가 내가 샛별이를 보육원으로 데리고 온 걸 어떻게 알고는 내가 샛별이 친모에게서 친부에 대한 이야기를 들었을 거라고 추측한 거지. 친부에 대해 알고 있긴 했는데, 샛별이 친모가 직접 말한 건 아니고 샛별이를 데려올 때 태교일기를 봤어."

"샛별이 친부가 자기 남편이라는 걸 알고, 뺑소니를 가장한 살인을 계획한 거 아닐까요?"

"그 사람, 너무 무서운 사람이었어. 오히려 나를 협박하고 회유하더라. 사고에 대해 평생 입 다물고, 샛별이도 멀리 입양을 보내면 자기네 사회사업 재단을 통해 해마다 엄청난 후원금을 주겠다고. 그렇게 하지 않으면 보육원도 문 닫게 만들겠다고……."

보육원이 문을 닫는 것은 지 원장에게도 큰 타격이겠지만, 보육원 아이들이 다시 뿔뿔이 흩어져 새로운 시설에서 눈칫밥을 먹는 신세가 돼야 한다는 것을 의미했다. 그런 현실을 알고 있는 현수로서는 지 원장의 처신이 이해가 되지 않는 것은 아니었다. 하지만, 뺑소니 사건에 대해서 입을 다문 것은 어떤 말로도 변명할 수 없는 일이었다.

"그런데 왜 다른 곳도 아니고 그 조산사에게 입양시킨 건가요?"

"좋은 사람인 줄 알았어. 나이가 많긴 했지만 형편도 좋은 사람이었고……. 샛별이를 입양하고 싶다고 먼저 말하기도 했고. 해외입양보다는 나을 거란 생각에……."

"그럼 샛별이는 왜 다시 보육원에 왔죠?"

"샛별이가 원 회장의 딸이라는 걸 그 여자가 알게 됐어. 미혼모 시설의 관리자가 그 여자에게 알려준 모양이야. 얼마 지나지 않아 나를 찾아와 원 회장 부인에게 찾아가서 샛별이를 넘기겠다면서 돈을 요구했어. 그래서 원 회장 부인에게 받은 후원금 대부분과 인근 신도시 개발 정보까지 알려줬어. 그걸로 돈을 꽤 벌었는데도 샛별이를 파양한다길래 보육원에서 키우기로 한 거야."

"두 분이 똑같은 속셈을 가지고 샛별이를 이용한 거군요."

"아니야, 현수야. 그게 아니야……."

아무리 부정해도 그건 그녀의 본능적인 자기방어일 뿐, 지 원장이 샛별이를 이용해 원 회장의 부인에게서 돈과 투기 정보를 얻어낸 것은 진실이었다.

"샛별이는, 알고 있었나요? 생모와 생부에 대해서……?"

"그 여자와 얼마 전에…… 호적정리를 했다고 하더라."

현수는 샛별이가 종산을 떠나고 싶어 했던 이유를 이제야 알 것 같았다. 현수는 더 아무런 말도 하지 않고, 흐느끼는 지 원장을 내버려둔 채 병실을 나섰다.

***

이사장이 살인교사로 구속되는 초유의 사태에도 로열타운의 화려한 불빛은 사그라들지 않았다. 주주들은 신속하게 움직여 원우진을 새 경영자로 추대하고, 언론 보도를 틀어막았다. 새해를 맞이하는 화려하고 웅장한 장식에서 오히려 이전보다 활기가 느껴질 정도였다.

현수가 본관을 향해 걸어갈 때, 휴대전화가 울렸다. 민지의 문자메시지였다.

'언니, 샛별이 일기랑 메모를 찾았어. 비공개 블로그에 기록해 둔 거야. 출력해서 전시장에 와 있는데…….'

현수는 본관을 향해 달리기 시작했다.

'살롱 칼리오페'에 들어서자 오드리 여사와 조 간호사가 화사한 얼굴로 현수를 반겼다.

"어서 와요. 샛별이 전시회, 서울에서도 열기로 했어요. 큐레이터가 적극적으로 주선해 줘서 사진집도 발간하기로 했고, 곧 기자간담회도 열어서 대대적으로 홍보할 거예요."

"잘 됐네요. 샛별이가 좋아할 거예요. 감사합니다."

"아니 그런데 보안팀장은 왜 코빼기도 안 보이는 거야?"

오드리 여사는 천 팀장의 부재에 진심으로 화가 난 것 같았다.

순간, 당황한 현수에게 조 간호사가 눈을 찡긋해 보이고는 오드리 여사를 부축해 출입구로 향했다.

"언니!"

전시실 안쪽 테이블 앞에 민지가 서 있었다. 현수가 다가가자 민지는 테이블 위에 놓인, 족히 100장은 넘어 보이는 복사지를 가리켰다.

"언니가 물어봤던 비밀번호 있잖아, 샛별이 보육원 온 날 '20080728'. 혹시나 해서 샛별이 메일 계정에 입력해 봤더니 비공개 블로그에 일기랑 사진에 대한 글이 500개도 넘게 있더라고. 다 출력하진 못하고 사진글만 갖고 왔는데 이거 샛별이 사진책에 넣으면 안 될까? 언니가 보고 큐레이터 선생님한테 드리면 좋을 것 같아서……."

"그래야지. 그렇게 찾아도 없더니 모두 여기 있었네."

현수가 종이뭉치를 한 장씩 넘겼다. 곁에 있던 민지가 눈가를 훔쳤다.

"왜 그래?"

"샛별이가 너무 바보 같아서……."

종이를 넘겨보던 현수는 민지의 말이 어떤 뜻인지 금세 알아차렸다.

샛별이의 사진에 담긴 피사체의 표정은 한결같이 사랑스러웠다. 심지어 샛별이를 죽음으로 몰아넣은 이들의 사진마저도 눈부시게 아름다웠다. 시서경도, 장광무도, 나윤석도, 원주희도.

현수의 눈에는 피사체의 본질이 완전히 왜곡된 사진이었지만, 샛별이의 프레임 안에서는 그들도 지극히 아름다운 얼굴을 가진 사람들이었다.

***

현수는 민지, 제니와 함께 봉안당을 찾았다.

엄마가 아이를 안아주는 모양의 포근한 능선에 자리한 봉안당은 탁 트인 시야를 갖고 있어 멀리 로열타운의 장관이 내려다 보였다.

민지와 제니는 샛별이의 모습이 담긴 '금속사진'을 꺼내 조심스럽게 봉안당 벽에 붙였다. 더플코트에 목도리까지 맨 사진 속 샛별이는 더 이상 추워보이지 않았다

"이제 샛별이 안 추울 거야."

"여름에는 너무 덥지 않을까?"

현수의 장난스런 농담에 제니가 얼른 대꾸하고 나섰다.

"계절마다 바꿔줘야죠! 봄엔 화사한 사진, 여름엔 시원한 사진으로."

두 소녀의 장난어린 미소에 현수는 마치 소풍이라도 나온 기분이었다.

현수는 바로 곁에 있는 천 팀장의 봉안당에도 추모 사진을 붙였다.

샛별이의 블로그에 담겨 있던, 보안팀 제복을 멋지게 차려입은 천중일 팀장의 사진과 그 아래 샛별이의 글을 담은 금속사진이었다.

> 매일 밤 11시면 보안팀장님은 일과를 마치고 본과를 순찰하셨어요. 한밤중에 혼자 있다 보면 무서울 때가 많았는데, 팀장님께서는 힘든 일이 있으면 언제든지 연락해도 좋다고 하셨어요. 한 번도 제대로 표현하지 못했지만, 얼마나 든든했는지 몰라요. 저를 지켜주실 거라는 생각에 어두운 밤이 무섭지 않았어요. 언젠가 이곳을 떠나기 전에 꼭 말씀드리고 싶어요. 보안팀장님, 감사합니다.

사진을 붙이던 현수의 눈시울이 뜨거워졌다. 추스를 새도 없이 눈물이 흘렀다. 주저앉은 현수를 대신해 제니가 사진을 붙였다.

"다행이야, 그곳에서도 샛별이를 지켜주시겠지?"

민지가 조용히 현수를 위로했다.